Elke Schwab

ANGSTFALLE

Elke Schwab

ANGSTFALLE

Psychthriller

KRIMI IM GMEINER-VERLAG

Bibliografische Information
der Deutschen Bibliothek
Die Deutsche Bibliothek verzeichnet diese Publikation in der Deutschen Nationalbibliografie; detaillierte bibliografische Daten sind im Internet über http://dnb.ddb.de abrufbar.

Besuchen Sie uns im Internet:
www.gmeiner-verlag.de

Im Ehnried 5, 88605 Meßkirch
Telefon 07575/2095-0
info@gmeiner-verlag.de

1. Auflage 2006

Lektorat: Claudia Senghaas, Kirchardt
Umschlaggestaltung: U.O.R.G. Lutz Eberle, Stuttgart
Unter Verwendung eines Fotos von: photocase.de
Gesetzt aus der 10/13,5 Punkt GV Garamond
Druck: Fuldaer Verlagsanstalt, Fulda
Printed in Germany
ISBN 13: 978-3-89977-686-7
ISBN 10: 3-89977-686-0

Handlung und Personen sind frei erfunden. Sollte trotzdem jemand Ähnlichkeiten entdecken, so würden sie auf jenen Zufällen beruhen, die das Leben schreibt.

1

Es war schon dunkel, als Trixi mit ihrem Fahrrad nach Hause radelte. Im Friseursalon war viel los gewesen. Vom Tageslicht hatte sie nichts gesehen. In der Dunkelheit trat sie ihren Dienst an, in der Dunkelheit beendete sie ihn wieder. Es war Weihnachtszeit, eine Zeit, in der die Tage immer kürzer und die Nächte länger wurden, eine Zeit, in der Lichterketten und leuchtende Sterne die Fenster der Häuser zierten, sodass die Finsternis ein wenig erträglicher schien.

Die kalte Luft tat ihr gut. Während ihr Blick auf die hell erleuchteten Häuser fiel, nahm sie sich vor, an diesem Abend ebenfalls die festliche Dekoration herauszusuchen und ihr Haus weihnachtlich zu schmücken. Seit sie allein in dem großen Elternhaus lebte, fiel es ihr von Jahr zu Jahr schwerer, diesen Ritualen treu zu bleiben. Aber sie wollte sich dazu aufraffen. Es half nichts, alles schleifen zu lassen.

Den restlichen Weg zu dem großen Haus musste sie ihr Fahrrad schieben. Die Strecke war bergig und die Kondition, diesen Anstieg im Sattel zu bezwingen, hatte sie nicht.

Sie überquerte eine kleine Holzbrücke, die über den Grumbach führte. Zu dieser Jahreszeit rauschte der kleine Bach wie ein Wasserfall. Durch die starken Regenfälle der letzten Wochen hatte sich viel Wasser angesammelt. Ob das vorsintflutliche Gebilde ihr Gewicht noch lange aushalten konnte? Sie erinnerte sich nicht, dass die Brücke einmal gewartet worden wäre.

Die letzten Meter machten es ihr auch nicht leichter. Dort standen schon seit Jahren alte Autowracks und rosteten vor sich hin. Manchmal sah Trixi, dass sich jemand dorthin verirrte, als wolle er noch etwas Verwertbares finden.

Als sie sich der Haustür näherte, sah sie auf dem Boden ein rotes Päckchen liegen.

Sie stöhnte. Sollte das wieder ein Liebesbeweis ihres Lieferanten sein? Seit Monaten erhielt sie kleine Geschenke und Liebesbriefe. Kaum hatte Roland Berkes begonnen, für den Internationalen Paketdienst zu arbeiten, verfolgte er sie mit seinen Aufmerksamkeiten. Das musste ein Ende haben. Sie wollte nichts von diesem Mann und fühlte sich belästigt.

Sie nahm das Päckchen und warf es ungeöffnet in den Mülleimer. Wütend stapfte sie ins Haus. Der lange, schmale Flur lag im Halbdunkeln, obwohl sie die Deckenlampe eingeschaltet hatte. Sie sollte eine stärkere Glühbirne benutzen, was sie immer wieder zu besorgen vergaß. Als sie in die Küche gehen wollte, sah sie, dass die Tür zur Abstellkammer einen kleinen Spalt offen stand. Wie war das möglich, fragte sie sich erschrocken. Sie hatte doch einen Riegel anbringen lassen, weil das Türschloss alt und abgenutzt war. Damit wollte sie verhindern, dass die Tür von selbst aufging, denn sie erschrak jedes Mal, wenn sie sich mit einem leisen Quietschen öffnete. Hatte sie den Riegel vorgeschoben, als sie das Haus verlassen hatte? Sie wusste es nicht mehr.

Kaum hatte sie ihre Schuhe ausgezogen und neben der Garderobe abgestellt, klingelte das Telefon. Als sie abhob, erkannte sie Roland an seiner heiseren Stimme: »Hat es dir gefallen?«

Es war das erste Mal, dass er anrief. Also wurde er dreister.

»Ich will keine Geschenke von dir«, gab Trixi unfreundlich zurück. »Lass mich in Ruhe.«

»Aber, ich wollte dir nur eine Freude machen. Es ist doch bald Weihnachten, das Fest der Liebe. Du kannst mir nicht verbieten, dir etwas zu schenken!«

An diesen Worten erkannte Trixi, dass es schwierig würde, gegen seine Verliebtheit anzukämpfen. Er sah die Dinge einfach so, wie er sie sehen wollte.

»Ich will nichts von dir und du bekommst nichts von mir, basta.« Wütend knallte sie den Hörer auf die Gabel.

Auf dem Weg durch den Korridor ins Badezimmer, ließ sie nach und nach alle Kleidungsstücke auf den Boden fallen. Sie liebte es, chaotisch zu sein, ohne dass jemand sie zur Ordnung rief.

Ein heißes Bad täte ihr gut. Sie fror immer noch.

Als sie mit einem Buch in der Wanne lag und die Anspannung des Tages von ihr abfiel, hörte sie ein Poltern an der Haustür.

Erschrocken horchte sie auf. Sie wusste, dass die Sicherheitsvorkehrungen in diesem Haus nicht die besten waren. Seit dem Tod ihrer Eltern hatte sie nichts mehr instand setzen lassen. Ihr fehlte das Geld dazu. Wieder polterte es im Flur. Nervös stieg sie aus der Wanne, trocknete sich ab und zog einen Morgenmantel an.

Im Flur lag zwischen Glasscherben das kleine Päckchen, das sie vor kurzer Zeit noch in den Mülleimer geworfen hatte. Das war doch die Höhe, fluchte Trixi vor sich hin. Wie kam der Schuft dazu, ihr nachzuspionieren?

Die Glasscherben stammten von einem der kleinen Fenster direkt neben der Haustür. Zum Glück war es so klein, dass niemand durchklettern konnte. Es war außerdem mit Gitterstäben gesichert. Diese Maßnahme hatte ihr Vater schon vor Jahren getroffen, wofür sie ihm jetzt dankbar war. Trotz allem musste sie es mit einem Brett zunageln, damit die Kälte nicht ins Haus dringen konnte.

Es ärgerte sie, sich am späten Abend noch mit solchen Unannehmlichkeiten herumärgern zu müssen. Seit dem Tod ihrer Eltern hatte sie sich komplett im Erdgeschoss eingerichtet. Jedes der Zimmer im Obergeschoss steckte voller Erinnerungen an eine Zeit, die sie gerne vergessen würde. Ihr Entschluss sich unten einzurichten, war eine Flucht. Dessen war sie sich bewusst. Aber ein passendes Stück Holz würde sie hier nirgends finden. Also blieb ihr keine andere Wahl, sie musste nach oben gehen.

Im ehemaligen Elternschlafzimmer sah sie einen Schatten – da stand jemand.

Sie erschrak heftig, ihr Herz schlug wie wild, sie atmete stoßweise. Die Person gab keinen Mucks von sich. Ruhiger werdend, erkannte sie, dass es sich um die alte, graue Schaufensterpuppe handelte, die ihre Mutter zum Lüften von Kleidern genutzt hatte. Schon als Kind war ihr das Monstrum unheimlich gewesen. Warum hatte sie es nicht schon längst weggeworfen?

Wütend stieß sie die gesichtslose Puppe um und schob sie unter das Bett.

Sie war heilfroh, als sie schon nach wenigen Minuten Teile eines alten Schrankes fand, die für ihr Vorhaben ausreichten. Fluchtartig eilte sie nach unten und machte sich daran, die Fensteröffnung zu vernageln. Hinterher betrachtete sie ihr Werk. Zufrieden stellte sie fest, dass sie handwerkliches Geschick besaß.

Sie widmete sich nun ihren Pflanzen, eine Beschäftigung, die sie liebte und immer ablenkte. Sie füllte ihre Gießkanne mit Wasser und betrat das benachbarte Zimmer, das zur Vorderseite des Hauses zeigte. Früher wurde es als Esszimmer genutzt, was immer noch am Mobiliar zu erkennen war. Mit Intarsien verzierte Schränke, ein langer Tisch mit geschwungenen Beinen und gepolsterte Stühle schmückten einst dieses Zimmer, was ganz der persönlichen Note ihrer Mutter entsprach. Nichts in diesem Haus hatte jemals einen Hinweis darauf gegeben, dass eine Tochter existierte. Alles, der Stil der Möbel, die Art, wie es arrangiert wurde, die Gardinen, sogar die elektrischen Geräte, wie Musikanlage und Fernseher, musste nach den Vorstellungen ihrer Mutter platziert werden. Da war kein Platz für eigene Wünsche – ›Anpassen‹ lautete Trixis Lebensmotto, um nicht dem Zorn dieser Frau ausgesetzt zu sein. Sogar die Pflanzen hatten einen höheren Stellenwert als die Tochter. Die Mutter nahm sie nur bei ihren zahlreichen Vorträgen über Pflanzen wahr. Sie beherrschte ihre Umgebung und alles unterlag ihrer Kontrolle. Sie duldete keinen Widerspruch, war immer der Meinung, dass der Mensch sich nicht grundlos evolutionsgeschichtlich zum ›homo sapiens‹ entwickelt hat und dieses Privileg deshalb auch nutzen sollte. Während ihrer Pflanzenexkursionen durch das ganze Haus hatte Trixi die Pflicht, ihr aufmerksam zuzuhören und zu lernen. Ihre Mutter behauptete schon immer, dass der Mensch Einfluss auf die Natur nehmen sollte. Dabei meinte sie die Zucht der Pflanzen unabhängig von Jahreszeit und Umweltbedingungen. Trixi hatte diese Lehrstunden gehasst. Die Sprüche klangen ihr heute noch in den Ohren.

Obwohl ihre Mutter fest an die Unfehlbarkeit des Menschen geglaubt hatte, war es doch eine Überraschung, dass gerade sie so früh gestorben war.

Außerdem erstaunte es Trixi jedes Mal, wenn sie ihr botanisches Refugium betrat, wie sehr sie sich heute an dem Anblick erfreuen konnte – was ihr nie gelungen war, als ihre Mutter noch lebte. War es das umfangreiche Fachwissen, das zu immer gewagteren Experimenten antrieb? Oder war es die Genugtuung, jetzt genau die Dinge tun und lassen zu können, die ihr immer verboten worden waren?

Den großen Tisch, Mutters Augapfel benutzte sie heute als Blumenbeet. Auf den Kommoden standen nur Pflanzen, die sie selbst ausgewählt und arrangiert hatte. Sie waren nicht nur ihr Stolz, sondern auch immer wieder eine Herausforderung. Ein Ficus-Benjamini war zwischenzeitlich hoch gewachsen und musste auf dem Boden stehen, damit seine Zweige nicht an die Decke stießen. Drachenbäume in verschiedenen Größen tummelten sich auf den Kommoden, auf Sideboards und auf alten Holzschemeln. Verschiedene Kakteen bildeten eine angenehme Abwechslung im Raum, eine Klivie, die nur einmal im Jahr leuchtend rot blühte, Orchideen, deren Farbenpracht eine Augenweide war. Außerdem experimentierte sie mit Samen und es gelang ihr nicht selten aus verschiedenen Arten Kreuzungen zu züchten. Sie brachte selbst exotische Pflanzen zu jeder Jahreszeit zum Blühen. Während sie jedes Gewächs begutachtete, strich sie liebevoll über einzelne Blätter. Ihre Laune hatte sich gebessert. Sie würde sich von Roland Berkes das Leben nicht schwer machen lassen, nahm sie sich vor, während ihr Blick fest an dem blühenden Maiglöckchen haftete, eine Pflanze, die schön aber auch giftig ist. Sie verkörperte Eigenschaften, die Trixis Fantasie anregten.

Sie sammelte vertrocknete Blätter ein und löschte das Licht.

Nach diesem täglichen Ritual betrat sie ihr Schlafzimmer. Es war voll gestellt mit Schränken aus Kindertagen. Kommoden, Vitrinen, einem alten, breiten Bett, mehreren Nachttischschränkchen, Stehlampen und einem Ohrensessel, der einst ihrer Großmutter gehört hatte. Normalerweise empfand sie die Enge als gemütlich, aber heute spürte sie Beklemmung. Durch das Fenster ihres Schlafzimmers sah sie direkt auf den Berg, an den das Haus angebaut worden war. Von dort drang nur wenig Licht herein, weil der bewaldete Hügel das Sonnenlicht schluckte.

Sie zog die Rollläden herunter und legte sich ins Bett. Leider war sie so aufgewühlt, dass sie Stunden brauchte, bis sie endlich einschlafen konnte. Deshalb wirkte sie am nächsten Morgen übernächtigt und gereizt. Ihre Kollegin und Freundin Käthe meinte ironisch: »Die Nacht ist zum Schlafen da. Auch für dich.«

»Ich konnte nicht schlafen, weil ich Schreckliches erlebt habe!«

»Machst du Witze?«, fragte Käthe verdutzt.

»Seit Monaten werde ich von einem heimlichen Verehrer belästigt. Findest du das witzig?«

Käthe starrte ihre Freundin nachdenklich an, schaute in den Spiegel und meinte resigniert: »Ich würde es witzig finden, überhaupt mal einen Verehrer zu haben.«

Trixi stellte sich neben sie. Ihr blondes Haar legte sich in sanften Wellen um ihr ebenmäßiges Gesicht mit den hohen Wangenknochen und den leicht schräg stehenden Augen. Ihre Figur war schlank, die Beine lang, ihre Taille schmal. Käthe dagegen wirkte blass mit vielen Pickeln. Ihre Haare waren trotz intensiver Pflege strähnig, die Figur durch die vielen Medikamente, die sie einnehmen musste, aufgeschwemmt. Den Kittel trug sie offen, weil sie ihn nicht mehr zuknöpfen konnte. Ihre Arme waren mit roten Pusteln bedeckt, eine Allergie gegen die Medikamente, auf die sie nicht verzichten konnte. Sie litt an Epilepsie, also hatte sie die Wahl zwischen Krämpfen oder äußerlichen Beeinträchtigungen.

Schlagartig tat es Trixi leid, dass sie so heftig reagiert hatte. Ihr war es noch nie schwer gefallen, Männerbekanntschaften zu machen. Deshalb nahm sie sich auch das Recht heraus, einen Mann selbst auszusuchen und sich nicht aussuchen zu lassen. Aber dass es auch anders sein könnte, darüber hatte sie nicht nachgedacht.

Entschuldigend nahm sie die junge Frau in den Arm, drückte sie an sich und schlug vor: »Ich färbe deine Haare blond und frisiere dich. Du wirst sehen, dass das viel ausmacht und du sofort besser aussiehst.«

»Das muss ich mir noch überlegen.«

»Überlege nicht zu lang. Wir sind schon dreißig, unsere biologische Uhr tickt.«

Am Nachmittag traf Roland Berkes mit einer neuen Lieferung ein.

Trixi fauchte ihn im Hinterzimmer böse an: »Ist es notwendig, mir mit deinen doofen Geschenken die Scheiben einzuwerfen?«

Verständnislos stammelte er: »Nein! Was soll diese Frage?«

»Dann hör auf mir nachzuspionieren! Ich lasse mich nicht unter Druck setzen!«

»Das verstehst du völlig falsch«, wehrte Roland sich. Sein rundes Gesicht war vor Aufregung gerötet. »Ich will dir doch nur eine Freude machen. Wenn dir mein Geschenk nicht gefällt, tut es mir leid. Sag mir, was ich dir schenken kann!«

»Gar nichts! Nichts, nichts und wieder nichts!«

»Aber, wie soll ich dir denn zeigen, was ich für dich empfinde?«

»Ich will nicht, dass du überhaupt etwas für mich empfindest. Such dir eine andere Frau!«

Geknickt und sichtlich ratlos verließ Roland das Hinterzimmer und den Salon. Trixi schaute ihm nach. Wie ein begossener Pudel wirkte er. War sie zu gemein zu ihm gewesen? Nein, schüttelte sie energisch den Kopf. Sie hatte sich richtig verhalten.

Am Abend regnete es. Außerdem wehte ein kalter Wind. Die Heimfahrt war eine Qual, weil der Regen ihr in die Augen geriet, sodass sie alles verschwommen sah. Außerdem fror sie entsetzlich. Durch das Zittern ihrer Beine fiel ihr das Strampeln noch schwerer.

Endlich erreichte sie die Brücke. Plötzlich drang ein lautes Scheppern an ihr Ohr, das sogar das Rauschen des Regens und des Windes übertönte. Es hörte sich an, als seien mehrere Metallteile aufeinander geschlagen. Sie zuckte zusammen.

Zitternd vor Angst und Kälte sperrte sie daheim hastig die Tür auf und schob ihr Fahrrad in den Flur, was sie sonst nie tat. Aber das Geräusch hatte sie so erschreckt, dass sie nicht den Mut aufbrachte, das Vehikel im dunklen Keller zu verstauen. Das Untergeschoss bestand aus

Gewölben, wo Trixi hinter jedem Pfeiler das Schlimmste vermutete. Schon als Kind hatte sie sich davor gefürchtet, was ihre Mutter allerdings nicht interessierte. Beharrlich hatte sie das verängstigte Kind in den Keller geschickt, um Vorräte zu holen. Schlotternd vor Angst hatte sich Trixi gefügt, eine lästige Pflichterfüllung, die ihre Horrorfantasien beflügelt hatte. Heute lebte sie mit einer tief verwurzelten Angst. Das neu installierte elektrische Licht machte es nicht besser, im Gegenteil. Die dicken Pfeiler warfen lange Schatten, hinter denen sich leicht jemand verstecken konnte. Zum Glück konnte sie heute selbst entscheiden, ob und wann sie dieses finstere Gewölbe betrat.

Im Flur tropfte das Regenwasser vom Fahrrad und hinterließ eine hässliche, braune Pfütze. Trixi wollte die schmutzige Lache wegwischen, aber es tropfte immer wieder nach. Das Wasser hatte sich in den Schutzblechen über den Reifen gesammelt.

Enttäuscht machte sie sich auf den Weg ins Badezimmer, als sie meinte ein Klopfen am Wohnzimmerfenster zu hören. Aber wie konnte jemand an ein Fenster klopfen, das sich in drei Metern Höhe befand?

Ängstlich betrat sie das große Zimmer, dessen Mobiliar zum größten Teil aus Antiquitäten bestand, ein Überbleibsel ihrer Eltern, die eine große Leidenschaft für alte Möbel hatten. Dazwischen standen ein elegant gestylter Sessel in gebrochenem Weiß und ein tiefes, bequemes Sofa mit Schonbezug, eine Errungenschaft, auf die sie sehr stolz war. Darunter lag ein teurer Perserteppich in einem kräftigen Blau, der ihre Schritte dämpfte. Ein Klappsekretär füllte die Ecke links vom Fenster aus, eine Vitrine, voll gestopft mit Porzellan und Kristallvasen die andere Ecke. Stehlampen in verschiedenen Stilrichtungen waren im ganzen Zimmer verteilt. Sie traute sich nicht eine dieser Lampen anzuschalten. Vorsichtig näherte sie sich in der Dunkelheit dem Fenster, um das Rollo herunterzulassen.

Als sie sich ins Bett legte, hörte sie ein Geräusch am Schlafzimmerfenster. Der Rollladen war verschlossen, aber sie fühlte sich trotzdem nicht sicher. Nachts schreckte sie immer wieder hoch.

Unausgeschlafen verließ sie am nächsten Morgen das Haus. Vor der Tür wäre sie beinahe über einen bunten Blumenstrauß gestolpert. Sie konnte gerade noch rechtzeitig ausweichen und betrachtete widerwillig das wunderschöne Arrangement leuchtend bunter Blumen. Eine Karte hing daran, es war eine Standardkarte aus dem Blumenladen. Die Grüße lauteten einfach nur: »In Liebe.«

Das reicht, dachte Trixi.

Auch wenn es ihr um die schönen Blumen leidtat; es war der Hintergedanke, der damit verbunden war, weshalb sie den Strauß entnervt zwischen die verrosteten Autowracks schleuderte. Durch dieses Ereignis war sie so aufgewühlt, dass sie nicht auf direktem Weg zu ihrer Arbeit im Saarbasar am Fuße des Eschbergs fuhr, sondern einen Umweg über die Polizeiinspektion in der Saarbrücker Straße machte.

Sie betrat ein kleines Büro und sah einen Polizeibeamten hinter einem Monitor sitzen.

»Ich möchte eine Anzeige erstatten«, begann sie.

»Gegen wen?«, fragte der Polizist und schaute sie prüfend an.

Trixis blondes Haar war zerzaust, ihr Gesicht fleckig, die Augen umschattet. Normalerweise schminkte sie sich erst im Friseursalon. Dieser Polizist musste einen tollen Eindruck von ihr haben.

»Gegen Roland Berkes.«

»Was tut er denn?«

»Er belästigt mich.«

»Wie?«

»Er schenkt mir Blumen, versucht immer wieder, mich zu einem Rendezvous zu überreden, legt mir Geschenke vor die Haustür, traktiert mich mit Anrufen.«

»Warum beschweren Sie sich?«, fragte der Polizist sichtlich erstaunt. »Seien Sie froh, dass Sie die Aufmerksamkeit eines Mannes erregen! Manche Frauen sehnen sich danach.«

Trixi starrte den Beamten mit offenem Mund an. Hatte sie richtig gehört? Sie konnte es nicht glauben.

»Ich möchte den Kerl anzeigen«, wiederholte sie ihre Bitte.

»Was soll ich notieren?«, fragte der Polizist. »Anzeige wegen unerlaubten Schenkens von Blumensträußen?«

Wütend verließ Trixi das Polizeigebäude. Diese Abfuhr musste sie erst einmal verdauen.

Sie fuhr zur Arbeit. Roland stand schon vor der Tür und erwartete sie. Ihre Laune wurde immer schlechter.

»Ich habe mich mit deiner Bestellung beeilt«, begrüßte er sie mit einem strahlenden Lächeln.

Im Tageslicht sah Trixi, dass er graue Augen hatte; die langweiligste Farbe, die sie kannte.

»Schön«, murrte sie. »Leg es auf den Tisch und verschwinde! Ich habe viel Arbeit.«

»Warum so unfreundlich? Ich möchte dich zum Essen einladen. Morgen kommt der Nikolaus und da wollte ich dir eine Freude machen.«

»Ich will nicht mit dir essen gehen, egal wer gerade an der Reihe ist, der Weihnachtsmann oder der Osterhase!«

»Aber warum denn nicht? Wir könnten uns aussprechen.«

»Das wäre reine Zeitverschwendung.«

»Schade! Vielleicht überlegst du es dir noch mal«, zuckte Roland mit den Schultern. »Ich kenne ein Restaurant, da kann man wirklich gut essen. Es würde dir gefallen.«

Trixi stemmte energisch ihre Hände in die Hüften und wartete, bis er endlich in seinen Kleinlaster eingestiegen und davongefahren war. Erst dann konnte sie sich auf ihre Arbeit konzentrieren.

Käthe traf kurze Zeit später ein. Als sie Trixis Gesicht sah, zuckte sie zusammen.

»Wie siehst du denn aus?«

»Ich habe schlecht geschlafen, weil ich wieder einmal von dem geisteskranken Roland Berkes wachgehalten wurde.«

Käthe schüttelte den Kopf, zögerte eine Weile und erwiderte: »Lade ihn ein und rede mit ihm! Nur so kannst du Missverständnisse aus dem Weg räumen.«

»Ich dachte, du wärst meine Freundin!«

»Bin ich doch auch! Ich wollte dir nur einen Vorschlag machen, wie du diese unerträgliche Situation beenden kannst.«

»Indem ich jemanden in mein Haus lasse, der mir gefährlich werden kann?«

»Roland Berkes gefährlich? Du verrennst dich in etwas.«

»Du glaubst mir nicht«, schlussfolgerte Trixi.

»Das stimmt nicht. Ich habe einfach nur das Gefühl, dass du die Situation nicht richtig beurteilst.«

Wieso sollte Käthe ihr glauben, dachte Trixi grimmig, wenn ihr sogar die Polizei nicht glaubte.

Aber Käthe war noch nicht fertig: »Trotzdem bin ich der Meinung, dass ihr miteinander reden müsst. Wie willst du ihm sonst klar machen, dass er sein Liebeswerben einstellen soll?«

»Das kann ich nicht, weil er das gar nicht hören will. Er hört nur das, was ihm in den Kram passt. Also würde ein Gespräch nichts bringen«, wurde Trixi immer ungeduldiger. »Glaubst du, ich hätte das noch nicht versucht?«

»Erstaunlich, wie unbeholfen du dich anstellst. Ich erinnere mich, dass du schon erfolgreicher warst.« Käthe schüttelte den Kopf.

»Sprichst du von Bruno Dold?«

Käthe nickte.

Mit Schrecken erinnerte sie sich an den aufdringlichen Mann. Er war als Kunde in den Salon gekommen und hatte damit geprahlt, dass er alle handwerklichen Arbeiten verrichten könne. Daraufhin hatte Trixi ihn gebeten, eine Wasserleitung in ihrem Haus zu reparieren, was sich schnell als Fehler herausstellte. Immerzu hatte er versucht, sie anzufassen, dabei einen Blick aufgesetzt, der Liebe ausdrücken sollte, der Trixi aber nur noch mehr abschreckte. Seine kräftige Gestalt hatte ihr Angst eingejagt. Neben ihm hatte Trixi sich wie die weiße Frau in den Fängen des Riesenaffen King-Kong gefühlt.

Von dem Tag an belästigte er sie, obwohl sie nicht an Beleidigungen und Bosheiten gespart hatte. Aber Bruno stand nur da, groß, massig, mit einem breiten Grinsen und ließ sich davon nicht beeindrucken. Seine Reaktion lautete immer wieder: »Du weißt nicht, was du sagst, wenn du wütend bist.«

»Wie kannst du behaupten, dass ich bei Bruno Dold erfolgreicher war?«

Käthe schaute ihre Freundin eine Weile an, bevor sie mit einem Schulterzucken antwortete: »Fiel mir nur so ein.«

Sie mussten ihr Gespräch beenden, weil die ersten Kunden den Salon betraten.

Es wurde ein langer Arbeitstag, der Betrieb wollte nicht abreißen. In der Vorweihnachtszeit setzten die Kunden alles daran, nicht nur das Haus schön zu gestalten, sondern auch selbst vorteilhaft auszusehen. Alle sprachen von ihren Dekorationen, viele konnten von neuen Errungenschaften berichten, die ihre Häuserfronten zierten. Das hätte Trixi ablenken können, wäre da nicht dieser Artikel der Saarbrücker Zeitung gewesen, der auf der Titelseite stand – mit so großen Lettern, dass sie immer wieder darauf schauen musste.

»Frau wurde Opfer ihres Verehrers«, stand dort.

In der Mittagspause, als endlich Ruhe eingekehrt war, nahm sie das Blatt und las den ganzen Artikel durch.

»Am Mittwoch wurde eine fünfundzwanzigjährige Tote in ihrer Wohnung in Saarbrücken, Preußenstraße, gefunden. Die Nachbarn wurden durch den bestialischen Geruch aufmerksam.

Im Verdacht steht ein junger Mann, der der jungen Frau ständig nachstellte – aber auf Ablehnung stieß. Nach Aussagen der Nachbarn ließ das Opfer den Besucher nicht in ihre Wohnung, sondern stritt sich mit ihm lautstark im Treppenhaus. Die Polizei schließt auf eine Tötung im Affekt.«

Der Bericht erschütterte Trixi. Das war ihre Geschichte. Das sollte doch für die Polizei eine Warnung sein, aufdringliche Besucher genauer unter die Lupe zu nehmen.

Den Rest des Tages verbrachte sie wie in Trance. Sollte sie froh darüber sein, dass dieser Bericht in der Zeitung stand, weil sie dadurch vielleicht glaubwürdiger war? Oder sollte sie vorsichtiger sein, weil sie darin lesen konnte, wie weit die Verfolger gingen?

Den Kopf voller zermürbender Gedanken radelte sie in der Dunkelheit nach Hause. Sie musste sich unbedingt ablenken. Das würde ihr am besten gelingen, wenn sie Haus und Zimmer weihnachtlich schmückte.

In ihrem Haus brannte Licht.

Vergessen war der gute Vorsatz.

Erschrocken blieb sie vor der alten Brücke stehen und schaute auf das hell erleuchtete Fenster. Sie war sich sicher, am Morgen alle Lichter ausgeschaltet zu haben. Was sollte sie tun? Wenn sie das Haus betrat, und Roland dort schon auf sie wartete, wäre sie ihm hilflos ausgeliefert.

Voller Angst drehte sie sich um und hetzte zielstrebig zur Polizeidienststelle in der Saarbrücker Straße.

Ein junger Polizeibeamter hatte Dienst. Als sie ihm außer Atem berichtete, in welchem Zustand sie ihr Haus vorgefunden hatte, zögerte er. Trixi schaute ihn eindringlich an, doch er erwiderte den Blick, ohne einen Kommentar abzugeben.

»Haben Sie heute schon die Saarbrücker Zeitung gelesen?«

»Nein. Warum?«

»Da gibt es einen Artikel über eine Frau, die von ihrem Verfolger getötet wurde. Das könnte mir auch passieren, wenn Sie nichts unternehmen!«

Daraufhin las er aufmerksam den besagten Bericht auf der Titelseite. Währenddessen schaute er sie immer wieder an.

»Sie glauben also, dass Sie ein Stalking-Opfer sind?«

»Genau das«, antwortete Trixi aufgeregt. Der Polizeibeamte sprach genau das aus, was sie empfand.

Sie fuhren mit einem Dienstfahrzeug in den Grumbachtalweg. An der alten Brücke musste er das Auto abstellen. Zu Fuß legten sie das letzte Stück zurück.

Das Haus lag in völliger Dunkelheit.

»Eben hat noch Licht gebrannt!« Trixi war verzweifelt.

Der Polizist ging mit ihr hinein. Alles war dunkel und still. Er durchsuchte jedes Zimmer, um sich davon zu überzeugen, dass dort niemand lauerte. Vor der Tür, die zum Treppenhaus führte, blieb er erstaunt stehen und schaute Trixi fragend an.

»Wo führt diese Tür hin?«

»Zur Treppe nach oben.«

»Haben Sie dort immer abgeschlossen?«

»Ja!«

»Warum?«

»Ich benutze die oberen Etagen nicht mehr, seit meine Eltern tot sind.«

Sie spürte, dass der Polizist diese Begründung anzweifelte.

»Ich möchte mir gern die oberen Zimmer ansehen. Wenn sich wirklich jemand unbemerkt im Haus aufhält, hätte er ein leichtes Spiel.«

Sie eilte in die Küche, zog mehrere Schubladen auf, bis sie den passenden Schlüssel fand.

Als sie sich umdrehte, stand der Polizist dicht hinter ihr. Aber ihr erster Eindruck, dass er sich ihr nähern wollte, wurde mit seiner nächsten Frage zunichte gemacht: »War der Schlüssel schon immer in dieser Schublade?«

Trixi war unsicher. Sie hatte den Schlüssel in einer der oberen Schubladen vermutet, könnte sich aber auch irren. Sie las den Namen auf der Uniform des Polizisten:

H. Hollmann, Polizeihauptmeister.

»Ich weiß es nicht«, meinte sie dann.

»Dann kommen wir nicht umhin, die obere Etage zu überprüfen.«

Er sperrte die Tür auf und schaltete das Licht an. Langsam stieg er nach oben, gefolgt von Trixi, die sich immer unbehaglicher fühlte. Der Polizist durchsuchte jedes Zimmer – ohne Ergebnis. Wieder im Erdgeschoss wollte er auch den Keller sehen. Trixi nickte mutlos, weil sie inzwischen die Hoffnung aufgegeben hatte, dass es irgendwo im Haus eine Spur des Eindringlings geben würde. Dieser Kerl war einfach zu geschickt.

Die Kellerräume waren feucht und dunkel. Die Glühbirne an der Decke spendete nur wenig Licht. Hollmann schaltete zusätzlich seine Taschenlampe an, um etwas erkennen zu können. Die Rückseite des Hauses war direkt an den Berg angebaut. Dadurch zog Feuchtigkeit in die Wände. Hässliche Ränder zeichneten sich vom grauen Putz ab.

Spuren eines Einbrechers fand er nicht.

Wieder im Hausflur standen sie sich schweigend gegenüber, bis sein Blick auf die Tür zur Abstellkammer fiel.

»Was befindet sich dort?«

»Meine Abstellkammer. Ziemlich überfüllt.«

Trotzdem warf er einen Blick hinein, wobei er das bestätigt fand, was Trixi geschildert hatte.

Für den Polizisten gab es nichts mehr zu tun. Es fiel Trixi schwer, ihn gehen zu lassen. Seine Anwesenheit gab ihr Sicherheit, genau das, was sie brauchte. Aber sein Blick verriet Zweifel an ihrer Geschichte.

Wie ein Hüne stand er vor ihr, seine grünen Augen schauten auf sie hinab, sein rötlichblondes Haar war zu einem Bürstenschnitt gestutzt. Er war ein attraktiver Mann.

»Haben Sie einen Computer?« Mit dieser Frage holte er sie in die Gegenwart zurück.

»Ja, im Wohnzimmer.«

»Dann haben Sie sicherlich auch eine E-Mail-Adresse?«

»Ja, aber ich benutze den Rechner selten.«

»Sollte es sich wirklich um einen Verfolger handeln, der es auf Sie abgesehen hat – so wie Sie die Sachlage schildern – besteht die Möglichkeit, dass er auch diese Technologie nutzt, um mit Ihnen in Kontakt zu treten. Oftmals geschieht das durch beleidigende E-Mails. Schauen Sie bitte nach, ob in letzter Zeit eine Nachricht bei Ihnen eingegangen ist?«

Trixi war erleichtert. Damit bewies er ihr einerseits, dass er ihre Situation trotz der fehlenden Spuren ernst nahm. Andererseits legte er es nicht darauf an, so schnell wie möglich zu verschwinden. Hoffnung keimte in ihr auf.

Sie sagte ihm, wo der Computer stand. Während er vor ihr herging, ließ sie ihren Blick über seine Statur wandern. Seine enganliegende Uniform betonte seine breiten Schultern und seine sportliche Figur. Er hielt sich gerade, seine Bewegungen waren zackig, fast militärisch.

Wie konnte sie ihn dazu bringen zu bleiben?

Sie fuhr den Rechner hoch und checkte den Posteingang durch. Nichts.

»Ein seltsamer Verehrer, den Sie da haben«, meinte Hollmann. »Solange er nichts hinterlässt, womit sich seine Aktivitäten nachweisen lassen, können wir nichts tun. Ein eigener Straftatbestand zum Schutz gegen *Stalking* besteht in Deutschland noch nicht. Zwar erfüllen viele Handlungen von Stalkern Kriterien wie Hausfriedensbruch, Körperverletzung oder sexuelle Nötigung, ein eigenständiger Tatbestand ist hingegen nicht Gegenstand des deutschen Strafrechts.«

»Was heißt das?«

»Es wird uns nicht gelingen, die Staatsanwaltschaft von strafbaren Handlungen zu überzeugen, wenn wir keine Fakten liefern.«

»Also sind Sie hier fertig?«

»Ich werde Ihre Anzeige auf jeden Fall weiterleiten.«

»Wie wär's mit Personenschutz?«

»Wie bitte?«

Erstaunt drehte Hollmann sich zu ihr um.

»Sie beschützen mich, bis der Stalker gefasst ist!«

»Ideen haben Sie! Vermutlich sind Sie übernächtigt. Da ist es nicht auszuschließen, dass die Fantasie mit Ihnen durchgeht. Schlafen Sie sich mal aus, dann sieht die Welt wieder anders aus!«

Vorbei die Vorstellung von einem aufregenden Stelldichein mit ihrem Beschützer.

Wortlos ließ sie ihn gehen.

Als sie wieder allein war, ließ Trixi sich resigniert aufs Sofa fallen. Die Stille wirkte beunruhigend auf sie. Was war nur aus ihrem Leben geworden? Als ihre Eltern noch lebten, war sie von dem Wunsch getrieben, alles zu tun, wonach ihr der Sinn stand. Nun hatte sie die idealen Voraussetzungen, jetzt liefen ihr die Männer davon oder spielten Poltergeist mit ihr. Zuerst Bruno Dold und jetzt Roland Berkes. Lastete ein Fluch auf ihr? Über diesen entmutigenden Gedanken schlief sie nach einer Weile ein. Sie wälzte sich hin und her, Träume vermischten sich mit schrecklichen Fantasien.

Plötzlich schreckte sie durch Klappern und Quietschen auf. Das Herz schlug ihr bis zum Hals. Der Lärm kam nicht von der Tür, sondern vom Wohnzimmerfenster. Sie löschte die kleine Stehlampe, die neben dem Sofa stand und schaute zum Fenster. Tatsächlich sah sie dort die Silhouette eines Mannes. Wie konnte das sein?

Sie ließ den Fensterschutz mit Schwung heruntersausen. Diese Prozedur wiederholte sie an jedem anderen Fenster. Hatte sie schlecht geträumt? Wie sollte ein Mann bis zu dieser Höhe gelangen. Das musste ein Hirngespinst gewesen sein.

Müde legte sie sich ins Bett, lag aber den Rest der Nacht wach.

In den nächsten Tagen war im Friseursalon so viel los, dass Trixi ihre Sorgen verdrängen konnte. Sie freute sich auf die Mittagspausen bei einer Tasse Kaffee in der angrenzenden Kammer, wo sie mit ihrer Freundin Käthe über die kommenden Weihnachtsfesttage plaudern konnte. Sie genoss es, mit ihr zu lachen und Pläne zu schmieden, von denen beide wussten, dass sie sie niemals umsetzen würden. In dieser Zeit herrschte angenehme Stille im Salon, die sie sich nicht gerne nehmen ließen.

Als um die Mittagszeit ein Kunde vor der Tür stand und klopfte, stand Trixi nur widerwillig auf. Sie empfand es als dreist, während der Mittagspause zu stören. Doch der junge Mann, der vor ihr stand, ließ sie den Ärger vergessen.

»Was darf es sein?«, fragte sie honigsüß.

Er lachte mit perfekten, weißen Zähnen und antwortete: »Meine Haare sind zu lang. Können Sie etwas dagegen tun.«

»Klar«, antwortete Trixi. Sie bot ihm einen Stuhl an und begann mit flinken Händen zu schneiden. Der junge Mann ließ sie dabei nicht aus den Augen.

»Haben Sie kein Vertrauen?«, fragte Trixi deshalb neckend.

»Oh doch«, versicherte er. »Ich schaue Sie einfach nur gern an.«

Diese Antwort brachte sie ein wenig aus dem Konzept, aber sie riss sich zusammen.

»Das ging aber schnell«, bemerkte er hinterher.

Leider, dachte Trixi und machte die Rechnung fertig.

»Ich werde mir Ihren Salon merken.«

»Wie soll ich das verstehen? Positiv oder negativ?«

»Positiv natürlich.«

»Dann möchte ich gern Ihren Namen notieren«, reagierte Trixi prompt. »Ich lege eine Kundenkarteikarte für Sie an.«

»Ob das eine gute Idee ist? Mein Name klingt nicht gut.«

»Meiner auch nicht. Ich heiße Trixi, hört sich albern an.«

»Nein, das klingt schön. Ich heiße Fritz.«

»Ist doch ein interessanter Name. Da kann sich alles Mögliche dahinter verbergen.«

»Sie haben viel Fantasie, wenn Ihnen dazu etwas einfällt.«

»Wie heißen Sie noch?«

»Lörsch«, gab er an und ging grüßend davon.

Käthe kam aus dem Kämmerchen und lachte: »Mann

oh Mann, du kennst wirklich alle Tricks. Welche Kundenkartei soll das denn sein?«

Der Tag verflog. Die Menschen waren trotz der Einkaufshektik gut gelaunt, wärmten sich unter den Trockenhauben auf, bevor sie sich wieder hinaus in die Kälte begaben, um ihrer Kauflust zu frönen. Trixi sah in diesen Tagen zum ersten Mal einen Vorteil darin, an Weihnachten allein zu sein. Sie musste sich nicht in das Gewühl der Einkaufshäuser stürzen, denn sie hatte niemanden zu beschenken.

Nach Feierabend sperrte sie den Salon ab und merkte erst jetzt, dass Roland Berkes an diesem Tag nicht gekommen war.

Aber leider sollte ihre gute Laune ein schnelles Ende finden. Neben ihrer Haustür hing ein großer Nikolaus, eine Dekoration, wie sie sie an vielen Häusern in der Stadt gesehen hatte. Normalerweise gefiel ihr dieses weihnachtliche Beiwerk. Allerdings nicht, wenn es ohne ihre Zustimmung angebracht wurde. Es gab keinen Zweifel, wem sie das zu verdanken hatte.

Es war ein schöner Nikolaus, der von einer Lichterkette angeleuchtet wurde. Eine Weile überlegte Trixi, was sie tun sollte. Die Figur machte sich gut an ihrem Haus, was ihre Wut über die Unverfrorenheit dämpfte. Gegen jede Vernunft beschloss sie, alles so zu lassen wie es war, und ging hinein.

Als das Telefon klingelte, hob sie nicht ab. Sie ahnte, was Roland Berkes wissen wollte. Da sie nicht die geringste Lust verspürte, ihm das Gefühl zu geben, er hätte ihr einen Gefallen getan, ließ sie es einfach klingeln. Der Anrufer bewies Geduld, denn das Telefon läutete in regelmäßigen Abständen. Aber Trixi blieb eisern.

Am nächsten Morgen war Roland Berkes der erste Besucher.

»Ich habe mehrmals versucht, dich anzurufen«, begrüßte er sie. »Ich dachte schon, es sei etwas passiert!«

»Was soll schon passieren?«

»Wie gefällt dir der Weihnachtsschmuck an deiner Tür?«

Trixi überlegte sich die Antwort gut. Ein Lob könnte ihn ermuntern. Deshalb war ihr Ton schärfer als beabsichtigt. »Hast du nichts Besseres zu tun, als fremde Häuser zu schmücken?«

Wie ein begossener Pudel stand Roland vor Trixi, schaute sie eine Weile an, bis er sich umdrehte und verschwand.

So betroffen hatte sie ihn noch nicht gesehen.

Aber Zeit, darüber nachzudenken, blieb ihr nicht, denn die Arbeit wartete. Fast alle Stühle im Salon waren besetzt.

Am Abend war der Nikolaus verschwunden. Ihre Reaktion war wohl doch zu heftig ausgefallen. Obwohl Trixi Rolands Liebeswerben nicht nur verabscheute sondern sogar fürchtete, war sie enttäuscht.

Der junge Mann verlor kein Wort mehr über die Angelegenheit. ›Natürlich‹, dachte Trixi. Diesen dummen Streich einfach so zuzugeben, wäre sein erstes Eingeständnis, dass er ein Spiel mit ihr trieb. So gesehen war sein Verhalten raffiniert. Er sprach einfach nur das Nötigste mit ihr, was ihr nur recht sein konnte.

Aber es dauerte nicht lange, da ging der Spuk weiter. Trixi kam von der Arbeit nach Hause, müde, erschöpft, keine Spur von Weihnachtsstimmung in ihr. Kaum hatte sie das Haus betreten, spürte sie, dass dort etwas anders war. Gänsehaut kroch in ihr hoch, sie bekam Angst. Leise schlich sie durch den schmalen Flur bis zur Wohnzimmertür. Alles war still. Erst als sie im Zimmer stand, erkannte sie, was anders war. Tannenduft stieg ihr in die Nase. Neugierig geworden schaltete sie das Licht ein, aber anstelle der Deckenlampe leuchtete im Erker ein Tannenbaum in den schönsten Farben auf. Gleichzeitig ertönte das Lied: *Ich find dich scheiße* von Tic Tac Toe.

Trixi wich erschrocken zurück.

Bestürzt beäugte sie die vielen, kleinen Figuren, in den Zweigen. Nichts daran war anstößig, nichts, was nicht an einen Weihnachtsbaum gehörte. Auch kein Hinweis, kein Brief, keine Botschaft.

Sie nahm die CD aus der Musikanlage und warf sie weg. Dabei fiel ihr nur eine Erklärung ein: Roland Berkes war ein Psychopath – eine gespaltene Persönlichkeit. Die eine Hälfte wusste nicht, was die andere tat. Während seine gute Seite den Baum schmückte, legte die schlechte Seite dieses scheußliche Lied auf.

Eine Weile betrachtete sie den Tannenbaum, der mit einer Präzision geschmückt worden war, die große Geduld erforderte. Ihm war nichts zu viel.

Was tun? Wenn sie alles so ließ, kam das einem Einverständnis gleich. Aber sollte sie jetzt, nach einem arbeitsreichen Tag einen großen, mit bunten Kugeln, elektrischen Lichtern und glitzernden Sternen überhäuften Baum entsorgen? Dazu hatte sie keine Lust. Weihnachten war nicht mehr weit. Auch wenn die Herkunft des Baumes zweifelhaft war; seine Wirkung verfehlte er nicht. Sollte er stehen bleiben.

In der Nacht regnete es. Die Temperaturen sanken bis unter null Grad, der Regen fror zu Glatteis.

Als Trixi am nächsten Morgen mit ihrem Fahrrad das

Haus verlassen wollte, überlegte sie es sich anders. Es war spiegelglatt. Also machte sie sich zu Fuß auf den Weg. Die sonst stark befahrene Kaiserstraße war fast leer. Ein Auto hielt direkt neben ihr an. Es war der Lieferwagen von Roland Berkes.

»Steig ein. Ich fahre dich zur Arbeit.« Er öffnete die Beifahrertür, als erwartete er keinen Widerspruch von Trixi.

Trixi schüttelte den Kopf und schlitterte weiter.

»Es ist nur eine Frage der Zeit, bis ich dich vom Eis kratzen muss.«

Stur rutschte sie weiter.

Roland folgte ihr im Schritttempo.

Trotz ihrer Vorsicht rutschte sie aus und landete unsanft auf dem Boden.

Roland hielt sofort an, stieg aus und half ihr aufzustehen.

»Wirst du jetzt einsteigen? Oder willst du dir alle Knochen brechen?«

Gegen ihren Willen musste Trixi einsehen, dass er recht hatte.

Während der Fahrt sprachen beide kein Wort. Was hatte das wieder zu bedeuten? Sonst nutzte er doch jede Gelegenheit.

Am Salon angekommen, stieg sie aus und warf ihm einen fragenden Blick zu.

»Heute habe ich keine Lieferung für euch. Leider muss ich sofort weiter.«

Sie konnte sein Verhalten nicht einordnen. Bisher hatte er jedes Mal nachgefragt, wie seine Einfälle bei ihr angekommen waren. Nur dieses Mal nicht. Mit Sicherheit würde er noch darauf zu sprechen kommen. Es wäre ja sinnlos, sich diese Arbeit zu machen, ohne eine Gegenleistung dafür zu erwarten.

Aber an diesem Tag hörte und sah sie nichts mehr von ihm. Er ließ sie tatsächlich in Ruhe.

2

Nach Feierabend waren die Wege gefahrlos zu begehen, obwohl es immer noch eisig kalt war. Auf dem Heimweg freute sich Trixi auf einen lauschigen Abend vor dem geschmückten Tannenbaum. Über seine zweifelhafte Herkunft dachte sie lieber nicht nach. Sie wollte einfach nur ungestört die weihnachtliche Atmosphäre genießen. Kaum hatte sie das Haus betreten, schaltete sie die Beleuchtung ein und ließ sich aufs Sofa plumpsen.

Da klopfte es an der Tür.

Erstaunt darüber, warum ihr Besucher nicht klingelte, erhob sie sich und ging das kurze Stück durch den Flur auf die Tür zu, blieb aber kurz davor stehen. Es wäre sicher nicht klug zu öffnen. Sie kehrte ins Wohnzimmer zurück, schob sich am Tannenbaum vorbei ans Erkerfenster, das genau auf die Haustür zeigte.

Kein Mensch war zu sehen. Aber etwas lag auf dem Boden. In der Dunkelheit konnte Trixi nicht erkennen, was es war. Ihre Angst hielt sie davon ab nachzusehen und so beschloss sie, dies erst am nächsten Morgen zu tun.

Aber den Entschluss umzusetzen kostete sie mehr Nerven, als sie geahnt hatte. Unentwegt ging sie von Zimmer zu Zimmer, fühlte sich in ihren vier Wänden nicht mehr wohl. Wie lange sollte das so weitergehen? Sie spürte, dass sie nicht tatenlos abwarten konnte, sie musste etwas tun. Ihr Blick fiel auf den Computer. Dabei kamen ihr wieder die Worte des Polizeihauptmeisters in den Sinn:

»So wie Sie die Sachlage schildern, besteht die Möglichkeit, dass er auch diese Technologie nutzt, um mit Ihnen in Kontakt zu treten. Oftmals geschieht das durch beleidigende E-Mails.«

Also schaute sie nach. Immer noch nichts.

Es war wie verhext. Entweder besaß Roland Berkes gar keinen Computer oder aber er wusste genau, dass eine E-Mail ihn verraten könnte. Hollmann hatte auch gesagt: *»Solange er nichts hinterlässt, womit sich seine Aktivitäten nachweisen lassen, können wir nichts tun ... Es wird uns nicht gelingen, die Staatsanwaltschaft von strafbaren Handlungen zu überzeugen, wenn wir keine Fakten liefern.«* Roland wollte keine Fakten liefern – er verfolgte sein Ziel mit aller Vorsicht und machte Trixi damit wehrlos.

Das brachte sie auf eine neue Idee. Bevor sie den Rechner wieder ausschaltete, startete sie eine Recherche bei Google über *Stalking*. Es gab erstaunlich viele Treffer. Sie las fasziniert einiges über dieses unerwünschte Nachstellen und die psychischen und physischen Auswirkungen. Darin fand sie auch bestätigt, was Hollmann ihr gesagt hatte. In Deutschland war es schwierig, mit dem Problem *Stalking* bei Polizei, Staatsanwaltschaft oder Gericht Gehör zu finden, weil es erst allmählich ins Bewusstsein drang.

Eine Weile starrte sie auf die vielen Informationen auf ihrem Bildschirm, bis die Buchstaben vor ihren Augen flimmerten. Besser wäre ein Buch. Aber woher nehmen und nicht stehlen? Kurzerhand klickte sie den Internetkatalog der Stadtbibliothek an, der ihr unvermittelt anzeigte, dass einige Titel verfügbar waren. Aufgeregt suchte sie die Spalte mit den Öffnungszeiten. Erleichtert las sie, dass die

Bibliothek von Dienstag bis Samstag durchgehend geöffnet hatte. Also würde sie gleich morgen in der Mittagspause dorthin gehen, sich Fachlektüre über das Phänomen *Stalker* heraussuchen und im Lese-Café, das eigens dafür eingerichtet worden war, darin schmökern.

Dieser Entschluss gab ihr das beruhigende Gefühl, nicht tatenlos zuzusehen. So gelang es ihr, mit der Tatsache, dass jemand etwas vor ihre Haustür gelegt hatte, besser fertig zu werden.

Am nächsten Morgen stolperte sie über einen Käfig. Ihr Herzschlag setzte aus, ihr wurde ganz schlecht. Vor ihr stand ein Katzenkäfig, in dem ein kleines Kätzchen lag – erfroren!

Nach mehrmaligem Würgen machte sie sich auf den Weg zur Arbeit. Den Katzenkäfig stellte sie zur Seite, weil sie das arme Geschöpf jetzt nicht anfassen konnte. Sie schob ihr Fahrrad an den Autowracks vorbei, als sie eine Stimme hörte: »Mörderin! Mörderin! Du bist schuld an ihrem Tod!«

Diese körperlose Stimme, die vom Autofriedhof herüber klang, ging ihr durch Mark und Bein.

An diesem Morgen kam sie zu spät zur Arbeit. Käthe bedachte sie mit einem besorgten Blick und fragte: »Ist wieder etwas passiert?«

Trixi schämte sich maßlos, dass sie das arme Kätzchen hatte erfrieren lassen. Deshalb wollte sie den Vorfall lieber für sich behalten.

»Du hast doch was«, gab Käthe nicht so leicht auf.

»Ich werde von dir immer nur belehrt, wie ich es besser machen könnte. Darauf kann ich verzichten!«

»Entschuldige, dass ich es gut mit dir meine.«

»Mit diesem Kerl ist einfach nicht zu reden, er ist ein Psychopath. Er tut Dinge, die mir Angst machen.«

»Ich glaube nicht, dass er gefährlich ist. Du hast zuviel Fantasie. Zurzeit schadet sie dir. Denn so viel, wie du in der kurzen Zeit erlebt haben willst, schafft einer allein gar nicht anzustellen.«

»Egal«, murrte Trixi. »Ich möchte heute kurz weggehen. Kannst du mich vertreten?«

Käthe nickte, fragte aber nicht weiter nach dem Grund.

An diesem Tag kam keine Lieferung von Roland Berkes, obwohl Trixi auf Haarfärbemittel wartete. Aber er wollte sicher einen Streit vermeiden.

Trixi bemühte sich, auf die Gespräche der Kundinnen einzugehen, um sich abzulenken. Es war ein Samstag, also sehr viel zu tun. Zum Glück ließ der Betrieb in der Mittagszeit etwas nach. So konnte Trixi ruhigen Gewissens gehen. Sie eilte zur Bushaltestelle. Als sie in den Bus einstieg, glaubte sie, einen weißen Lieferwagen der Firma Internationaler Paketdienst zu sehen. Lauerte ihr Roland Berkes auf?

Am Gustav-Regler-Platz, wo sich die Stadtbibliothek befindet, stieg sie aus. Sie schaute sich um. Von Roland keine Spur. Sie hatte sich wohl getäuscht.

Sie näherte sich dem Gebäude aus grauem Stahl, Beton und Glas mit raschen Schritten, trat ein und passierte den schmalen Durchgang, der ins Reich der Bücher führte. Auf einem Zettel hatte sie sich den Standort der verfügbaren Titel zum Thema *Stalking* notiert. Sie fand das Regal auch sofort, nahm sich 3 Bücher heraus und ließ sich im Lese-Café im Erdgeschoss an einem freien Tisch nieder.

Sie schaute aus dem Fenster. Die Aussicht reichte bis

zum großen Gustav-Regler-Platz, über dem das Bürgeramt wie eine gläserne Brücke schwebte. Seinen Ursprung hatte das futuristische Gebäude auf der kurzen Seite der Bibliothek und mündete in das neugotische Bauwerk des Rathauses von Saarbrücken.

Sie blätterte im ersten Buch und begann fasziniert zu lesen: *»Am 1.1.2002 ist das so genannte Gewaltschutzgesetz in Kraft getreten. Danach erlässt das zuständige Gericht gem. § 1 Abs. 2 GewSchG auf Antrag des Opfers eine Eilschutzanordnung, wenn das Opfer glaubhaft macht, dass eine Person einer anderen mit einer Verletzung des Lebens, des Körpers, der Gesundheit oder der Freiheit widerrechtlich gedroht hat oder eine Person widerrechtlich oder vorsätzlich in die Wohnung einer anderen Person oder deren befriedetes Besitztum eindringt oder eine andere Person dadurch unzumutbar belästigt, dass sie ihr gegen den ausdrücklich erklärten Willen wiederholt nachstellt oder sie unter Verwendung von Fernkommunikationsmitteln verfolgt.*

Das Opfer sollte eine möglichst detaillierte Aufstellung der Belästigungen mit Orts- und Zeitangaben fertigen und die Angaben an Eides statt versichern. Es muss also nicht erst etwas passieren, bevor die Gerichte tätig werden. Es reicht schon die ernsthafte Drohung.«

Das war ja interessant. Wie oft hatte Trixi die Polizei schon informiert? Außer ausführlichen Erklärungen hatte Hollmann nichts getan und einfach behauptet, in ihrem Falle gäbe es nichts zu tun. Hier stand, dass eine ernsthafte Drohung ausreiche. Aber nein, ihr musste wohl doch erst etwas passieren. Gebannt las sie die Ausführungen. Doch leider schlug die Aufregung schnell in Ärger um, als sie auf das Kapitel stieß, dass prominenten Opfern, wie Oskar Lafontaine oder Monika Seles besondere Aufmerksamkeit zuteil wurde. In diesen beiden Fällen wurden Stalking-Forschungsgruppen hinzugerufen, um die Motivation der Täter besser nachvollziehen zu können.

Trixi sah aus dem Fenster und traute ihren Augen nicht: Dort stand Roland Berkes. Ihre Blicke trafen sich. Wartete er etwa auf sie?

Hastig konzentrierte sie sich auf ihr Buch, aber das wollte ihr nicht mehr gelingen. Wieder schaute sie hinaus.

Er war weg.

Sie stand auf und stellte sich direkt ans Fenster, um den großen Platz besser überblicken zu können. So sehr sie sich auch anstrengte, sie konnte ihn nicht mehr entdecken.

War er wirklich verschwunden oder versteckte er sich vor ihr?

Sie kehrte an ihren Platz zurück.

Ein Zettel lag auf dem aufgeschlagenen Buch.

»Glaub bloß nicht, dass du ein Opfer bist! Du bist an allem selbst schuld!«

Erschrocken wich sie zurück. Also war Roland Berkes noch hier. Hastig eilte sie zum Ausgang, aber vergebens. Sie konnte ihn nirgends sehen. Es begann zu regnen und sie hatte keine Lust, ohne Schirm hinauszulaufen. Er war wie vom Erdboden verschluckt. Also kehrte sie zurück. Enttäuscht beschloss Trixi wenigstens den Zettel als Beweismittel zu nutzen.

Das Buch lag noch an derselben Stelle. Aber der Zettel war weg.

»Haben Sie Probleme?«, fragte ein Mann.

»Ja«, antwortete Trixi hastig. »Jemand hat mir eine Drohung ins Buch gelegt.«

»Sind Sie sicher? Geben Sie mir den Zettel und wir werden uns darum kümmern!«

»Der Zettel ist weg«, gestand Trixi zerknirscht.

Der Mitarbeiter der Stadtbibliothek schaute die junge Frau mit einem seltsamen Blick an. Dass er ihr nicht glaubte, erkannte sie sofort. Also konnte sie sich auch den Gang zur Polizei sparen.

Sie ließ sich eines der Bücher einpacken, passierte die Abhol- und Rückgabekontrolle und verließ das Bibliotheksgebäude.

Der Rest des Tages verging schnell. Trixi hatte nicht bemerkt, wie die Zeit verflogen war – wie schnell sie an den Ort zurückkehren musste, an dem so schreckliche Dinge geschahen.

Die Temperaturen waren angestiegen, der Regen wurde stärker. Mit dem Schirm kämpfte sich Trixi mühsam vorwärts. Schon von weitem konnte sie die Umrisse ihres Hauses sehen. Es hatte mal eine Zeit gegeben, da war sie froh, Eigentümerin eines solchen Domizils zu sein. Heute hatte sie nur noch Angst.

Vom Abstellplatz der Autowracks hörte sie das Plätschern des Regens auf die verrosteten Bleche. Alles schien in Ordnung zu sein. Vor der Haustür warf sie einen Blick zur Seite, wo sie den Katzenkäfig abgestellt hatte. Er war weg.

Sollte sie erleichtert sein? Nun brauchte sie den Tierkadaver nicht zu entsorgen.

Mit gemischten Gefühlen betrat sie das Haus. Der Duft der Tanne stieg ihr sofort in die Nase und ließ sie den Frust vergessen. Im Wohnzimmer richtete sie sich gemütlich ein, schaltete die Weihnachtsbeleuchtung ein und genoss die Stille. Nach einer Weile schlief sie auf dem Sofa ein.

Ein heftiges Pochen an der Haustür weckte sie auf.

Erschrocken eilte sie zum Fenster. Wieder stand ein Kasten vor der Tür. Sie war entsetzt. Wenn das wieder ein junges Kätzchen war, das in dieser Kälte auf keinen Fall im Freien bleiben durfte, musste sie es ins Haus holen. Hastig rannte sie durch den Flur auf die Haustür zu, öffnete sie mit Schwung, trat eilig hinaus, sah, wie ihr etwas entgegen kam, konnte aber nicht mehr reagieren. Ein heftiger Schmerz traf sie unvermittelt am Kopf, dann wurde alles schwarz um sie herum.

Als sie wieder zu sich kam, zitterte sie vor Kälte. Sie setzte sich auf und versuchte sich zu orientieren. Sie war vor ihrer Haustür und hatte fürchterliche Kopfschmerzen. Ihr Blick fiel auf einen dunklen Fleck. Von Ekel geschüttelt sprang sie auf, aber ihr wurde schwindelig, sodass sie sich wieder setzen musste. Nun sah sie die große Blutlache. Daneben stand der Katzenkäfig mit dem toten Kätzchen. Ein Zettel hing daran.

Zitternd näherte sie sich dem Papier und las: »*Schau dir die Sauerei gut an. Das nächste Mal liegst du in deinem eigenen Blut!*«

Mit einem Aufschrei prallte Trixi zurück, knallte die Tür zu und raste ins Badezimmer. Dort riss sie sich sämtliche Kleider vom Leib, stopfte sie in die Waschmaschine, duschte und versuchte sich zu beruhigen. Sie beschloss, nochmals zur Polizei zu gehen. Die neuen Ereignisse und die Spuren vor ihrer Haustür mussten doch überzeugen.

Als sie das Haus verließ, war alles verschwunden. Die

tote Katze, das Blut, der Zettel – alles. War das ein Grund erleichtert zu sein? Es hatte den Vorteil, dass sie die Sauerei nicht selbst beseitigen musste. Andererseits konnte sie der Polizei nun nicht zeigen, was ihr widerfahren war.

Aber ihr Entschluss stand fest.

Sie lief über die Brücke auf den Grumbachtalweg zu, der in die Kaiserstraße mündete. Von dort war es nicht mehr weit bis zur Polizei.

»Sie schon wieder«, begrüßte Hollmann die junge Frau.»Sie sehen mitgenommen aus.«

Stirnrunzelnd hörte er sich ihre Geschichte an, bevor er sagte: »Es ist Samstagabend, eine Zeit, in der überall in der Stadt etwas los ist.«

»Was hat das mit mir zu tun?«

»Wenn ich einem blinden Alarm folge und woanders etwas passiert, hat das schon mit Ihnen zu tun. Ich hoffe, Sie fantasieren nicht.«

»Sie erinnern sich bestimmt noch an den Artikel über die Frau, die von ihrem Verfolger getötet wurde!«

»Ich leide noch nicht an Alzheimer. Ich erinnere mich aber auch daran, dass es Zeugen gab, die den aufdringlichen Besucher bestätigen konnten. In Ihrem Fall sehe ich das nicht und habe auch nichts in der Hand, was ihre Aussage bekräftigt. Haben Sie die tote Katze noch? Ist der Blutfleck vor Ihrer Haustür noch zu sehen?«

»Ich kann nur sagen, dass die Spuren beseitigt worden sind, während ich unter der Dusche war«, gestand Trixi und plötzlich wurde ihr klar, was hier geschah.

»Haben Sie den Zettel noch?«

Niedergeschlagen schüttelte sie den Kopf.

»Verstehen Sie jetzt, warum ich nichts unternehmen kann?« Hollmann schaute Trixi eindringlich an. »Habe ich Ihnen nicht ausführlich erklärt, wie schwierig es ist, die Staatsanwaltschaft von einem Stalking-Fall zu überzeugen?«

Unter seinem Blick fühlte Trixi sich wie ertappt, weil ihr genau in dem Augenblick der geschmückte Tannenbaum einfiel. Womöglich wäre das ein Beweis gewesen. Aber durch ihre Inkonsequenz hatte sie die Chance verspielt, diesen noch vorzubringen, obwohl Hollmann auf etwas Entscheidendes wartete. Jetzt würde sie nur noch mehr an Glaubwürdigkeit verlieren, weil sie zugeben müsste, dass sie diese Aktivität ihres hartnäckigen Verfolgers einfach akzeptiert hatte.

»Soll ich mich in Ihr Haus setzen und warten, bis der imaginäre Bösewicht sich etwas Neues einfallen lässt?« Mit diesen Worten unterbrach der Polizeibeamte Trixis Gedanken. Da saß sie vor dem Mann, der sie vor ihrem Verfolger beschützen könnte, wenn es ihr nur gelingen würde, ihn zu überzeugen.

Sie spürte, dass sie dieser Situation nicht gewachsen war. Ihre Fehler erkannte sie erst, wenn es zu spät war. Aber das nützte nichts. Mit dem Nikolaus hatte es angefangen. Ihn einfach zu dulden war ihr erster und entscheidender Fehler, denn diese Puppe wäre auch ein unwiederbringlicher Beweis. Dann der Tannenbaum. Auch da hatte sie sich einfach von Gefühlen hinreißen lassen, hatte sich prinzipienlos verhalten, was in ihrer Situation nur schaden konnte. Die Quittung dafür kassierte sie jetzt.

Die schmerzliche Einsicht zermürbte sie. Wie gerne hätte sie Hollmann gebeten ihr künftig beizustehen. Aber das konnte sie vergessen – so wie er sie anschaute. Stumm erwiderte sie seinen Blick, in der Hoffnung, dass er es sein würde, der das Schweigen brach.

Aber den Gefallen tat er ihr nicht.

»Ich habe Angst, wieder allein durch die Dunkelheit in mein Haus zurückzugehen«, gab sie zerknirscht zu.

»Kann es sein, dass Sie sich in psychischem Stress befinden?«

Trixi schaute den jungen Mann erschrocken an. Sein kantiges Gesicht drückte Misstrauen aus; seine grünen Augen wirkten wachsam. Diese Frage fehlte noch.

»Ich glaube, dass der Stress, in dem ich mich befinde, für die Situation ganz normal ist«, murrte sie. Dabei bemühte sie sich, mit fester Stimme zu sprechen. Er durfte auf keinen Fall merken, wie sehr er sie damit getroffen hatte.

Hollmann runzelte die Stirn, rieb sich über die Schläfen, bevor er fragte: »Können Sie nicht bei einer Freundin schlafen? Oder eine Freundin bei Ihnen?«

Eine Weile überlegte Trixi, bis ihr Käthe einfiel.

»Rufen Sie sie am besten gleich von hier aus an. Ich fahre Sie dann«, schlug Hollmann vor und reichte Trixi den Telefonhörer.

Nach einem kurzen Gespräch einigten sich die beiden Frauen, dass Käthe bei Trixi schlafen würde. Hollmann hielt sein Versprechen und übernahm den Fahrdienst.

Die Anwesenheit der Freundin ließ Trixi ihre Sorgen tatsächlich vergessen.

Sie führte Käthe durch sämtliche Zimmer des Erdgeschosses, sperrte sogar die Tür zum Treppenhaus auf, um ihr die obere Etage zu zeigen. Zum Abschluss präsentierte sie ihrer Freundin voller Stolz ihr kleines Pflanzenparadies. Mit staunenden Blicken schlenderte Käthe zwischen dem großen Tisch, den Stühlen, den Sideboards und den Holzschemeln hindurch. Vor den ausgefallenen Sorten blieb sie stehen und ließ sich von Trixi die Namen und besonderen Eigenschaften erklären. Als Käthe eine der exotischen Pflanzen anfassen wollte, hielt Trixi ihre Hand fest.

»Vorsicht! Die ist giftig! Oder du musst dir hinterher gründlich die Hände waschen.«

»Oh! Du hegst hier nicht nur Pflanzen, sondern ein gut getarntes Waffenarsenal«, lachte Käthe.

»Nur die eine ist giftig, da kann man noch nicht von einem Arsenal sprechen.«

Anschließend machten sie es sich im Wohnzimmer gemütlich. Trixi schaltete die Beleuchtung des Weihnachtsbaums ein. Vor Begeisterung stieß Käthe einen Freudenschrei aus.

Zur Feier des Tages tranken sie eine Flasche Wein.

Als Trixi am nächsten Morgen erwachte, fiel ihr erster Blick auf das Gesicht ihrer schlafenden Freundin. Dieser Anblick stimmte sie so froh wie schon lange nicht mehr. Obwohl sie noch müde war, machte sie sich auf den Weg durch die Kälte zu dem Bäckerauto, das am Sonntagmorgen durch den Grumbachtalweg fuhr. Dort kaufte sie Brötchen. Es tat ihr gut, jemanden zu haben, für den sie sorgen konnte.

Am Auto stand bereits ein älterer Herr, den sie fast jedes Mal an dieser Stelle traf. Er trug einen dicken Mantel, Hut und Schal. Trotzdem war seine Nase rot von der Kälte. Als er Trixi erblickte, meinte er mit sorgenvoller Stimme: »Sie sehen angeschlagen aus. Sind Sie krank?«

Trixi schüttelte den Kopf, was sie besser nicht getan hätte. Vor Schmerz zuckte sie zusammen.

»Kann ich Ihnen helfen?«

»Es geht schon«, wehrte Trixi schnell ab. »Ich bin gestern auf den Hinterkopf gefallen. Das tut noch ein bisschen weh.«

»Gehen Sie lieber zum Arzt und lassen Sie sich untersuchen. Sollte es eine Gehirnerschütterung sein, ist nicht damit zu spaßen.«

Trixi war gerührt von dieser Fürsorge. Aus seinen Augen sprach Mitgefühl. Ihr wurde warm ums Herz. Er hielt Brötchen und Kuchen in den Händen. Zufällig wusste sie, dass er erst vor einem Jahr geheiratet hatte – sehr spät für einen so netten Mann. Aber diese Ehe schien ihm gut zu bekommen, denn seitdem war er rundlicher geworden, wodurch er noch mehr Gemütlichkeit ausstrahlte, um die Trixi ihn beneidete.

»Ich werde Ihren Rat befolgen.«

»Ich weiß, dass Sie allein leben, seit Ihre Eltern tot sind. Wenn Sie Hilfe brauchen, klingeln Sie einfach bei uns. Meine Frau und ich helfen gern. Wir wohnen in der Kaiserstraße – links um die Ecke, das erste Haus.«

»Vielen Dank. Zurzeit wohnt eine Freundin bei mir. Ich wünsche Ihnen einen schönen Sonntag!« Mit diesen Worten verabschiedete sie sich und eilte nach Hause. Es war schön, einfühlsame Mitmenschen in der Nachbarschaft zu wissen. Die letzten Tage hatten Trixi entmutigt, weil es ihr nicht gelungen war, die Polizei von ihrem Verfolger zu überzeugen. Diese Begegnung hob ihre Laune beträchtlich.

Als sie heimkam, fand sie Käthe am Wohnzimmerfenster. Sie schaute auf den Autofriedhof und meinte verdrossen: »Die Aussicht ist nicht berauschend. Wie hältst du das aus?«

»Früher stand dort das Haus meiner Freundin Chantal. Wenn ich hinausschaue, sehe ich nicht die hässlichen Autowracks, sondern erinnere mich daran, wie schön es war, als sie noch hier war.«

»Warum steht das Haus nicht mehr?«

»Es musste abgerissen werden, weil es mit Asbest verseucht war. Meine Freundin ist mit ihrer Familie weggezogen.«

Trixis Stimme klang traurig.

Eine Weile schaute sie zusammen mit Käthe auf die verrosteten Autowracks, bis sie hinzufügte: »Chantal war einfach super. Zusammen waren wir unschlagbar. Wir heckten immer Streiche aus, nahmen nichts und niemanden ernst, machten aus allem ein Spiel. Die Lehrer hatten ihre helle Freude an uns. Aber den meisten Spaß hatten wir, wenn wir die kleinen Quälgeister ärgern konnten.«

»Welche Quälgeister?«, horchte Käthe auf.

»Friedhelm Lord, der Sohn unseres Gärtners und Frank Lüderitz, der Sohn der Haushälterin von Chantals Familie.«

»Nobel geht die Welt zugrunde. So etwas konnten sich meine Eltern noch nie leisten.«

»Ich glaube, meine Mutter brauchte einen Gärtner, an dem sie ihre Überlegenheit in Sachen Pflanzenkunde demonstrieren konnte. Der arme Mann hatte bei ihr nicht viel zu melden«, meinte Trixi schulterzuckend.

»Und sein Sohn?«

»Der auch nicht – ebenso der Sohn der Haushälterin. Die beiden hatten Chantal und ich im Griff.«

»Erzähl schon«, drängte Käthe.

»Die Quälgeister wollten uns demonstrieren, dass sie die Krone der Schöpfung sind. Immer versuchten sie uns reinzulegen, aber ihre Tricks waren damals schon uralt. Chantal und ich waren für die Knirpse viel zu raffiniert.«

»Was habt ihr denn mit den beiden angestellt?«

»Zuerst einmal gaben wir ihnen Spitznamen. Den Sohn unseres Gärtners nannten wir *Lord Helmchen*. Chantal taufte ihr Opfer auf den Namen *Bugs Bunny*.«

»Warum diese Namen?«

»Zum Familiennamen Lord kam hinzu, dass Friedhelms Haare eng am Kopf lagen. Das sah aus wie ein Helm. Der Name hat sich uns regelrecht aufgedrängt«, erklärte Trixi schmunzelnd. »Frank, der Sohn der Haushälterin, hatte vorstehende Zähne, die über die Unterlippe reichten, sodass wir nicht umhin konnten, ihm den Namen *Bugs Bunny* zu geben. Zusammen haben Chantal und ich die Buben damit immer geärgert, haben sie gejagt und verprügelt. Das fiel uns leicht, weil beide kleiner waren als wir.«

»Ihr wart aber ganz schön biestig«, schüttelte Käthe den Kopf.

»Sie waren so leicht zum Weinen zu bringen. Wir brauchten sie nur bei ihren Kosenamen zu nennen, schon flennten sie los. Das konnten wir uns einfach nicht entgehen lassen«, lachte Trixi bei der Erinnerung daran.

»Was ist aus den beiden geworden?«

»Keine Ahnung. Als Chantals Familie das Haus verlassen musste, nahmen sie *Bugs Bunny* und seine Mutter mit. Unser Gärtner wurde fast gleichzeitig entlassen, weil wir einen guten Preis für unseren Garten bekamen. Die Familie ist ebenfalls fortgezogen. Ich habe sie seitdem nicht mehr gesehen.«

»Wie lange ist das her?«

»Bestimmt schon fünfzehn Jahre.«

Sie holten den restlichen Weihnachtsschmuck und dekorierten damit das Erdgeschoss. Käthe übernahm das Wohnzimmerfenster, wollte dort elektrische Sterne befestigen, als ihr Blick auf ein Buch fiel. Der Titel lenkte sie von ihrer Arbeit ab. Er lautete einfach nur *Stalking* und bezeichnete diesen Fachbegriff als gleichbedeutend für obsessive Verfolgung oder obsessive Belästigung. Methoden wie Briefe, Telefonate, E-Mails, Auflauern und Verfolgen, Drohungen und Liebesbekundungen wurden aufgezählt. 18% aller Frauen und 5% aller Männer in Deutschland werden nach diesem Bericht mindestens einmal in ihrem Leben Opfer von Stalkern. Das heißt, sie werden längerfristig von einer Person – meist im Liebeswahn – verfolgt, belästigt und teilweise auch bedroht.

»Was willst du damit?«, fragte sie erstaunt. »Hältst du Roland Berkes für einen Stalker?«

Trixi nahm ihr das Buch wortlos ab und legte es in den Schrank.

»Ich habe den ganzen Tag über kein Geräusch gehört, weder am Fenster noch an der Tür. Das Telefon steht still, es gibt keine unerwünschten Geschenke oder Kästen vor deiner Haustür. Heißt das, dass auch ein Stalker mal Urlaub macht?«, ließ Käthe sich nicht so einfach abschütteln.

»Glaubst du, ich habe das noch nicht bemerkt. Ich hoffe die ganze Zeit, dass er endlich irgendetwas tut. Denn nur dann könnte ich dich davon überzeugen, welchem Terror ich ausgesetzt bin. Aber wie es aussieht, weiß er das auch. Ich vermute, dass er abwartet, bis ich wieder allein bin. Dabei hatte ich gehofft, ich könnte dich endlich davon überzeugen, mit mir gemeinsam den Kampf gegen ihn aufzunehmen.«

»Tut mir leid«, bedauerte Käthe. »Aber manchmal glaube ich wirklich, mit dir geht die Fantasie durch. Kein Mensch kann sich über einen anderen so genau informieren, dass er über jedes Detail in dessen Leben Bescheid weiß!«

Am Montagmorgen wachte Trixi zuerst auf. Sie bereitete das Frühstück. Dabei fiel ihr Blick aus dem Fenster. Was sie dort sah, überraschte sie so sehr, dass sie mit einem lauten Jubelruf ihre Freundin weckte: »Käthe, es schneit!«

Sofort war die Freundin wach und sprang aus dem Bett.

In ihren Schlafanzügen, nur mit Pantoffeln an den Füßen rannten sie hinaus und jubelten »Schnee! Schnee!« wie kleine Kinder. Dabei streckten sie ihre Zungen heraus und versuchten einzelne Schneeflocken einzufangen.

»Schmeckt nach nichts«, stellte Käthe fest.

»Ich finde, es schmeckt köstlich.«

Die Schneeflocken fielen ganz dicht; die Luft war erfüllt von kaltem Weiß.

»Was tun wir, wenn wir eingeschneit werden?«, fragte Käthe, immer noch wie ein verrücktes Kind herumspringend.

»Meine Güte, wir werden uns gegenseitig aufessen müssen.«

»Der Kampf ums nackte Überleben«, fantasierte Käthe weiter.

»Von der Welt abgeschnitten!«

»Völlig auf uns allein gestellt!«

»Kein Strom!«

»Kein Radio!«

»Kein Fernsehen!«

»Wir werden wieder die alten Kartenspiele heraussuchen müssen, um uns die Zeit zu vertreiben«, hielt Trixi begeistert die Hände hoch.

»Wir werden unseren Vorrat an Kerzen aufbrauchen«, spann Käthe den Faden weiter.

»Kartenspiele im Kerzenschein. Das klingt traumhaft schön.«

»Weiße Weihnacht im Saarland«, rief Käthe. »Ich glaube, das habe ich noch nie erlebt!«

»Du musst eben Weihnachten bei mir verbringen.«

»Geht nicht«, hielt Käthe dagegen. »Ich muss zu meiner Familie, sonst werde ich enterbt.«

»Wenn du eingeschneit bist, kommst du aber nicht hin!«

»Stimmt. Leider bekomme ich kalte Füße.«

»Wenn der Schnee die Scheiben zudeckt, müssen wir ins Obergeschoss ausweichen, um das Treiben weiter zu beobachten.«

»Aber was tun wir, wenn er bis dorthin reicht?«

»Dann klettern wir aufs Dach.«, schlug Trixi weise vor.

Schnatternd vor Kälte aber glücklich gingen beide wieder ins Haus zurück. In der Küche wärmten sie sich bei einem heißen Kaffee auf.

Auch der Montag verlief ohne Zwischenfälle.

Am Nachmittag fielen nur noch vereinzelte Flocken. Trixi stand am Fenster und meinte: »Keine Schneekatastrophe in Sicht.«

»Also müssen wir nicht ins Obergeschoss flüchten?« Käthe stellte sich neben ihre Freundin und schaute auf den verschneiten Autofriedhof.

»Nein. Und wie es jetzt aussieht, wirst du Weihnachten bei deiner Familie verbringen können.«

»Wenn du willst, kann ich bis dahin bei dir bleiben.«

Trixi freute sich über diesen Vorschlag. Der Gedanke war verlockend. Aber war das Angebot auch ernst gemeint?

»Nur, wenn du das wirklich willst«, antwortete sie und blickte ihre Freundin fragend an.

»Sicher! Bis Weihnachten sind es immerhin noch zwei Wochen. Bis dahin könnte ich bei dir einziehen. Hier zu wohnen ist nicht schlecht, weil es nicht weit bis zur Arbeit ist.«

Die Vorstellung, noch zwei Wochen Käthes Gesellschaft zu haben, gefiel Trixi. Wenn sie richtig vermutete, würde sie in dieser Zeit nicht nur die Zweisamkeit mit ihrer Freundin genießen, sondern auch Ruhe vor ihrem Verfolger haben. Diese Aussichten stimmten sie zuversichtlich.

Gemeinsam machten sie sich am Dienstagmorgen auf den Weg zur Arbeit. Sie hatten ihren letzten freien Montag in diesem Jahr hinter sich gebracht. Von nun an mussten sie bis zum Jahresende sechs Tage die Woche arbeiten, weil ein großer Kundenandrang erwartet wurde. Aber das konnte Trixi nicht erschüttern. Sie war einfach nur gut gelaunt.

Die letzten Tage vor Weihnachten vergingen wie im Flug. Wie Trixi erwartet hatte, geschah nichts, was die Stimmung der Freundinnen hätte trüben können. Von Roland Berkes war nichts mehr zu sehen. Zusendungen des Internationalen Paketdienstes wurden von einem anderen Fahrer erledigt.

Weihnachten stand vor der Tür.

Einen Tag vor Heiligabend packte Käthe ihren Koffer.

»Du weißt, dass ich nicht länger bleiben kann.« Käthe

schaute Trixi an, die mit traurigem Gesicht im Türrahmen stand.

Trixi nickte.

»Meine Eltern sind schon alt. Ich weiß nicht, wie oft ich Weihnachten noch mit ihnen verbringen kann.«

»Das verstehe ich. Wie schnell man seine Eltern verlieren kann, habe ich erfahren müssen«, stimmte Trixi zu. Ihre Mutter war überraschend an einem Herzinfarkt gestorben. Ihr Vater war seiner Frau kurze Zeit später gefolgt – er starb vor Gram und Trauer, kam niemals über den Tod seiner Herrscherin hinweg.

»Es war eine schöne Zeit mit dir zusammen. Vielleicht kommst du mich ja mal wieder besuchen.«

»Bestimmt!«

Mit ihrem schweren Koffer verließ Käthe das Haus. Auf dem Gehweg lag eine dünne Schneeschicht. Darunter befand sich Eis, sodass es spiegelglatt war.

»Melde dich bitte bei mir, wenn du angekommen bist«, rief Trixi ihrer Freundin hinterher. »Bei den Straßenverhältnissen mache ich mir Sorgen um dich.«

»Ich schicke dir eine SMS«, kam es zurück. Käthe musste sich darauf konzentrieren, ihren Koffer über das Eis zum Wagen zu schaffen, ohne zu stürzen, was ihr unter Mühe gelang. Erleichtert stieg sie ein, winkte Trixi noch einmal zum Abschied und fuhr davon.

Zurück blieb ein leeres und einsames Haus.

Niemals hätte Trixi es für möglich gehalten, dass ihr Käthe einmal so wichtig werden könnte. Allein stand sie in dem erleuchteten Wohnzimmer, besann sich aber rasch und begann aufzuräumen und zu putzen. Die Arbeit lenkte sie ab.

Das Klingeln des Telefons unterbrach ihre Tätigkeit.

Wollte Käthe ihr nicht eine SMS schicken?

Sie hob ab und erlebte eine unangenehme Überraschung. Es war Roland Berkes.

»Ich möchte dich an einem der Weihnachtsfeiertage zum Essen einladen.«

Trixi war fassungslos. Woher wusste er, dass sie wieder allein war? Als sie nicht reagierte, sprach er seine Einladung noch mal aus. Trixi glaubte zu träumen. Kaum hatte Käthe das Haus verlassen, ging alles von vorn los. Wie oft hatte sie versucht, ihm klarzumachen, dass sie nicht mit ihm ausgehen wollte? Wie viele Beleidigungen hatte sie ihm an den Kopf geworfen? Wie oft hatte sie ihm ihren Standpunkt klargemacht? Das alles hatte nichts genützt.

»Was ist mit dir, Trixi?«, fragte er. »Warum sagst du nichts?«

»Weil ich dir nichts zu sagen habe.«

»Aber ich lade dich doch nur zum Essen ein.« Rolands Tonfall und seine Stimme klangen so niedergeschmettert, dass Trixi plötzlich Zweifel bekam, ob er wirklich hinter diesen grausamen Taten steckte.

Was war nur mit ihr los? Beeinflusste das bevorstehende Fest der Sentimentalitäten ihre Entschlossenheit?

»Warum lässt du mich nicht einfach in Ruhe?«, gab sie zurück. »Du richtest mir Weihnachtsschmuck ein, ohne mich vorher zu fragen, du …« weiter kam sie nicht mehr, da warf Roland ein: »Ich wollte dir nur eine Freude machen.«

»Eine Freude, indem du mir einen geschmückten …«

»Was ist daran so verwerflich, einen Menschen, den man von Herzen gern hat, einzuladen? Ich weiß, dass du allein bist über die Feiertage. Ich habe nur eine kranke

Mutter als Gesellschaft. Da könnten wir uns die Zeit gemeinsam schöner machen.«

Sie konnte seine Nachstellungen nicht mehr ertragen. Einerseits hielt er ihr vor, dass er bestens über ihr Leben Bescheid wusste, andererseits mimte er den Verliebten. Also beschloss sie, ihn anzulügen, damit er endlich Ruhe gab: »Nein. Pflege du deine Mutter – ich habe einen Gast.«

Aber anstatt Roland Berkes zu überraschen, überraschte er sie: »Du hast keinen Gast. Wen denn? Es gibt niemanden in deinem Leben.«

Erschrocken legte Trixi auf. Weggewischt waren die Zweifel, ob er wirklich hinter den grausamen Ereignissen steckte, die in und um ihr Haus herum geschahen. Nun hatte sie Gewissheit.

Wieder klingelte das Telefon. In der Annahme, dass es dieses Mal nur Käthe sein konnte, hob sie ab. Stattdessen hörte sie schon wieder die verhasste Stimme: »Nimmst du meine Einladung zum Essen an?«

»Du bist krank im Kopf! Habe ich mich nicht klar ausgedrückt?«

»Du hast geschwindelt. Das ist keine Antwort, sondern nur ein Ausweichmanöver.«

Da hatte Trixi wieder die Bestätigung dafür, dass sein Verhalten abnormal war. Aber sie war allein, Käthe war nicht da, um es bezeugen zu können. Roland wusste genau, was er tat.

»Dann sage ich es deutlicher: Nein und nochmals nein.«

Mit enttäuschter Stimme wünschte Roland ihr ein frohes Weihnachtsfest und legte auf.

Fast im gleichen Augenblick meldete sich ihr Handy,

wohl die SMS von Käthe. Wäre sie nur eine Minute früher eingetroffen, hätte sich Trixi diese unerwünschten Telefonate sparen können.

Aber die Worte ihrer Freundin besänftigten sie sofort. Sie wünschte ein frohes Weihnachtsfest, hatte ihre Nachricht mit lustigen Figuren ausgestattet und fügte an, in Gedanken sei sie bei ihr.

Glücklich ließ Trixi sich auf ihr Sofa sinken und sendete Käthe eine SMS zurück.

Nun erst konnte sie abschalten. Sie zündete die Kerzen ihres Adventskranzes an, ließ leise Weihnachtsmusik laufen und streckte sich auf dem Sofa aus.

Die Stille, die in dem leeren Haus herrschte, seit Käthe fort war, empfand sie mit einem Mal als ungewohnt. Um ihre Einsamkeit besser ertragen zu können, flüchtete sie in die Erinnerungen der letzten Wochen.

Plötzlich hörte sie ein scharrendes Geräusch. Ihr blieb das Herz stehen. War jemand im Haus? Eine Weile lauschte sie, hörte aber nichts mehr. Vielleicht hatte sie sich auch nur getäuscht. Sie wollte sich gerade wieder entspannen, als es von oben krachte. Nun war sie sich ganz sicher, dass ein Einbrecher im Haus war.

Ihr Handy lag direkt neben ihr. Sofort griff sie danach und rief bei der Polizei an. Polizeihauptmeister Hollmann hob ab. Als sie seine Stimme hörte, war sie erleichtert.

»Bitte kommen Sie schnell, es ist jemand im Haus!«

»Wir sind in wenigen Minuten da.«

Es dauerte wirklich nicht lange, da hielt ein Polizeiauto vor der hölzernen Brücke. Zwei Polizeibeamte stiegen aus und kamen auf das Haus zu.

Hollmann war nicht dabei.

›So ein Mist‹, dachte Trixi. ›Wich er ihr aus? Warum kam er nicht selbst?‹

Enttäuscht führte sie die beiden Beamten die Treppe hinauf in den ersten Stock.

Prüfend gingen sie durch jedes Zimmer.

Einer der Beamten blieb stehen und grinste. Trixi folgte seinem Blick. Sie traute ihren Augen nicht. Vor ihnen stand die Schaufensterpuppe ihrer Mutter – in veränderter Form. Auf die Vorderseite des Holzkopfes war ein Gesicht aufgemalt worden, ein Frauengesicht mit knallrotem Kussmund, langen Wimpern über großen Augen mit Schlafzimmerblick. Auf den Brüsten, die nur aus zwei Rundungen bestanden, waren Brustwarzen aufgemalt und zwischen den Beinen ein schwarzes Gekräusel, was wohl die Schamhaare darstellen sollte.

»Die Puppe ist angemalt worden. Es war also wirklich jemand hier!«

»Oh ja! Und zwar einer von der ganz heimtückischen Sorte«, erkannte einer der Polizeibeamten schmunzelnd. »Wir werden eine Fahndung nach einem Erotikkünstler herausgeben!«

Während er seine Kamera hervorzog und Fotos von der bemalten Puppe schoss, bemühte er sich ernst zu bleiben. Doch als der andere laut loslachte, konnte er sich nicht mehr beherrschen.

»Wir haben es hier mit einem gefährlichen Gegner zu tun.«

»Oh ja! Die Kunstmafia. Sie zwingt Puppen ihre Reize zu zeigen.«

Immer neue Scherze fielen den beiden ein.

»Heißt das, dass Sie nichts tun werden?« Trixis Stimme klang verzweifelt.

»Natürlich nehmen wir Ihre Anzeige auf. Ich habe die Fotos nicht für mein Sammelalbum gemacht, sondern für die Beweisaufnahme.«

Dann verabschiedeten sie sich, nicht ohne ihr seltsame Blicke zuzuwerfen.

Das hatte sie nun davon. Sie wurde ausgelacht.

Je länger sie über alles nachdachte, umso mehr begann Trixi, an sich selbst zu zweifeln. Was geschah mit ihr? In der Zeit, als Käthe bei ihr wohnte, war nichts passiert, nicht das leiseste Geräusch, nicht die geringste Andeutung, dass dieser Kerl ein makabres Spiel mit ihr trieb. Er beobachtete jeden ihrer Schritte, ein Gedanke, der sie frösteln ließ. Nur so erfuhr er, wann sie allein war und wann er zuschlagen konnte. Damit zerstörte er ihre Glaubwürdigkeit. Nun hatten die Polizisten der Polizeidienststelle Saarbrücken-Land auch noch einen Grund, sie auszulachen. Der Plan ihres Verfolgers war genial – sein Erfolg eindeutig.

Entmutigt betrat sie ihr Schlafzimmer. Sie eilte zum Fenster, um den Rollladen herunterzulassen. Im gleichen Augenblick leuchtete ein kleines Licht auf, als zünde sich dort jemand eine Zigarette an. Durch das kurze Aufleuchten sah sie die Silhouette eines Menschen, der am Berghang saß – auf der Höhe des Schlafzimmerfensters. Sie konnte kein Gesicht erkennen, nur, dass die Gestalt sich nicht bewegte.

Mit einem Ruck ließ sie den Fensterschutz herunter und rannte hinaus in den Flur. Dort griff sie nach ihrer Daunenjacke und verließ im Laufschritt das Haus. Zu ihrem großen Glück fiel ihr wieder der nette, alte Herr ein, der ihr seine Hilfe angeboten hatte. Jetzt war der Zeitpunkt gekommen. Sie brauchte seine Hilfe.

Sie wollte über den Parkplatz mit den verrosteten Autos laufen, aber der Boden war spiegelglatt. Ein gebrochenes Bein käme in ihrer Situation äußerst ungelegen. Also verlangsamte sie ihr Tempo. Laut krachte es zwischen den Autos. Trixis Herz schlug ihr bis zum Hals. Verfolgte er sie? War er sogar auf gleicher Höhe mit ihr? Dann hatte sie keine Chance mehr. Er würde sie mit Leichtigkeit einholen. Ihre Angst trieb sie vorwärts.

Plötzlich war da ein schleifendes Geräusch. Dann folgte ein Kichern, das ihr die Haare zu Berge stehen ließ.

»Du bist so dumm wie das Kätzchen, das sterben musste« hörte sie ein Flüstern. »Für euch niedere Kreaturen gibt es hier den Friedhof der Kuscheltiere. Der ist hier!«

Trixi legte einen Zahn zu. Trotzdem verfolgte sie das Flüstern auf Schritt und Tritt.

»Aber bevor du dort landest, hätte ich gern meinen Spaß mit dir. Nur leider bist du zu blind, um es zu sehen.«

Endlich hatte sie die Brücke überquert, bog in den Grumbachtalweg ein und rannte weiter bis zur Kaiserstraße. Das Haus des alten Mannes lag gleich auf der linken Seite, wie er es ihr beschrieben hatte. Es war hell erleuchtet.

Ein Krankenwagen stand davor. Erschrocken wich Trixi zurück. Sie kam wohl im falschen Augenblick. Von ihrem Versteck aus versuchte sie zu erkennen, wer abgeholt wurde. Es würde ihr von Herzen leid tun, wenn ihr väterlicher Freund Weihnachten im Krankenhaus erleben müsste. Aber nein. Eine junge Frau wurde ins Haus hineingetragen. Was ging dort vor, fragte sich Trixi. Hatte das Ehepaar Kinder aus früheren Ehen?

Sie sollte es wohl nie erfahren, weil sie ihr Vorhaben nicht mehr in die Tat umsetzte. Der nette Herr hatte andere Sorgen, als sich mit einer hysterischen Friseuse die Feiertage zu verderben, die Dinge hört und sieht, die sonst niemand wahrnimmt. Die Kälte kroch ihr durch die Kleider. Was blieb ihr anderes übrig, als wieder nach Hause zu gehen.

Sie schaute sich ängstlich um, als sie auf die alte Brücke zulief. Eine Weile verharrte sie in einer dunklen Ecke und versuchte, etwas zu erkennen. Die Schneereste auf dem Boden ermöglichten ihr eine gute Sicht. Nach einiger Wartezeit war sie sich sicher, dass ihr niemand auflauerte. So schnell sie konnte, eilte sie am Autofriedhof vorbei.

Obwohl sie die Haustür fest hinter sich verschloss, fühlte sie sich nicht sicher. Die Worte, die er ihr zugerufen hatte, klangen noch in ihren Ohren. Was hatte er damit gemeint: »*Nur leider bist du zu blind, um es zu sehen!*« Von Angst getrieben eilte sie durch jedes Zimmer ihres Hauses. Sie fand nichts, was seine Worte bestätigte. Sie wollte schon aufgeben, als ihr der Computer einfiel. Natürlich. Wies der Polizist nicht darauf hin, dass sich Stalker gerne solcher Hilfsmittel wie beleidigender E-Mails bedienten? Sie startete den Computer und prüfte den Posteingang. Aber da war nichts. Hatte sie sich alles nur eingebildet? War sie dabei verrückt zu werden?

Entmutigt ließ sie sich aufs Sofa sinken und hing ihren Gedanken nach.

Nach dem Tod ihrer Eltern hatte sie geglaubt, die Ruhe, die dann einkehren würde, täte ihr gut. Aber so war es nicht.

Sie fühlte sich einsam und ihrem aufdringlichen Verehrer schutzlos ausgeliefert, der nur ein Ziel hatte, ihr das Leben zur Hölle zu machen.

3

Anke Deister fühlte sich nicht wohl, als sie von zwei jungen Sanitätern auf einem Stuhl wie auf einer Sänfte getragen wurde. Sie kam sich wie ein Pflegefall vor, dabei war sie nur hochschwanger. Aber diese Unannehmlichkeit nahm sie gern in Kauf. Seit Monaten lag sie nun im Krankenhausbett, durfte bis zum Geburtstermin ihrer Tochter nicht mehr aufstehen, da sich der Muttermund ein wenig geöffnet hatte. Die Gefahr, ihr Kind zu verlieren war groß. Das war das Ergebnis ihres unermüdlichen Einsatzes in ihrem letzten Fall. Gegen den Rat ihres Arztes hatte sie sich immer wieder großer Gefahr ausgesetzt. Nun verlangte ihr Körper seinen Tribut. Sie war nun mal mit Leib und Seele Kriminalbeamtin. Da fiel es ihr schwer, nur vom Schreibtisch aus zu arbeiten.

Sie spürte die kalte Luft auf ihrem Gesicht. Ihr Blick fiel auf die Schneeschicht auf dem Bürgersteig. Hoffentlich rutschten die Männer nicht aus und ließen sie fallen.

Plötzlich stand Kullmann neben ihr. Ihm hatte sie es zu verdanken, dass sie die Weihnachtsfeiertage in seinem Haus, mit seiner Frau erleben durfte. Hartnäckig hatte er mit dem verantwortlichen Arzt verhandelt und ihm versichert, dass Anke keine Sekunde allein sein und von seiner Frau Martha umsorgt und betreut würde, wie es das Krankenhauspersonal nicht besser tun könnte. Das hatte den Arzt überzeugt. Mit der Telefonnummer des Gynäkologen in der Tasche durfte sie nun das Winterberg-Krankenhaus verlassen. Es war eine Wohltat. Obwohl sie hier nur die stark befahrene Kaiserstraße sah, an der sich Haus an Haus reihte, tat ihr der Anblick gut. Von ihrem Krankenzimmer aus schaute sie auf Baumkronen – was auf die Dauer eintönig war.

»Wie geht es dir?«

Anke musste lächeln, als sie das besorgte Gesicht ihres ehemaligen Vorgesetzten sah. Früher war Kullmann ihr Chef und Mentor, heute ihr Vertrauter und Freund.

Sie wunderte sich immer wieder über seine Fürsorglichkeit, die ihr die lange Zeit des Liegens bis zur Entbindung so angenehm wie möglich machte. Die Einladung, Weihnachten bei seiner Frau und ihm zu verbringen, war die Krönung des Ganzen. Hatte sie Ähnliches jemals bei ihren Eltern erlebt? Seit sie liegen musste, besuchte ihre Mutter sie oft, das musste Anke anerkennend feststellen. Niemals hätte sie erwartet, dass diese mehrere Nachmittage in der Woche in einem tristen Krankenzimmer zubringen würde. Aber nun war sie nach Australien geflogen. Ihre Eltern verbrachten wie jedes Jahr dort die Weihnachtsfeiertage, um dem feuchten und kalten Wetter hierzulande zu entfliehen. Auch Ankes Zustand hielt sie nicht davon ab.

Deshalb waren ihre Gefühle zwiespältig, als Kullmann sie einlud. Sie wollte nicht stören. Aber das leise Unbehagen war nun wie weggewischt. Als er neben ihr herging, sie anlächelte und unmissverständlich seine Sorge um ihr Wohlergehen bekundete, hatte sie keinen Zweifel mehr an der Richtigkeit ihrer Entscheidung. Seine Wangen waren gerötet, sein Haar zerzaust. Er sah so blühend aus, wie sie ihn noch nie gesehen hatte. Sein Ruhestand tat ihm augenscheinlich gut. Außerdem war er rundlicher geworden. Sein Gesicht wirkte zufriedener, seine Sorgenfalten waren verschwunden. Die Ehe mit Martha hatte dazu sicherlich beigetragen. Er hatte spät geheiratet, aber Kullmann war das lebende Beispiel dafür, dass es nie zu spät ist.

»Ich fühle mich seltsam, wie ein lebloses Wrack durch die Gegend getragen zu werden. Aber ansonsten bin ich froh, dass ich an Weihnachten hier sein darf«, gestand Anke mit einem Seufzer der Erleichterung.

»Was heißt hier dürfen? Du musst! Protest hätten wir keinen geduldet. Martha hat im Erdgeschoss alles gerichtet. Du wirst also keine weiten Wege haben, nicht weiter als im Krankenhaus. Außerdem wird sie ebenfalls unten schlafen. Eure Zimmer liegen Tür an Tür, sodass ihr euch immer verständigen könnt.«

»Meine Güte, was mache ich euch für Umstände.«

»Keine Widerrede. Wir hätten sonst keine Ruhe.«

Martha Kullmann stand mit vor Aufregung gerötetem Gesicht und einer kuscheligen Wolldecke in den Händen vor einem breiten Sofa, das zu einer gemütlichen Ruhestätte hergerichtet war. Die Sanitäter legten die Schwangere darauf ab. Martha wickelte die junge Frau sorgfältig in die warme Decke ein.

»So, nun hast du es hoffentlich bequem«, meinte sie, nahm Anke in die Arme und drückte sie an ihren weichen, runden Körper.

So viel Herzlichkeit hatte Anke nicht erwartet. Sie war zu Tränen gerührt, die sie mühevoll herunterschluckte. Mit viel Beherrschung nickte sie nur.

Die Sanitäter verließen das Haus, Stille kehrte ein.

Anke schaute sich in dem großen, rechteckigen Zimmer um, an dessen gegenüberliegender Seite eine Glastür auf die Terrasse führte. Sie selbst saß auf dem einzigen Polstersofa. Direkt davor stand ein schwerer Eichentisch mit sechs Stühlen. Die Wände zierten Regale mit einer Vielzahl von Büchern und gerahmten Fotos von Menschen einer anderen Generation. Ein großer Schrank, der bis unter die Decke reichte, nahm die andere Seite des Zimmers ein. Er bestand ebenfalls aus massivem Eichenholz und beanspruchte so viel Platz, dass das Zimmer kleiner wirkte. In den Schaukästen, die wie Mosaiksteine in das große Gebilde eingebaut waren, sah Anke kostbare Vasen, Schalen und Gläser aus Kristall. Die Vitrinen waren durch winzige Glühbirnen ausgeleuchtet. Alles wirkte heimelig.

»So, nun wollen wir mal sehen«, rieb Kullmann sich die Hände. »Hast du heute schon etwas Ordentliches gegessen?«

»Nein. Die Krankenhauskost hängt mir schon zum Hals raus.«

»Dann wirst du dich hier mal gut durchfüttern lassen. Immerhin musst du für zwei essen.«

Martha band sich eine Schürze um und machte sich auf den Weg in die Küche. Als sie die Tür neben dem großen Schrank öffnete, strömte der verlockende Duft von gekochtem Fleisch und Gemüse ins Zimmer. Anke schnüffelte und meinte: »Das erinnert mich an Rindfleischsuppe.«

»Das ist Rindfleischsuppe«, rief Martha aus der Küche. Sie kam wieder zurück und fügte hinzu: »Du wirst es nicht glauben, die hat Norbert für uns gekocht!«

Fragend schaute Anke auf Kullmann, der mit stolzer Miene verkündete: »Ich bin hier für die Supp-Kultur zuständig. Das heißt, ich koche Suppen aller Art!«

Anke musste lachen: »Ein wenig trauerst du deiner Arbeit doch nach. Die Fachbegriffe aus deinem früheren Wirkungsbereich werden einfach auf deine neue Lebensaufgabe umgemünzt.«

Kullmann nickte und grinste: »Du weißt ja: Der Kater lässt das Mausen nicht.«

Kullmann und Martha deckten gemeinsam den Tisch. Anke schaute den beiden zu, sah eine Harmonie, wie sie es selten zwischen zwei Menschen erlebte. Hand in Hand arbeiteten sie ohne ein Wort, es funktionierte tadellos. Einerseits war es schön, diese Eintracht zu sehen, andererseits schmerzte es, denn der Mann, den sie liebte und dessen Kind sie unter ihrem Herzen trug, hatte sie verlassen. Würde es in ihrem Leben jemals so etwas geben? Aber Kullmann hatte auch lange warten müssen, bis er dieses Glück gefunden hatte. Seine erste große Liebe war ebenfalls nicht in Erfüllung gegangen. Also war noch nicht aller Tage Abend.

Als sie zu dritt am Tisch saßen, berichtete Kullmann: »Wir haben deine Wohnung in St. Arnual leer geräumt. Die Kisten stehen derzeit auf dem Speicher, die Möbel in der Garage. Bis sie an ihren Platz kommen, muss mein Auto eben vor dem Haus stehen.«

»Meine Güte, ihr macht euch so viel Arbeit.«

»Falls du es vergessen hast, ich bin pensioniert. Folglich habe ich Zeit.«

»Bevor er auf dumme Gedanken kommt, tut er besser daran, deinen Umzug zu organisieren«, fügte Martha schmunzelnd an.

»Auf was könnte ich schon kommen?«

»Zum Beispiel könntest du dich in Ermittlungsarbeiten einmischen. Das ist viel zu gefährlich!«

»Wenn Anke wieder im Dienst ist, kann es durchaus passieren, dass ich ihr helfe.«

»Da mache ich ein Zugeständnis«, gab Martha klein bei.

»Ich werde auch immer gut auf mich achten, damit ich dir noch lange erhalten bleibe.« Lächelnd tätschelte Kullmann die Hand seiner Frau.

Amüsiert beobachtete Anke das Ehepaar.

Nach der Suppe servierte Martha ein leckeres Hauptgericht. Es gab Rindfleisch mit Meerrettichsoße, Kartoffeln und eine große Schüssel Salat.

»Herrlich«, schwärmte Anke hinterher.

Während Martha die Küche aufräumte, gesellte sich Kullmann zu ihr. Eine Weile hing jeder seinen Gedanken nach. Einerseits fühlte sich Anke wohl und doch war es ungewohnt den ehemaligen Chef in solcher Vertrautheit zu erleben. Da saßen sie nun wie eine Familie zusammen, sprachen über ihr Leben – nicht wie sonst über ihre Arbeit. Sie hatte Mühe das zu realisieren. Früher hatte sie immer darauf gelauert, mal ein persönliches Wort von Kullmann zu hören. Aber damit geizte er, solange er ihr Vorgesetzter war. Heute gab er sich anders. Lässig lehnte er sich in seinem Sessel zurück und schwelgte in Erinnerungen an längst vergangene Zeiten.

Er begann zu erzählen, wie er als Kind Weihnachten erlebt hatte.

»Mein Bruder und ich waren echte Lausebengel. Wir hatten nur Unfug im Kopf. Damit gelang es uns, unseren Vater von seinen schwermütigen Kriegserinnerungen abzulenken. Wir konnten ihn sogar zum Lachen bringen.«

»Du hast einen Bruder?«

»Ich hatte einen Bruder. Günther starb ein Jahr nach dem Krieg an Tuberkulose.«

»Oh! Das tut mir leid.«

»Ja, es war traurig. Vermutlich das Ergebnis der vielen Evakuierungen.«

Nachdenklich kratzte Kullmann sich am Kopf.

»Am Tag der Kriegserklärung Frankreichs und Englands gegen die Deutschen, am 3. September 1939, mussten alle Menschen in den grenznahen Gebieten, die zur Roten Zone erklärt worden waren, ihre Heimat verlassen. Mein Bruder war damals drei Jahre alt, ich zwei Wochen. Für meine Mutter eine große Strapaze, aber sie hat es geschafft. Als der Krieg vorbei war und wir alle glaubten, die Gefahr sei gebannt, starb Günther an einer Krankheit, die er verschleppt hatte.«

Eine kurze Stille trat ein.

Anke räkelte sich auf dem Sofa. Die Wolldecke rutschte zur Seite und ihr dicker Bauch kam zum Vorschein. Schnell wickelte sie sich wieder gemütlich darin ein.

»An der Stelle des Winterberg-Krankenhauses, in dem du deine letzten Monate verbracht hast – und wie es aussieht noch einige Zeit bleiben wirst – stand bis zum September 1939 das Winterbergdenkmal«, fiel Kullmann bei dieser Beobachtung ein. »Das Denkmal war zum Andenken an die Saarheimat-Gefallenen des Deutsch-Französischen-Krieges 1870 errichtet worden.«

»Was ist daraus geworden?«

»Hitler hatte zu Beginn des II. Weltkrieges veranlasst, alle markanten Bauwerke, von denen er befürchtete, dass sie dem Feind als Richtpunkt dienen könnten, in die Luft zu jagen. Dazu gehörte dieses Gebäude, das als Wahrzeichen Saarbrückens galt.«

Kullmann erzählte bis spät in den Abend hinein. Erst als Martha zu bedenken gab, dass Anke ihren Schlaf brauchte, wünschte er eine gute Nacht.

Die junge Frau ließ sich erschöpft ins Bett sinken, als habe sie Schwerstarbeit geleistet.

»Ich lasse die Tür auf, wenn es dir recht ist«, erklärte Martha. »Dann kann ich dich hören, sollte etwas nicht in Ordnung sein.«

»Ihr seid so herzensgut. Wie kann ich das nur wieder gut machen?«

»Indem du ein gesundes Mädchen zur Welt bringst«, lautete die Antwort.

4

Es war Heiligabend.

Trixi wachte nach einem unruhigen Schlaf auf, fühlte sich übernächtigt und krank. Während sie sich im Wohnzimmer umsah, überkam sie eine große Traurigkeit. Seit Käthe gegangen war, kam ihr das Haus leer vor. Schwerfällig wankte sie in die Küche. Ein Blick aus dem Fenster genügte, um ihre schlechte Laune zu verstärken. Es hatte in der Nacht geschneit. Alles war weiß. Als Käthe noch bei ihr wohnte, hatte sie sich über jede einzelne Schneeflocke gefreut. Jetzt war das anders. Mürrisch musterte sie die leere Kaffeedose; das Kaffeepulver war ausgegangen. Kurzerhand beschloss sie frühstücken zu gehen, was ihre Laune sofort hob.

Sie wollte sich gerade anziehen, als es klingelte. Vorsichtshalber eilte sie ins Wohnzimmer und schaute vom Erkerfenster auf die Haustür.

Sie traute ihren Augen nicht.

Bruno Dold stand mit einem Geschenk in der Hand vor der Tür.

Sie hätte sich gerne versteckt, aber er hatte sie schon gesehen und rief: »Ich habe ein Weihnachtsgeschenk für dich.«

Frustriert öffnete sie das Fenster und antwortete: »Ich dachte, ich hätte endlich meine Ruhe vor dir.«

»Nicht so garstig, meine Liebe. Ich habe schmackhafte Pralinen für uns beide. Wenn wir uns schon nicht gegenseitig vernaschen, dann können wir doch wenigstens leckere Süßigkeiten genießen.«

»Ich möchte das nicht«, sagte sie abwehrend.

»Schade! Trotzdem lasse ich die Pralinen hier. Wenn du dann von den Leckereien kostest, denkst du wenigstens an mich«, lachte er, legte die Packung auf den Boden und drehte sich um.

Trixi wollte schon aufatmen, da meinte er: »Einen schönen Tannenbaum hast du da. Man könnte meinen, du erwartest Besuch.«

»Genau das tue ich«, log Trixi, wobei sie sich fragte, wie er von draußen den geschmückten Baum sehen konnte. War er der Wohltäter?

»Niemand kommt dich besuchen, niemand«, bemerkte er hämisch. »Ich weiß, was hier los ist. Du bist über die Feiertage allein, weil du keinen Menschen hast, der dich besuchen oder einladen will.«

Dieser Kerl überraschte Trixi immer mehr. Nur jemand, der alles über ihr Leben wusste, konnte hinter dem Psychoterror stecken.

Sie schaute Bruno Dold nach wie er durch den Schnee schlitterte. Nein, ihm traute sie so viel Raffinesse nicht zu. Allerdings hatte er mit seiner Behauptung recht – vermutlich ohne es zu ahnen. Die Erkenntnis wog schwer, sie hatte selbst schon genug daran zu knabbern. Musste nun noch jemand kommen und in dieser schmerzlichen Wunde rühren?

Dahinter steckte eine Absicht. Vielleicht verfügte Bruno über so viel Verschlagenheit. Wer wusste schon, was er in den letzten Jahren alles getrieben hatte? Es konnte ein ausgetüftelter Plan dahinter stecken.

Eilig zog sie ihre Jacke an. Beim Verlassen des Hauses

stolperte sie über die Pralinenschachtel, rutschte bei dem Versuch sich zu fangen aus, stürzte die Treppe hinunter und landete knapp neben der Schwarzdornhecke, die um diese Jahreszeit nur aus grauem, nacktem Geäst bestand. Aber Dornen zierten auch im Winter diesen Strauch. Deshalb war sie froh, daneben gelandet zu sein.

Wütend stand sie auf, klopfte den Schnee von ihren Kleidern und stapfte die Stufen wieder hinauf, um das Geschenk in den Müll zu werfen. Brunos Versuch, ihr eine Freude zu machen, war gründlich fehlgeschlagen.

Aber die Aussicht auf eine leckere Latte Macchiato gab ihr Auftrieb.

Unter der Schneeschicht war es glatt. Der Weg bis zum Grumbachtalweg wurde niemals gestreut, deshalb stellte sie sich sogleich auf eine Rutschpartie ein. Als sie heil über die vereiste Brücke gelangt war, atmete sie erleichtert auf. Ein Sturz am Morgen genügte ihr.

Das Glück war ihr hold, denn sie erwischte den Bus, der sie in die Stadt brachte.

In der Bahnhofsstraße gab es ein Bistro, die ›Brasserie‹, wo sie frühstücken wollte. Sie fühlte sich dort wohl. Das Ambiente versprühte nostalgischen Charme. Spärliche Beleuchtung an den tiefen Decken. Tische, Stühle und Bänke aus massivem Nussbaumholz und eine Theke, die sich durch die gesamte Länge des Lokals zog, unterstrichen die heimelige Gemütlichkeit. Parallel zur Theke stand ein reichhaltiges Frühstücksbuffet. Ihr lief das Wasser im Mund zusammen.

Plötzlich stand Roland vor ihr.

»Welch eine Freude!«, rief er entzückt. »Komm, setz dich. Ich lade dich zu einem feudalen Frühstück ein.«

Trixi war sprachlos. Dieser Morgen war voller Unannehmlichkeiten, sodass sie nichts mehr überraschen konnte. Sie setzte sich an einen Tisch direkt am Fenster, während Roland überschwänglich alles brachte, was seiner Meinung nach zu einem umfangreichen Frühstück gehörte. Trixi ließ ihn gewähren. Ihr Hunger lähmte ihren Widerstand.

Da saßen sie nun, aßen, tranken und beobachteten die Menschen auf der Bahnhofstraße, die ungeschickt durch den Schneematsch schlitterten, um ihre letzten Weihnachtseinkäufe zu tätigen. Roland erzählte währenddessen von seiner Mutter: »Du glaubst nicht, was ich gestern wieder erlebt habe!« Trixi wollte es gar nicht hören, wusste aber, er würde sie ausführlich informieren. »Ich habe zufällig in den Arzneischrank geschaut, weil meine Mutter ihr Herzmedikament brauchte. Da waren doch tatsächlich mehrere Packungen dieses Präparates mit abgelaufenem Haltbarkeitsdatum.«

Trixi gähnte.

»Ich habe vier Schachteln wegwerfen müssen, damit sie das verdorbene Zeug nicht irrtümlich einnimmt«, schüttelte er fassungslos den Kopf. »Manchmal habe ich den Eindruck, meine Mutter ist ein wenig verwirrt. Darauf ansprechen will ich sie aber nicht, dann wäre die Hölle los.«

Trixi war über die Beziehung zwischen Roland und seiner herzkranken Mutter bis ins Detail aufgeklärt, nachdem sie ihren Latte Macchiato ausgetrunken und ihr Frühstück aufgegessen hatte. Dabei kam sie zu dem Schluss, dass Roland es niemals geschafft hatte, sich von seiner Mutter zu lösen. Sollte das der Grund für sein absonderliches Verhalten sein? Welcher Mann entwickelte sich normal, der sein Leben unter der Knute seiner besitzergreifenden Mutter fristete?

Aber entschuldigte ihn das auch?

»Du bist so ruhig«, unterbrach er seine Rede. »Was ist los?«

»Ich kann wenig dazu sagen.«

»Oh entschuldige! Ich habe ganz vergessen, dass deine Mutter tot ist.« Rolands Wangen wurden rot vor Verlegenheit. So hatte Trixi ihn noch nicht gesehen. Die Röte stand in einem grotesken Kontrast zu seiner bleichen Gesichtsfarbe.

»Ich werde in Zukunft besser aufpassen, was ich sage.«

»Halb so schlimm«, wehrte Trixi ab.

Ein Schweißfilm bildete sich auf seiner Stirn. Die dünnen, blonden Ponyfransen hingen strähnig herab.

»Nein, nein! Das war unverzeihlich von mir. Ich will dich für mich gewinnen. Das schaffe ich nicht, indem ich dir Dinge erzähle, die dir wehtun.«

»Ich staune, wie hartnäckig du bist. Einmal versuchst du es mit Nettigkeiten, dann mit Bosheiten. Was versprichst du dir davon?«

»Meine Güte, ich wollte das nicht«, reagierte Roland entsetzt.

»Ich rede von den Dingen, die du vor mein Haus legst, hängst oder …«, wollte Trixi genauer werden, doch Roland unterbrach sie: »Damit will ich dir nur eine Freude machen.«

»Ich habe den Psychoterror satt. Lass mich einfach in Ruhe!«

»Psychoterror«, prustete Roland los. »Ich liebe dich und bin mir sicher, dass wir beide füreinander bestimmt sind. Ich will dich heiraten, damit wir für immer zusammen sein können. Irgendwie muss ich dir doch meine Liebe beweisen.«

»Das ist nicht dein Ernst!«

»Doch. Ich bin immer ehrlich zu dir. Niemals käme mir in den Sinn, dir etwas vorzumachen. Willst du mich heiraten?«

Trixi schnappte nach Luft: »Nein. Lebe du dein Leben und ich meines.«

»Aber alles, was ich tue, geschieht nur zu deinem Besten.«

»Ich weiß selber, was gut für mich ist«.

»Was soll ich denn tun?«

»Mich in Ruhe lassen!«

»Aber, ich will doch mit dir zusammen sein«, jammerte Roland. Die Röte zog sich nun über sein gesamtes pausbackiges Gesicht. Trixi kannte ihn nur kränklich weiß, sodass sein Anblick sie erschreckte.

»Was ich will, interessiert dich dabei nicht, was?«

Eine Weile schwiegen sie sich an. Roland spielte nervös mit seiner Serviette, rupfte daran herum, bis seine Seite des Tisches mit Papierfetzen übersät war. Als Trixis Blick darauf fiel, lachte sie. Er stimmte erleichtert in ihr Lachen ein.

»Wenn wir einmal zusammen sind, wirst du schnell merken, wie schön es ist«, schwärmte er, als die Bedienung den Tisch abgeräumt hatte.

Trixi spürte, dass sie so nicht weiterkamen.

»Was tun wir jetzt?«, fragte er doch tatsächlich tatenfreudig.

»Ich gehe einkaufen«, antwortete Trixi.

Sie wollte gerade noch das Wort »allein« anfügen, als Roland mit einem Gesichtsausdruck, als habe er Essig getrunken, sagte: »Jetzt noch? Heute ist Heiligabend. Du bist ein bisschen spät dran.«

»Ja und?«

Hastig stand Trixi auf, verabschiedete sich und verließ das Bistro. Vorsichtig überquerte sie die verschneite Bahnhofstraße und betrat einen Laden, der schon im Schaufenster die tollsten Schnäppchen anbot. Während sie durch die Räume schlenderte, spürte sie, wie die Anspannung von ihr abfiel. Sie schaute sich um. Von Roland keine Spur. Sie bummelte weiter zu einem großen Warenhaus und ließ sich in der Lebensmittelabteilung von den köstlichen Speisen verlocken. Sie kaufte mehrere leckere Kleinigkeiten, bis ihr bewusst wurde, dass sie wieder einmal alleine essen würde.

Da stand sie in der Menschenmenge und fühlte sich einsam. War es wirklich ein Vorteil, wenn man niemanden hatte? Sie fühlte plötzlich eine große Leere in sich. Einerseits wirkten diese Menschen gestresst und nicht gerade glücklich, aber andererseits hatten sie jemanden, dem sie eine Freude machen und den sie beschenken konnten. Das war etwas, was sie nicht hatte.

Oder doch?

Ihre Freundin Käthe fiel ihr ein. Natürlich. Zwar hatten sie sich noch nie etwas geschenkt, aber sie konnte den Anfang machen. Es war schon reichlich spät, aber eine Kleinigkeit fand sie sicher noch. Was könnte der Freundin gefallen? Sie schlenderte eine Weile umher, bis sie auf ein Sortiment von flauschigen Pantoffeln stieß. Damit könnte sie gleich zwei Fliegen mit einer Klappe schlagen? Zum einen bekäme Käthe keine kalten Füße mehr bei ihr, zum anderen könnte sie es als Einladung verstehen, sie öfter zu besuchen.

Für sich selbst erstand sie noch zwei flauschige Pullover, einen historischen Krimi und einen leuchtend roten Weihnachtsstern.

Ihr Haus lag verträumt im Schnee, als sie voll bepackt heimkam. Sie empfand Besitzerstolz. Das Gebäude war im Wilhelminischen Baustil um die Jahrhundertwende erbaut worden. Majestätisch ragte es aus der Schneelandschaft empor. Schon seit Generationen befand es sich im Familienbesitz. Sie würde wohl die Letzte ihres Stammes sein, wenn es ihr nicht gelingen sollte, einmal eine eigene Familie zu gründen. Die Fassade schmückte ein Erker auf der rechten Seite, hohe Fenster bezeugten den Baustil einer längst vergessenen Zeit. Die Backsteinwand des Kellergeschosses wirkte wie ein Farbtupfer im ansonsten grauen Anstrich. Die stufenweise abgesetzte, erste Etage und das runde Giebelfenster des Dachgeschosses verliehen dem Haus eine persönliche Note.

Sie wollte gerade aufschließen, als sie auf der rechten Seite, dicht vor dem Kellereingang, einen Schneemann erblickte. Wie kam der dahin? Beim Verlassen des Hauses hatte sie nichts bemerkt. Außerdem sah er seltsam aus. Er trug einen schwarzen Zylinder, seine Nase bestand aus einem krummen Stück Holz und der Mund war eine Bananenschale, die die Mundwinkel nach unten zog. Nichts an ihm wirkte spaßig. Er kam ihr viel mehr wie eine Anspielung vor. Eine Plastiksense war durch ihn hindurch gebohrt, was Trixi schaudern ließ. Am Boden lag etwas Rotes. Erst als sie genauer hinsah erkannte sie, dass es Rosenblätter waren.

Kopfschüttelnd betrat sie das Haus. Vom Wohnzimmerfenster aus stellte sich der Schneemann noch bedrohlicher dar. Sie sah nur einen Zylinder, darunter die Sense und am Boden den dunkelroten Kreis, der von ihrem Standpunkt aus wie eine Blutlache schien. Kurzerhand beschloss sie, das beunruhigende Gebilde zu entfernen und setzte ihren Entschluss sofort in die Tat um.

Die Sense war ein Kinderspielzeug und wohl für Fastnacht gedacht. Der Zylinder war echt. Sie packte alles zusammen und verstaute die Utensilien in einer alten Holzkiste. Heute war Heiligabend, da wollte sie nicht schon wieder zur Polizei gehen. Ihre Beweise hatte sie gesichert. Sie verriegelte die alte, morsche Kellertür und rieb sich zufrieden die Hände.

Diesem Abend sah sie mit Grauen entgegen. In den letzten Jahren war Weihnachten für sie zum langweiligsten und längsten Ereignis des Jahres geworden. Sie war bestimmt die Einzige, die sich freute, wenn alles vorbei war. Seufzend ließ sie sich auf dem Sofa nieder, wo sie den roten Weihnachtsstern im Blickfeld hatte, der den kleinen Beistelltisch schmückte. Gerne lag sie auf dieser gemütlichen, alten Ruhestätte, dort fühlte sie sich geborgen. Für die einsamen Stunden sollte ihr der Fernseher ein Trost sein.

Ein Klopfen weckte sie. Sie fuhr hoch. Ihr Herz schlug wie wild. Als sie sich umsah, stellte sie fest, dass es schon dunkel war. Wie lange hatte sie geschlafen?

Wieder klopfte es.

Das Geräusch kam vom Wohnzimmerfenster, wie sie jetzt mit Schrecken feststellte. Sah sie richtig? Dort hing der mit einer Lichterkette beleuchtete Nikolaus, der kurzzeitige Hausschmuck, den Roland wieder entfernt hatte. Aber etwas stimmte nicht mit der Puppe. Sie wirkte verändert. Sie öffnete das Fenster und schaute genauer hin. Erschrocken wich sie zurück. Dem Weihnachtsmann waren die Hosen heruntergelassen worden und heraus lugte hinten ein blanker Po und vorne das detailgetreu imitierte Geschlechtsteil eines Mannes. Übergroß ragte es hinaus. Der rote Geselle schaute in das Zimmer hinein und grinste hämisch, als wolle er sie auslachen. Leicht schaukelte das Arrangement im Wind und das Geschlechtsteil pochte gegen die Fensterscheibe.

Trixi wollte den Rollladen herunterlassen, da sah sie, dass etwas auf seine Brust geschrieben war: ›Frohes Fest!‹, las sie.

Schade, dass sie keinen Fotoapparat besaß. Sie hatte diese Anschaffung immer wieder hinausgeschoben – jetzt rächte sich das.

Hinausgehen und nachsehen, wie die hässliche Puppe am Fenster angebracht worden war, wollte sie auf keinen Fall. Was tun, wenn sie ihrem Verfolger in die Arme lief? Nein, das war zu gefährlich. Also beschloss sie die Schnur, an der die Puppe hing mit einer Schere zu durchtrennen. Mit einem lauten Plumpsen landete sie im Hof. Die Überreste konnte sie am nächsten Tag einsammeln.

Sie wärmte sich ein Fertiggericht auf und blätterte in der Programmzeitschrift. Zum Glück lief: *Ist das Leben nicht schön* – zwar schon zum wiederholten Mal – aber trotzdem immer noch ein Erlebnis. Anschließend wurde der Film: *Wir sind keine Engel* ausgestrahlt – auch ein Klassiker, der Trixi große Freude machte. So konnte sie den Heiligabend gut überstehen.

Als sie am nächsten Morgen aufwachte, sah sie, dass es wieder geschneit hatte. Im Wohnzimmer zog Trixi die Rollläden hoch. Sie warf einen Blick hinunter in den Hof. Der Nikolaus war weg – und somit wieder ein Beweisstück. Aber damit nicht genug. Der Schneemann stand wieder da. Wieder trug er den schwarzen Zylinder, wieder war er mit der Plastiksense durchbohrt und die Rosenblätter hinterließen den Eindruck einer Blutlache.

Wütend stapfte sie in Hausschuhen und Pyjama durch den hohen Schnee in den Hof. Ihr erster Kontrollgang führte zur alten Kellertür. Tatsächlich. Sie stand offen. Die Holzkiste war leer. Von nun an musste sie effektiver vorgehen. Sie zerstörte den Schneemann, legte Sense und Zylinder zur Seite, und beschloss zur Polizei zu gehen, was in Schlafanzug und Hausschuhen allerdings nicht ratsam wäre. Schnatternd vor Kälte eilte sie hinein, und zog sich an.

Als sie das Haus verließ, war nichts mehr da. Wie versteinert stand sie da. Wie war das möglich? Endlich hätte sie etwas vorweisen können, was diesem grausamen Spuk ein Ende bereitete – nun war diese Hoffnung auch wieder zunichte. Wurde sie auf Schritt und Tritt beobachtet? Der Gedanke war so schrecklich, dass sie trotz ihrer warmen Kluft zu zittern begann.

5

Am Morgen hatte Anke den Eindruck, sie seien eingeschneit. Die Scheibe war fast vollständig mit einer Schneeschicht bedeckt. Das Zimmer wirkte dunkel, obwohl es schon Tag war.

»Gab es einen Schneesturm?«

»Nein! Der Wind hat den Schnee gegen die Scheibe gedrückt. Deshalb sieht es so aus. Aber keine Sorge, sonst ist alles wie immer«, antwortete Martha schmunzelnd.

Zufrieden zog Anke sich an. Es fiel ihr immer schwerer die Strümpfe über ihre Füße zu ziehen. Deshalb blieb sie dabei liegen und ließ sich Zeit. Als sie die Küche betrat, saßen Kullmann und Martha schon beim Frühstück. Es duftete verlockend nach Kaffee. Seit einigen Monaten konnte sie das belebende Getränk wieder genießen. Die Zeit, als allein schon der Geruch Übelkeit in ihr auslöste, war schrecklich für sie. Ohne Kaffee wurde sie gar nicht richtig wach. Sie freute sich über den reichlich gedeckten Frühstückstisch und die beiden frohgelaunten Menschen, die dort saßen.

Schwerfällig ließ sie sich auf das Sofa sinken.

»Ach, tut das gut«, ächzte sie. »Ich fühle mich wie hundert.«

Bis zum Nachmittag saßen sie am Tisch und redeten. Martha erzählte von vergangenen Weihnachtsfesten. Das war so unterhaltsam, dass niemand bemerkte, wie schnell die Zeit verging. »Wie hast du früher gefeiert?«, fragte Kullmann.

»Als Einzelkind hat man wenig Unterhaltung.«

»Aber man steht im Mittelpunkt«, überlegte Martha.

»Bei meiner Oma drehte sich immer alles um mich, das stimmt«, erinnerte sich Anke wehmütig. »Ich war immer bei ihr, wenn meine Eltern auf Dienstreise waren. Aber leider war sie schon sehr alt. Als sie starb, änderte sich einiges für unsere Familie. Meine Mutter konnte Vater nicht mehr begleiten, sondern musste bei mir bleiben. Ich hatte nicht das Gefühl, dass ihr das leicht fiel.«

Kullmann und Martha schwiegen. Was hätten sie auch dazu sagen sollen?

Martha unterbrach die Stille: »Ich werde mich endlich um unser Weihnachtsessen kümmern. Oder wollt ihr heute Abend fasten?«

»Oh nein!«

»Auf keinen Fall.«

Kullmann verschwand für kurze Zeit im Nachbarzimmer. Als er zurückkehrte, hielt er eine gestopfte Pfeife in seiner Hand.

Anke schaute ihn erstaunt an und fragte: »Seit wann rauchst du?«

»Manchmal muss ich meinen Lastern frönen«, grinste er. »Du wirst gleich merken, wie gut dieser Tabak duftet.«

Er sollte recht behalten.

»Das ist wie ein Joint. Gleich bin ich high.«

Kullmann lachte verschmitzt.

Der Abend begann mit einem guten Essen. Martha hatte Hühnerfrikassee gekocht, vorher gab es Suppe, danach das köstliche Fleisch in Pasteten mit Reis und Kartoffeln. Als Nachspeise tischte sie Tiramisu ohne Alkohol auf.

Die Harmonie in diesem Haus begeisterte Anke immer

wieder. Hier fiel kein lautes, unbedachtes Wort, es gab keinen Vorwurf, kein Drängen. Wann hatte sie sich einmal so wohl gefühlt?

Während Martha die Küche aufräumte, setzte Kullmann sich Anke gegenüber und stopfte seine Pfeife erneut.

»Du frönst deinem Laster mit Leidenschaft.«

»Ja! Das ist für mich die einzige Verbindung zu meinem Vater. Im Krieg gab es für die Soldaten bestimmte Marketenderwaren: Schnaps und Schokolade, und dreißig Zigaretten pro Kopf. Mein Vater gestand mir, dass das Rauchen ihm über die schlimme Zeit hinweghalf.« Langsam verbreitete sich der angenehme Duft im Raum. »Bei Kriegsende stieg er von Zigarette auf Pfeife um. Diese Pfeife hier war die letzte vor seinem Tod. Feierlich sprach er eines Abends aus, dass ich sie später bekommen sollte.«

Er nahm sie aus dem Mund und betrachtete sie von allen Seiten. Es war eine Tabakspfeife der Marke Lorenzo, aus Bruyère-Holz mit schwarzem, leicht geschwungenem Mundstück.

»Ich nehme sie nur zu besonderen Anlässen heraus. Weihnachten ist für mich so ein besonderer Anlass – und dieses Weihnachten mehr denn je.«

Anke war gerührt.

»Wenn ich mich an meinen Vater erinnere, fällt mir jedes Mal der Krieg ein«, begann er, nachdem er ganz in Rauch eingehüllt war. »Ich denke da an ein ganz bestimmtes Weihnachtsfest. Nach dem siegreichen Polenfeldzug wurden deutsche Truppen an der Westfront verstärkt, um die auf saarländisches Gebiet vorgedrungenen Franzosen hinter die Grenze zurückzutreiben. Mein Vater war darunter. Das erfüllte uns mit großen Hoffnungen, an den Feiertagen zusammen sein zu können. Doch leider kam es anders. Nach dem Erfolg der Deutschen kam der Befehl, die neuen Grenzen auf den Spicherer Höhen zu sichern. Das bedeutete, dass ihm die Nähe zu seiner Familie nichts nützte. Er musste dort oben bleiben. Er war einer der Soldaten, die Hitler zum Weihnachtsfest 1939 im Saarland besucht hatte. Das Ereignis fand in einem Westwallbunker statt, der später der Führerbunker genannt wurde.«

»Das war sicherlich ein denkwürdiges Ereignis.«

Kullmann zog an seiner Pfeife.

»Stimmt. Nur leider sollte mein Vater auch die andere Seite des Krieges kennen lernen. Auf dem Russland-Feldzug musste er viele Soldaten töten. Gleichzeitig hat er erlebt, wie seine Kameraden in seiner Nähe durch Gewehrsalven starben.«

Anke fröstelte. Sie schlang sich die warme Wolldecke enger um ihren Körper. Aber auf keinen Fall wollte sie, dass er aufhörte zu erzählen.

»Er tötete Menschen, gegen die er keinen Groll empfinden konnte, weil er sie nicht kannte. Die Erinnerungen daran machten meinen Vater fertig. Es gelang ihm nicht, sich Taten, die er auf Befehl Hitlers begehen musste, zu verzeihen!«

»War das der Auslöser, warum du zur Polizei gegangen bist?«

Kullmann schaute Anke eine Weile an und sagte dann: »Ich wurde am 22. August des Jahres 1939 geboren, kurz bevor der II. Weltkrieg begann. Zur gleichen Zeit wurde ein siebenjähriges Mädchen mit einem Lederriemen erdrosselt auf einem unbebauten Gelände im Stadtteil Saarbrücken-Malstatt aufgefunden. Mein Vater meinte, es könne kein Zufall sein, dass gerade ich, der ich zu einem Zeitpunkt das Licht der Welt erblickte, als ein Kind gewaltsam zu Tode kam, zur Kriminalpolizei gegangen bin.«

»Ob es solche Schicksalsfügungen gibt?«

»Ich akzeptierte den Gedanken bereitwillig. Aber im Grunde genommen weiß ich schon lange, dass es andere Erlebnisse waren, die meine Kindheit prägten und die mein ganzes Denken und Handeln beeinflussten.«

Das Gespräch wurde immer interessanter.

»Im Jahr 1944 näherten sich die Amerikaner von der Normandie her über die Spicherer Höhen der Grenze zum Saarland. Die Linie der Westwallbunker, die dort an der Grenze entlanglief, wurde für die militärische Verteidigung Deutschlands erneut bedeutsam. Die Bewohner des Saarlandes, die nicht in den Krieg hinausgezogen waren, mussten Schanzen und Gräben ausheben, Leichen bergen und Verwundete versorgen. Meine Mutter war eine der Helferinnen. Da sie niemanden für ihre beiden Kinder hatte, mussten mein Bruder und ich mitgehen. Ich habe diese Bilder von den Toten, die durch Bombenangriffe oder Schusssalven zerfetzt wurden, noch heute im Gedächtnis. Das brannte sich in mein Gemüt. Schon damals spürte ich, dass ich mein Leben der Gerechtigkeit widmen wollte – als Kind vermutlich voller Hoffnung, in dieser Welt etwas verbessern zu können.«

»Wenn einem das gelungen ist, dann dir«, bemerkte Anke im Brustton der Überzeugung.

Kullmann schüttelte lächelnd den Kopf und meinte: »Während meiner langen Dienstzeit als Kriminalbeamter habe ich festgestellt, wie sehr sich die Menschen im Laufe der Jahre verändert haben. Die Motive für das gegenseitige Töten stimmten mich nachdenklich. Heute haben Worte wie Mitgefühl oder Gemeinschaftssinn keine Bedeutung mehr. Heute geht jeder seine eigenen Wege. Viele werden von Hass, Neid, Eifersucht oder krankhaften Trieben beherrscht. Dafür schalten Menschen Menschenleben aus. Als ich ein Kind war, galten andere Prioritäten.«

»Es ist Heiligabend im Jahr 2002!« Mit diesen bedeutungsvollen Worten betrat Martha das Zimmer. »Für den Fall, dass ihr das vergessen habt. Jetzt gehen wir ins Wohnzimmer, dort findet die Bescherung statt!«

Gespannt traten alle drei durch die von Kullmann geöffnete Doppelflügeltür. Anke war überrascht, wie groß das Wohnzimmer war. Es reichte von der Front bis zur Rückseite des Hauses. An der langen Wand gegenüber dem breiten Rundbogen brannte ein Kaminfeuer. Vor dem Kamin stand ein gemütlich aussehendes Ledersofa, links und rechts flankiert von zwei Sesseln, die mit einem Stoff aus warmen Farbtönen in Ockergelb, Beige und Braun überzogen waren. Die Wände waren in einem einfachen Cremeweiß gestrichen, das Fenster, das zur Straße zeigte, wurde von Bücherregalen eingerahmt, die bis unter die Decke reichten. Welche Bücher sich in den Regalen befanden, konnte Anke nicht erkennen, weil ein großer, bunt geschmückter Tannenbaum den Blick versperrte.

Feierlich begann Kullmann die Kerzen anzuzünden. Als der Baum im Glanze des Lichts erstrahlte, sang er so falsch, wie es kaum möglich war, das Weihnachtslied: Oh Tannenbaum!

Martha und Anke amüsierten sich köstlich, was ihn aber nicht davon abhielt, das Lied bis zum Ende zu singen.

»Nun wird es ein wenig peinlich für mich«, gestand Anke, als sie sich auf der gemütlich aussehenden Couch niederließ.

»Warum?«

»Ich habe keine Geschenke. Hatte keine Gelegenheit, einkaufen zu gehen.«

»Du wirst es nicht glauben, aber wir haben auch keine Geschenke«, lachte Kullmann. »Wir wollten dir ein Kinderbett schenken, aber deine Mutter kam uns zuvor.«

»Ihr habt mit meiner Mutter gesprochen?«

»Ja. Sie will dich heute Abend noch anrufen.«

»Oh«, mehr fiel Anke nicht dazu ein.

»Aber damit sind uns die Ideen natürlich nicht ausgegangen, welche Überraschung wir dir machen können«, verkündete Martha.

Anke wusste nicht so recht, wovon Martha sprach.

Kullmann zögerte nicht lange und erklärte es ihr: »In wenigen Tagen ist das Jahr zu Ende und dein Mietvertrag für deine neue Wohnung im Grumbachtalweg läuft an. Martha und ich wollen dir die Wohnung bezugsfertig einrichten, damit du nach der Entbindung deiner Tochter ein Zuhause hast.«

Anke war sprachlos.

»Deine Möbel lagern schon in der Garage. Die Kisten auf dem Speicher. Deine Eltern sind über unseren Plan informiert und wollen uns dabei zur Hand gehen. Du wirst ein schönes Zuhause vorfinden, wenn du mit deinem Kind entlassen wirst.«

Martha schaltete das Radio ein. Leise Weihnachtsmusik erfüllte den Raum.

Das Baby bewegte sich. Amüsiert hielt Anke ihre Hand genau an die Stelle, als wollte sie Zwiesprache mit ihrer Tochter halten. Ihr Glücksgefühl wollte sie gerne auf ihre Tochter übertragen.

Kullmann ließ sich auf einem Sessel nieder, der in dieser

Einrichtung aus dem Rahmen fiel. Er war mit Plüsch überzogen und mit vielen Kissen in allen Formen und Farben überladen. Aber er schien sich wohl darin zu fühlen. Er arrangierte die Kissen so lange, bis er gemütlich saß.

Martha schob einen Sessel im Louis XIV-Stil direkt daneben, stützte sich gegen die hohe Lehne, um ihrem Mann näher zu sein. Als Anke das sah, hatte sie nicht den geringsten Zweifel daran, dass ihre Tochter in ein harmonisches Umfeld hineingeboren würde.

Später schlug Martha Anke vor, auf der Couch liegen zu bleiben. Gerne nahm sie dieses Angebot an, fühlte sie sich müde und erschöpft. Glücklich schlief sie ein, kaum dass Kullmann und Martha das Zimmer verlassen hatten.

6

Am ersten Weihnachtstag stieg Kullmann in seinen Wagen, um an der nahe gelegenen Tankstelle frische Brötchen einzukaufen. Im langsamen Tempo fuhr er durch die Kaiserstraße. Es herrschte wenig Verkehr. Eine geschlossene Schneedecke hatte sich über die Fahrbahn gelegt.

Die Araltankstelle war in den Halberg hineingebaut. Sie war die einzige Anlaufstelle für Menschen, die an Tagen wie diesen noch Lebensmittel brauchten. Und so kam es, dass viel Betrieb herrschte.

Als er endlich an die Reihe kam, erblickte er die junge Frau aus seiner Nachbarschaft. Ihr Gesicht wirkte blass, ihre blonden Haare zerzaust. Nun fiel ihm ihr Name ein. Sie hieß Beatrix Reuber. Seit dem Tod ihrer Eltern lebte sie ganz allein in dem großen Haus direkt neben dem Autofriedhof.

»Ich wünsche Ihnen schöne Feiertage«, grüßte Kullmann die junge Frau.

Er spürte, dass sie etwas beschäftigte.

»Danke!« Mehr brachte sie nicht hervor.

»Ist bei Ihnen alles in Ordnung?«

»Selbstverständlich. Außer dass ich ungebetenen Besuch vom Schneemann mit der Sense bekommen habe, ist alles in bester Ordnung.«

»Ein Schneemann mit der Sense?«, wiederholte Kullmann ungläubig. »Habe ich richtig verstanden?«

»Oh ja«, bestätigte die junge Frau. »Ich kann machen, was ich will, er taucht immer wieder auf!«

»Verwechseln Sie nicht den Sensenmann mit dem Weihnachtsmann?«

»Ich weiß, wovon ich spreche!«

»Das hoffe ich für Sie.«

Hastig eilte sie hinaus.

Verwirrt durch das eigenartige Gespräch schaute Kullmann hinter ihr her, sah, wie sie vor der Tür auf ihr Fahrrad stieg und unsicher über die Schneeschicht davonradelte.

7

Der erste Weihnachtsfeiertag begann ruhig. Nach ihrer Begegnung mit dem Nachbarn, überlegte Trixi, warum sie sich so dämlich benommen hatte. Sie hätte dem netten Mann doch erzählen können, wie es um sie stand. Aber nein, sie hatte sich lächerlich gemacht.

Hätte es etwas genützt, ihm die ganze Wahrheit zu erzählen?

Die Polizei hatte ihr nicht geglaubt. Warum sollte sich ein alter Mann, der die Feiertage mit seiner Familie feiern wollte, ihre Geschichte über einen Weihnachtsmann mit heruntergelassenen Hosen oder einen Schneemann mit Sense anhören?

Am Nachmittag rief Käthe an. Es wurde ein langes Telefonat.

Als sie auflegte, fühlte sie sich einsam.

Missmutig spazierte sie durch jedes Zimmer im Erdgeschoss. Die Enge bedrückte sie. Die Vorstellung, Käthe würde bei ihr einziehen, war verlockend. Aber bevor sie ihre Freundin fragte, musste sie sich darüber im Klaren sein, dass sie nicht umhin kam, die erste Etage wieder bewohnbar zu machen. Den Platz würden sie brauchen. Es gab im Obergeschoss genauso viele Zimmer wie unten. Warum sich also nicht die Zeit damit vertreiben aufzuräumen? Sie könnte zwei Fliegen mit einer Klappe schlagen: Alles entsorgen, was nur im Weg herumlag – womit sie gleichzeitig die Geister der Vergangenheit vertrieb.

Ihr Entschluss war gefasst. Sie sperrte die Tür zum Treppenhaus auf und stieg hinauf. Oben spürte sie einen eiskalten Luftzug. Warum war es hier so kalt? Als sie der Sache auf den Grund ging, sah sie, dass das Fenster des früheren Elternschlafzimmers offen stand. Erschrocken verschloss sie es wieder. Das Schloss war unversehrt, die Scheiben auch. Von außen konnte es niemand geöffnet haben. Diese Erkenntnis beunruhigte sie.

Zögernd ging sie weiter. In ihrem ehemaligen Kinderzimmer standen Möbel, Spielsachen, ein alter Plattenspieler und ein kompletter Musikschrank, der schon jahrelang nicht mehr funktionierte. Hinter diesem Unikum entdeckte Trixi eine Maske mit lachendem Gesicht und buntem Hut. Daneben lag eine rote Nase. Das war die Verkleidung für einen Clown, den ihr Vater immer gerne gespielt hatte, als sie noch klein war. Verträumt legte Trixi die alten Erinnerungsstücke auf den Musikschrank und kramte weiter.

Alle Zimmer waren überfüllt. Vielleicht konnte sie ja einiges bei Ebay verkaufen.

Bei jeder Bewegung wirbelte Staub auf. Diese Räume aufzuräumen, bedeutete eine Menge Arbeit. Aber sie wollte es angehen. Sie hatte viel Wohnfläche, warum sollte sie sie nicht nutzen und für sie nicht Verwertbares zu Geld machen?

Zufrieden mit ihrem Plan kehrte sie ins Wohnzimmer zurück. Dort war es wohlig warm. Es war gut, dass sie diesen Kontrollgang gemacht und das offene Fenster entdeckt hatte, denn sonst wäre einiges zerstört worden, was mit noch größerem Aufwand und vor allen Dingen mit Kosten verbunden gewesen wäre.

Der zweite Weihnachtstag begann mit einer bösen Überraschung.

Der Schneemann stand an der gleichen Stelle, wieder mit Zylinder, mit Sense durchbohrt und mit Rosenblättern dekoriert.

Dieses Mal musste sie Roland Berkes zuvorkommen und alles mit ins Haus nehmen. Sie eilte durch den Flur auf die Haustür zu, als das Telefon klingelte.

Neugierig und ängstlich hob sie ab. Es war Käthe. Trixi freute sich ihre Stimme zu hören und plauderte angeregt mit ihrer Freundin, wobei sie fast nur zuhörte. Sie selbst konnte wenig zum Gespräch beitragen. Käthe klang ausgesprochen munter und berichtete von einem Medikament, das bei ihr anscheinend wahre Wunder bewirkt hatte. Trixi konnte nichts zum Gespräch beisteuern, denn außer den Erlebnissen mit ihrem Verfolger, ein Thema, das bei Käthe auf taube Ohren stieß, hatte sie nichts zu erzählen. Später zog es sie nach draußen.

Warum konnte sie nicht wie andere auch ihre Freude an dem strahlenden Weiß haben? Warum lag Roland Berkes so viel daran, ihr das Leben schwer zu machen?

Kopfschüttelnd stapfte sie zu der Stelle, wo der Sensenmann auf sie wartete. Aber schon wieder erlebte sie eine Überraschung. Dort stand nur noch ein Schneemann. Statt des Zylinders trug er eine alte verrostete Farbdose auf dem Kopf, die aus ihrem Keller stammte. Sein Gesicht war eine grinsende Grimasse, der Mund eine Bananenschale, deren Enden nun nach oben zeigten, die Augen glitzernde Steine, die aus ihrem Hof stammen konnten, die Nase ein kleines Stück Holz, dessen Krümmung nach oben zeigte, wodurch der Gesichtsausdruck lustig wirkte. Auch von der Sense war nichts mehr zu sehen. Stattdessen steckte in den runden Schneemassen ein morsches Brett, das aus der alten Kellertür herausgebrochen war. Darauf stand mit weißen Buchstaben geschrieben: ›*Der Tod steht dir gut!*‹ Trixi fuhr mit dem Finger über die Buchstaben, deren Weiß von der dunklen Planke abstach. Es war Schnee. Während sie beobachtete, wie die Buchstaben unter ihren Fingern verwischten, musste sie sich eingestehen, dass es längst an der Zeit gewesen wäre, sich einen Fotoapparat anzuschaffen. So entging ihr schon wieder die Chance, Beweise zu sammeln.

Was war mit Roland Berkes los? Wie vereinbarten sich diese Handlungen mit dem, was er sagte? Er sprach vom Heiraten, von Liebe und vom ewigen Zusammensein. Warum wandte er solchen Methoden an? Wollte er erreichen, dass sie sich vor Furcht in seine Arme schwang und um seinen Schutz bettelte? Angeekelt von diesem Gedanken schüttelte sie den Kopf. So etwas brachte nur ein Verrückter fertig. War Roland Berkes verrückt?

Sie kehrte ins Haus zurück. Der Gang zur Polizei hatte sich erledigt.

Auch wenn sie sein Vorgehen nicht verstand, so erkannte sie doch eine gefährliche Raffinesse dahinter.

Als das Telefon klingelte, wunderte sich Trixi. Käthe hatte erst angerufen. Ihre Vorsicht vergessend hob sie ab.

Eine flüsternde Stimme sagte: »Hast du es immer noch nicht verstanden?«

»Was?«

»Der Sensenmann. Ihn kann man nicht einfach vernichten. Er ist immer da, auch wenn du glaubst ihn überlistet zu haben, weil er sich verwandelt hat. Er kann in jeder Gestalt auftreten, und genau das tut er, wenn er ein

Ziel verfolgt. Der Sensenmann hat sein Opfer gefunden. Das bist du. Er ist gekommen, um dich zu holen. Niemand kann ihn daran hindern. Deine Zeit ist gekommen!«

Trixi zitterte am ganzen Körper. Dieser Anruf war zu viel für sie. Panik erfasste sie. Sie drückte das Gespräch weg, ergriff sie ihre Jacke und verließ fluchtartig das Haus. Sie eilte in die Kaiserstraße zur Bushaltestelle. Sollte sie wieder zu der Polizeiinspektion in der Saarbrücker Straße gehen? Nein! Das Ausmaß der Bedrohung war groß. Deshalb zog sie es vor, zur übergeordneten Dienststelle zu gehen. Von dort erhoffte sie sich mehr.

Sie stieg in den Bus, fuhr bis in die Mainzer Straße und legte die letzten Meter bis zur Kriminalpolizeiinspektion zu Fuß zurück. Nachdem sie dem Pförtner ihr Anliegen geschildert hatte, meinte der: »Ich benachrichtige den Kollegen der Abteilung für Tötungsdelikte, der heute Dienst hat. Das wird sein Kontingent an Erfahrungen bei der Jagd nach Mördern wesentlich erweitern.«

Trixi ärgerte sich über diese Bemerkung.

Was der Pförtner am Telefon sagte, konnte sie nicht verstehen. Das konnte ja heiter werden. Wer wusste schon, was er dem Diensthabenden berichtete.

Kurze Zeit später kam ein großer Mann auf Trixi zu.

Er stellte sich nicht vor, sondern fragte in einem gleichmütigen Tonfall: »Sie wollen Anzeige erstatten?«

Mürrisch wiederholte Trixi, was sie dem Pförtner gerade erzählt hatte. Daraufhin bat der Beamte sie, ihm zu folgen.

Sein Büro war mit einem großen, hellen Schreibtisch ausgestattet auf dem neben einem Computer mit Flachbettbildschirm ein roter Weihnachtsstern leuchtete.

Auf dieser Etage herrschte eine unheimliche Stille. Nur die leise Stimme eines Radiosprechers war zu hören.

»Sind Sie allein?«

»Ja! Ich habe Bereitschaft. Im Notfall sind die Kollegen schnell zur Stelle«, erklärte er. »Aber den Kampf gegen einen mordenden Schneemann nehme ich noch allein auf.«

»Danke.«

»Wofür?«

»Dass Sie mich ernst nehmen!« Trixi bebte vor Zorn.

Sie schaute sich den Mann genauer an. Er war in Zivil.

»Dürfte ich Ihren Namen erfahren? Immerhin kennen Sie auch meinen.«

»Ich bin Kriminalkommissar Diez«, gab er zur Antwort, ohne eine Miene zu verziehen.

Sein Gesicht war lang und schmal. Hohe Wangenknochen ließen seine Mimik hochnäsig wirken. Hinzu kamen die eiskalten, blauen Augen, die arrogant auf sie herabschauten. Seine blonden Haare waren akkurat zurückgekämmt. Er war groß, seine Figur wirkte sportlich und elegant in dem perfekt sitzenden Anzug. Sie begann zaghaft mit ihren Schilderungen, aber die Mimik veränderte sich auf eine Art und Weise, die Trixi nicht gefiel. Er schaute ungläubig. Als er nichts sagte, sprach sie ihren Verdacht aus, um endlich überzeugend zu klingen. Sie erzählte ihm von ihrem aufdringlichen Verehrer.

Kriminalkommissar Diez hörte genau zu. Eine Weile verging, bis er fragte: »Verstehe ich Sie richtig? Sie wollen mir sagen, dass Roland Berkes ein Stalker und dazu gefährlich ist. Während er Ihnen einerseits Blumen schenkt und Ihnen einen Heiratsantrag macht, will er Sie gleichzeitig töten?«

Trixi nickte. So wie Diez es aussprach, hörte sich ihre Geschichte fragwürdig an.

»Haben Sie schon viele Heiratsanträge bekommen?«

»Nein. Das war das erste Mal.«

»Kann es sein, dass Sie überreagieren?«

Trixi fuhr sich mit der Hand durchs Haar. Dabei bemerkte sie, dass sie es nicht gewaschen hatte – schon seit Tagen. Sie sah bestimmt ungepflegt aus.

Sollte das der Auslöser für die Frage des Polizisten sein?

»Ich habe das Gefühl, Sie glauben mir nicht!«

»Es ist doch möglich, dass der Gedanke an Heirat in Ihnen eine Klaustrophobie auslöst, eine Beengung oder eine Angst, die gewohnte Freiheit zu verlieren.«

»Sie verstehen mich nicht«, wurde Trixi unfreundlich. »Mein Leben ist in Gefahr. Der Heiratsantrag hat damit nichts zu tun!«

»Aber Sie zeigen genau den Mann an, der Ihnen den Antrag gemacht hat«, wurde der Polizist deutlicher.

»Ja! Aber doch nicht, weil er mir einen Antrag gemacht hat. Er terrorisiert mich. Sein Anruf war eine Bedrohung!«

»Haben Sie die Requisiten des so genannten Sensenmannes noch?«

»Nein!«

»Ist Ihnen klar, dass wir nur etwas unternehmen können, wenn wir eindeutige Beweise dafür haben, dass es sich wirklich um *Stalking* handelt?«

Den Spruch kannte Trixi schon.

»Womit soll ich arbeiten?«

Trixi erkannte nicht nur an den Worten sondern auch an dem Gesichtsausdruck des Kriminalbeamten, dass er ihr nicht glaubte. Immerzu redete er von Beweisen. Dabei hatte sie wirklich versucht die Requisiten aufzuheben. Roland Berkes war ihr jedes Mal zuvorgekommen. Aber auch diese Geschichte glaubte der Polizeibeamte ihr nicht. In der kurzen, unangenehmen Pause, die eintrat, fiel ihr der Computerausdruck ein, der plötzlich im Lese-Café der Stadtbibliothek in ihrer Lektüre wie aus dem Nichts aufgetaucht und genauso wieder verschwunden war. Die Worte waren ihr im Gedächtnis haften geblieben: ›*Du bist an allem selbst schuld!*‹ Bei der Erinnerung daran spürte sie ein Unbehagen, das sie sich selbst nicht erklären konnte.

»Vom Polizeibezirk Saarbrücken Land wissen wir, dass Sie schon mehrere Anzeigen gegen Roland Berkes gemacht haben«, sprach der Hüne weiter. »Polizeihauptmeister Hollmann hat einen ausführlichen Bericht verfasst, den ich hier einsehen kann. Darin steht, dass Sie unter psychischem Stress leiden.«

Trixi erschrak. Sie konnte sich an das Gespräch genau erinnern, hatte alles versucht, den Polizisten davon zu überzeugen, dass das nicht der Fall war. Anscheinend war ihr das nicht gelungen.

»Ich habe mich über Stalkingopfer informiert«, versuchte Trixi es nun mit einer neuen Taktik. »Ich habe gelesen, dass es seit 1.1.2002 ein neues Gesetz gibt, ein Gewaltschutzgesetz. Darin wird den Opfern geraten, eine möglichst detaillierte Aufstellung der Belästigungen mit Orts- und Zeitangaben zu fertigen und die Angaben an Eides statt zu versichern. Genau das tue ich die ganze Zeit. Aber Sie nehmen mich nicht ernst.«

»Was Sie tun, ist etwas ganz anderes«, widersprach Diez sofort. »Von detailliert kann in Ihrem Fall keine Rede sein. Sie machen weder vernünftige Angaben, noch können Sie etwas vorweisen, was ihre Behauptung stützt.«

»Ich lege sogar einen Eid ab, wenn mir das hilft.«

»Legen Sie sich lieber mal auf die Couch eines Psychiaters. Das hilft Ihnen mehr. Ihre Verfassung fällt jedem auf, der mit Ihnen zu tun bekommt.«

»Ich habe Polizeihauptmeister Hollmann schon gesagt, dass ich nicht unter psychischem Stress leide«, entgegnete sie wütend. »Warum verzapft er diesen Mist?«

»Nicht so garstig meine Liebe. Ich meinte es eben ernst, als ich Ihnen eine Psychotherapie empfohlen habe. Sie wirken nervös und gereizt.«

Nun bekam sie wirklich Angst. Trixi verabschiedete sich und eilte aus dem Gebäude. Mit zitternden Knien machte sie sich auf den Heimweg.

Der Schnee war auf den Gehwegen braun durch das Granulat, das gegen die Glätte gestreut wurde. Er schmolz zu einer matschigen, rutschigen Masse. Kleine Schneeflocken wurden ihr durch den Gegenwind ins Gesicht geblasen; sie fühlten sich wie kleine Pfeilspitzen an.

Der Kampf gegen die Naturgewalten kam Trixi gerade recht. So konnte sie ein wenig Abstand zu den letzten Minuten im Büro der Kriminalpolizeiinspektion gewinnen. Die Worte des Kommissars hatten sie beunruhigt. Er glaubte ihr nicht, aber nicht nur das, er stempelte sie als Spinnerin ab.

Als sie endlich wieder zu Hause war, fühlte sie sich so erschöpft, als sei sie einen Marathon gelaufen. Von einem Schneemann war nichts zu sehen. Vielleicht hatte sie ja Glück, und Roland gab sein makaberes Spiel wieder auf.

Drinnen ließ sie Winterjacke und Stiefel einfach auf den Boden fallen. Langsam schlurfte sie durch den langen Flur auf das Badezimmer zu. Sie drehte sich um und schaute gebannt zur Eingangstür zurück. Dort lag doch etwas. Sie spürte, wie ihr schwindelig wurde. Leider konnte sie nicht erkennen, was es war, weil es teilweise von ihrer Jacke bedeckt wurde. Sollte sie nachsehen oder das heiße Bad nehmen, von dem sie sich Entspannung ersehnte?

8

Der zweite Weihnachtstag brach an und mit ihm rückte die Zeit der Rückkehr ins Krankenhaus näher. Anke hatte sich so gut eingelebt, dass sie Angst davor hatte, diese Vertraulichkeit gegen das unpersönliche Krankenhaus einzutauschen.

»Mach dir keine Sorgen.« Martha legte Anke tröstend die Hand auf die Schultern. »Du musst erst morgen früh nach dem Frühstück wieder zurück. Bis dahin wollen wir die Stunden noch genießen. Und dann dauerte es nicht mehr lange, bis das Kind da ist.«

Martha hatte recht. Ihr Termin war Ende Januar. Diese Zeit würde sie auch noch durchstehen.

Nach dem reichlichen Frühstück setzten sie sich wieder zusammen und plauderten. Martha zog Wolle und Stricknadeln heraus und begann mit flinken Händen zu stricken.

»Was wird das?«

»Das wird ein Jäckchen für Lisa.«

Kullmann kam mit einem Stapel Holz herein. Er füllte den Kamin, damit das Feuer richtig prasseln konnte. Sofort breitete sich behagliche Wärme aus.

»Es ist schön, in der kalten Jahreszeit im Warmen sein zu können.« Kullmann rieb sich die Hände, bevor er sich zwischen den Kissen auf dem Plüschsessel vor dem Couchtisch niederließ.

Anke legte sich auf dem Sofa vor dem Kamin gemütlich zurück, weil sie ahnte, dass er wieder von seinem Vater erzählen wollte.

Und so geschah es auch. Eine Weile schaute Kullmann ins Feuer, bis er endlich zu sprechen begann: »Mein Vater hatte in Russland eine Kälte erlebt, von der wir in unseren Breitengraden immer verschont bleiben werden. Bei minus vierzig Grad lag er mit seinem Karabiner in einem Schützengraben. Das Bild, das sich vor seinen Augen bot, hat mein Vater zeit seines Lebens nicht mehr vergessen können. Es war die reinste Schneewüste.«

Ankes Blick fiel auf das Fenster. Schneeflocken fielen herab. Selten hatte sie eine weiße Weihnacht im Saarland erlebt. Dieses Jahr war es außergewöhnlich kalt. Umso schöner war es für sie, vor dem wärmenden Feuer des Kamins zu liegen, in eine flauschige Wolldecke eingekuschelt.

Aber Kullmanns Schilderungen brachten sie zum Frösteln. Es war unvorstellbar für sie, dass Menschen unter solchen Bedingungen überleben konnten.

Kullmann hielt seinen Blick auf das Kaminfeuer gerichtet. Es knisterte und brachte anheimelnde Atmosphäre in das große Wohnzimmer.

Marthas Stricknadeln klapperten.

»Wenn du so schnell weiterstrickst, muss Lisa sich beeilen, dass sie in den Genuss kommt, das schöne Jäckchen auch zu tragen«, stellte Anke fest.

»Lass dem Kind nur alle Zeit, die es braucht. Ich kann ja noch ein weiteres Jäckchen stricken.«

Am Nachmittag klingelte es.

Überrascht schauten sie sich an.

»Ich sehe mal nach. Bei der Kälte sollte man niemanden draußen stehen lassen«, mit diesen Worten erhob sich Kullmann und verließ das Zimmer.

Kurze Zeit später kehrte er in Begleitung von Erik Tenes zurück.

Erik war seit einem halben Jahr ein Arbeitskollege von Anke. Er hatte sich in der kurzen Zeit nicht nur als tüchtiger Kollege erwiesen, sondern war für Anke ein guter Freund geworden.

»Woher weißt du, wo ich bin?«, fragte Anke überrascht.

»Stell dir vor, ich arbeite bei der Kriminalpolizei. Ich finde alles heraus.«

Er ließ sich in einen Sessel fallen und freute sich über den dampfenden Kaffee, den Martha ihm anbot.

»Wenn das so ist, kann ich für die bösen Buben nur hoffen, dass sie an Weihnachten brav sind. Oder habt ihr viel zu tun?«

»Sie sind brav. Bernhard Diez macht Dienst im Büro – allein! Bis jetzt kam nur eine einzige Beschwerde, allerdings ganz besonderer Art.«

»Was heißt das?«

»Eine junge Frau hat Anzeige gegen einen Schneemann erstattet.«

Anke und Martha lachten, nur Kullmann schaute nachdenklich drein.

»Wie hieß die junge Frau?«

»Keine Ahnung. Aber wie der Schneemann heißt, das weiß ich zufällig: Er heißt Roland Berkes und ist gefährlich«, trieb Erik den Spott weiter.

»Ich weiß nicht, ob das wirklich lustig ist.«

»Warum? Liegt etwas gegen den Schneemann vor?«

»Ich hatte gestern Morgen eine seltsame Begegnung an der Tankstelle, wo ich frische Brötchen eingekauft habe«, erklärte Kullmann.

»An Tankstellen begegnet man häufiger seltsamen Menschen!«

»Spaß beiseite«, murrte Kullmann. »Dort bin ich meiner Nachbarin Beatrix Reuber begegnet. Sie sprach davon, dass merkwürdige Dinge um ihr Haus herum geschehen. Unter anderem erwähnte sie einen Schneemann. Ist das die Frau, die Anzeige erstattet hat?«

»Ja! So heißt sie.«

»Welche Nachbarin soll das sein?«, überlegte Martha. »Neben uns ist ein Restaurant und auf der anderen Seite ist der Grumbachtalweg.«

»Genau in diesem Weg wohnt die junge Frau. Sie lebt allein im Haus ihrer verstorbenen Eltern. Es ist wie mein Haus ein Bauwerk aus der Jahrhundertwende, eines der wenigen, das die schweren Bombenangriffe 1944 auf Saarbrücken überstanden hat. Leider gibt es nicht mehr viele Bauten aus der Zeit Kaiser Wilhelms, deren Ausdrucksform im Stil der Neurenaissance und des Jugendstils gehalten wurde. Der 5. Oktober 1944 richtete die größten Schäden des gesamten Krieges in Saarbrücken an.«

»Warum belastest du unser erstes gemeinsames Weihnachtsfest mit diesen traurigen Geschichten vom Krieg? Wir sollten glücklich und dankbar sein, dass wir hier zusammensitzen können!«

»Das bin ich auch, Liebes!«

»Sind es die Erinnerungen deines Vaters an das Weihnachtsfest auf den Spicherer Höhen?«, hakte Anke nach.

»Das hatte für mich nicht die gleiche Bedeutung wie für meinen Vater. Meine Dankbarkeit rührt aus einem anderen Kriegsjahr, nämlich Weihnachten 1944«, antwortete Kullmann. »Mein Vater war verwundet aus Stalingrad zurückgekommen. Seine Verletzungen machten es unmöglich, uns bis zum nächsten Luftschutzbunker in Sicherheit zu bringen. Deshalb blieben wir bei jedem Alarm, der im Jahr 1944 ausgelöst wurde, im Haus zurück. Wir hatten großes Glück, dass es nicht getroffen wurde.«

»Und dadurch ist Weihnachten für dich wohl ein Fest des Dankes, weil ihr den Krieg überstanden hattet und die Feiertage gemeinsam verbringen konntet.«

Kullmann nickte mit einem nach innen gerichteten Blick.

»Genug der traurigen Geschichten aus dem Krieg«, beendete Martha das Thema. »Du hast das Gespräch in eine ganz andere Richtung gelenkt. Erik sprach gerade von einem seltsamen Fall.«

»Über die Arbeit wollte ich eigentlich nicht sprechen«, gestand Erik.

»Dann erzähl uns, wie du die Weihnachtsfeiertage verbracht hast«, forderte ihn Anke auf.

»Ganz langweilig«, murmelte er. »Bestimmt nicht so interessant wie ihr.«

»Erzähl trotzdem!«

»Ich war bei meiner Mutter in Köln«, antwortete Erik stockend.

Anke wurde hellhörig.

»Nun rede schon! Wie war's?«

»Wie immer.«

»Das glaube ich dir nicht. Raus mit der Sprache!«

Kullmann und Martha schauten abwechselnd von Anke zu Erik.

Erik meinte ausweichend: »Ein schöner Baum ist das. Ich habe lange keinen Tannenbaum mit echten Kerzen gesehen. Macht einfach mehr Atmosphäre.«

»Nicht ablenken«, grinste Anke.

»Ich lenke doch nicht ab«, murrte Erik, griff nach seiner Kaffeetasse und verbrannte sich die Lippen, weil er zu hastig trank.

»Autsch!«

»Gott straft die kleinen Sünden sofort«, neckte Anke. »Mach es nicht so spannend. Immerhin bin ich hochschwanger. In dem Zustand darfst du mich nicht auf die Folter spannen.«

»Na gut – wenn du es unbedingt wissen willst!«

»Wir sind alle neugierig«, gestand Kullmann.

»Ich hatte meine Mutter am Tag vor Heiligabend angerufen und ihr gesagt, dass ich nach Dienstschluss zu ihr nach Köln kommen wollte. Sie freute sich, obwohl mein Besuch für sie eine Überraschung war. Sie meinte, zur Feier des Tages würde sie das Haus putzen und Kuchen backen.

Ich wollte sie davon abhalten, weil es mir peinlich war, dass sie sich meinetwegen so viel Arbeit machte. Aber meine Mutter war nicht mehr zu bremsen«, begann Erik zu erzählen. »Leider musste ich länger arbeiten. Trotzdem setzte ich mich nach Feierabend ins Auto und fuhr los. Die Fahrt war schrecklich. Vermutlich hatten alle den gleichen Plan – nämlich zum Weihnachtsfest nach Hause zu fahren. Mitten in der Nacht kam ich in Köln an. Im Haus war alles schon dunkel. Ich war todmüde und wollte nur noch in das Gästezimmer, das meine Mutter immer für mich bereithält. Also beschloss ich leise ins Haus zu schleichen.«

»Hast du einen Haustürschlüssel?«

»Ja! Auch meine Brüder haben einen. Meine Mutter denkt, dass sie uns so das Gefühl gibt, willkommen zu sein.«

»Schön«, murmelten Anke, Kullmann und Martha einstimmig.

»Als ich aufschloss, roch ich sofort das Putzmittel. Der Boden glänzte vor Sauberkeit, das konnte ich so gut erkennen, weil die Straßenlaterne direkt vor dem Haus in die Diele leuchtet. Auf dem Boden lagen in kleineren Abständen Zeitungen. Ich ahnte, warum die dort lagen. Es hatte geschneit – sogar in Köln – und die Schuhe waren voller Schneematsch. Damit wollte sie verhindern, dass ich meine Spuren auf dem frisch geputzten Boden hinterlasse.«

Wieder trank Erik einen Schluck Kaffee.

»Schlau wie ich nun mal bin, habe ich mich also bemüht, genau die Zeitungen zu treffen, damit ich keinen Dreck machte. Es fühlte sich merkwürdig an und gewundert habe ich mich auch über die vielen Zeitungen?«

»Ja und weiter?«

»Meine Mutter hatte mir doch am Telefon versprochen, Kuchen zu backen«, setzte Erik zur Erklärung an. Seine Kaffeetasse war leer, aber Martha stand nicht auf, um nachzuschenken. Sie war viel zu neugierig.

»Diese Kuchen hat sie in der Diele auf den Boden gestellt, damit sie abkühlten. Zum Schutz hat sie alles abgedeckt.«

Anke stutzte kurz, dann lachte sie lauthals los.

Kullmann und Martha stimmten ein.

Erik wartete geduldig, bis das Lachen abebbte, bevor er anfügte: »Mit dieser Maßnahme wollte sie auf Nummer Sicher gehen, wollte die Kuchen vor den Kindern meiner Brüder verstecken. Meine Brüder und ich haben früher so manchen Kuchen vor dem Fest aufgegessen. Deshalb hat sie die Diele als Aufbewahrungsort gewählt. Die ist für die kleinen Bengel tabu, weil sie von dort durch die Haustür auf die stark befahrene Straße laufen könnten.

Leider dachte sie nicht an mich. Sie hatte nicht mehr damit gerechnet, dass ich noch am gleichen Abend kommen würde.«

»Klasse!« Anke schnappte nach Luft, so sehr amüsierte sie sich. »Und wie hat dein Missgeschick das Weihnachtsfest beeinträchtigt?«

»Es gab zwar wenig Kuchen, aber dafür viel zu lachen. Mein Fettnäpfchen wurde bestimmt hundert Mal erzählt. Es gibt niemanden in der Verwandtschaft oder Nachbarschaft, der nicht über meine Glanzleistung informiert worden wäre.«

Die kurze Pause nutzte Martha, um Kaffee nachzuschenken.

»Deine Mutter ist sicher Kummer gewöhnt«, schlussfolgerte Anke.

»Hoffentlich muss Lisas Mutter nicht genauso viel aushalten!«

Anke legte die Hand auf ihren Bauch, weil Lisa sich bewegte. Als sie Marthas sehnsüchtigen Blick bemerkte, nahm sie ihre Hand und legte sie darauf. Tatsächlich reagierte das Baby mit munterem Strampeln. Marthas Augen wurden feucht vor Rührung.

»Es muss schön sein, ein Kind in sich zu tragen.«

»Bis zu einem gewissen Grad, ja«, nickte Anke. »Aber, wenn man monatelang nur noch liegen darf, ist es nicht mehr so berauschend.«

»Aber das Leben, das in dir wächst, wiegt das doch auf!«, schwärmte Martha weiter.

Als Anke am nächsten Morgen von den Sanitätern abgeholt wurde, war sie traurig. Die Aussicht, viele Wochen im Krankenhausbett zu verbringen, war entmutigend, aber unumgänglich.

Der Abschied von den lieben Menschen fiel ihr schwer.

Es ist ja kein Abschied für immer, rief sie sich ins Gedächtnis.

Erst als der Krankenwagen losfuhr, fiel ihr ein, dass ihre Mutter sie nicht angerufen hatte.

9

Trixi hatte es geschafft, sich schlafen zu legen, ohne nach dem mysteriösen Etwas zu schauen. Das brachte sie allerdings um den erholsamen Schlaf, denn in der Nacht hatte sie die schlimmsten Albträume, was sich dahinter verbergen könnte. Übernächtigt schlurfte sie am nächsten Morgen zur Eingangstür. Es war Freitag. Die Feiertage waren vorüber und der Arbeitsalltag begann wieder.

Das konnte ja heiter werden, dachte sie. Trotz der Feiertage war sie nicht ausgeschlafen.

Das Etwas war eine Nachricht:

»Ich sehe was, was du nicht siehst!

Es ist blauäugig, blond und blöd!

Aber sehr verführerisch!«

Und deshalb konnte sie nicht schlafen. Verärgert nahm sie den Zettel und machte sich auf den Weg zur Arbeit. Diese dumme Andeutung trug Roland Berkes Handschrift, dachte sie wütend, während sie in die Kaiserstraße einbog und am Haus ihres netten Nachbarn vorbeiging. Dort sah sie, wie die junge Frau auf einem Stuhl von zwei Sanitätern die Treppe hinunter zum Krankenwagen getragen wurde. Der alte Herr und seine Frau folgten. Das sieht wie eine Abschiedsszene aus, dachte Trixi und wechselte die Straßenseite.

Sie freute sich auf ihre Arbeit, weil sie das beste Mittel war, ihre Sorgen zu verdrängen.

Käthe war schon da.

Die Freundin sah super aus. Schlanker und fröhlicher.

»Hast du vergessen zu essen oder hast du dich verliebt?«

Käthe lachte stolz: »Weder – noch! Das ist das neue Medikament, von dem ich dir erzählt habe. Ich konnte endlich das lästige Kortison absetzen. Und das tut meiner Figur gut.«

Käthe hatte jetzt eine richtige Taille, ihr Hals war nicht mehr schwammig sondern lang und schmal. Die junge Frau wirkte zuversichtlich und selbstbewusst.

Als Trixi ihrer Freundin das Geschenk überreichte, leuchteten ihre Augen vor Freude. Und als sie die Pantoffeln in den Händen hielt, musste sie lachen. Trixi stimmte ein. Gemeinsam schwelgten sie in den Erinnerungen an ihren Freudentanz im Schnee. Mit immer komischeren Details schmückten sie ihren Schneetanz aus, unterhielten die Kunden mit ihren Geschichten, was Trixi auf andere Gedanken brachte. Die Fröhlichkeit und das Ausgelassensein taten ihr gut, sie konnte gar nicht genug davon bekommen.

Kurz vor Feierabend betrat ein junger Mann den Salon.

Trixis Herz schlug höher. Es war Fritz Lörsch.

Seine Haare waren in der kurzen Zeit ein gutes Stück gewachsen. Er sah richtig verwegen aus. Trixi gefiel das. Aber seinen Wunsch, die Mähne zu stutzen, konnte sie ihm schlecht ausreden. Also machte sie sich an die Arbeit.

Hinterher wirkte er ziemlich brav. Trixi konnte sich ein Schmunzeln nicht verkneifen.

»Gefällt Ihnen nicht, was Sie aus mir gemacht haben?«, fragte Fritz spitzfindig.

»Doch, doch! Anders hat es mir aber auch gefallen«, erwiderte sie unsicher. Warum fand sie gerade jetzt keine passende Antwort?

»Heißt das, dass ich nicht mehr so oft kommen soll?« Frech grinste er Trixi an.

Käthe beobachtete die beiden. Der Salon war schon geschlossen, sodass keine Kunden mehr stören konnten. Die Stille verstärkte Trixis Verlegenheit. Auf keinen Fall wollte sie, dass Fritz Lörsch nicht mehr so oft kam. Aber wie sagte sie ihm das?

»Sie können jederzeit kommen.« Etwas anderes fiel ihr nicht ein. Es war zum Verzweifeln.

»Jederzeit?«, bohrte Fritz weiter.

»Klar«, zwitscherte Trixi, die schlagartig einen guten Einfall hatte. »Zur Kopfmassage. Wie wäre das?«

»Klingt gut. Ich werde es mir überlegen.«

»Überlegen Sie gut. Das Angebot bekommt nicht jeder Kunde!«

Lachend begab er sich zur Kasse, bezahlte die Rechnung und verabschiedete sich.

»Du gehst aber ran«, schüttelte Käthe den Kopf. »Ich habe den Eindruck, dass es dir wieder besser geht.«

»Ganz und gar nicht. Die Feiertage waren der reinste Albtraum. Kaum warst du weg, ging das Horrorszenario weiter.«

Trixi zeigte ihr die Nachricht von Roland Berkes.

»Schau dir das an! Das ist endlich ein Beweis, den ich gegen ihn verwenden kann!«

»Das beweist doch nur, dass Roland ein Schwärmer ist- ein beleidigter Schwärmer, deshalb der kleine Seitenhieb. Oder willst du das als Drohbrief deuten?«

Trixi stutzte. Reagierte sie wirklich überempfindlich?

»Aber das war nicht alles«, versuchte sie ihre Freundin zu überzeugen. Sie erzählte ihr von dem Schneemann und dem Nikolaus mit den heruntergelassenen Hosen, als Käthe ihr plötzlich mit einem »Ach!« ins Wort fiel.

»Warum glaubst du mir nicht?«

»Ich kann nicht glauben, dass dich jemand Tag für Tag beobachtet! Denn nur so kann er wissen, wann du allein bist.«

Trixi traute ihren Ohren nicht. »Und warum nicht?«

»Das soll alles bestimmt nur Spaß sein. Wer macht sich denn so viel Mühe, nur um dich zu erschrecken?«

Auf einmal fühlte Trixi sich nicht mehr wohl. Dabei wollte sie ihre Freundin fragen, ob sie wieder bei ihr einziehen könnte. Aber Käthes Verhalten hielt sie davon ab. Traurig sperrte sie die Kasse in den Schrank und nahm ihre Jacke aus der Garderobe.

»Ich habe eine Einladung zur Silvesterparty«, verkündete Käthe, die langsam und akribisch Trixis Zettel in kleine Fetzen riss.

»Schön für dich«, murrte Trixi. »Was tust du da? Du vernichtest einen Beweis.«

»Ich will verhindern, dass du dich blamierst! Außerdem will ich dich mitnehmen. Das Fest findet übrigens ganz in der Nähe deines Hauses statt.«

»Wo?«

»Auf dem Eschberg. Vielleicht haben wir von dort eine gute Sicht auf dein Haus«, scherzte Käthe. »Dann können wir aus sicherer Entfernung Freddy Krüger beobachten, wie er um dein Haus schleicht, und ihm etwas auf den Kopf werfen.«

»Danke für deine Anteilnahme«, murrte Trixi.

Mit einem mürrischen Gesichtsausdruck schaute sie

ihre Freundin an, bis sie endlich zugab: »Die Einladung zur Party wäre echt klasse. Gilt die auch für mich?«

»Klar. Jeder darf jemanden mitbringen«, freute Käthe sich. »Ich habe uns beide schon angekündigt.«

»Okay! Dann vergesse ich das Ganze für ein paar Stunden.«

»So gefällst du mir schon viel besser.«

Am Samstagmorgen herrschte großer Betrieb im Salon. Trixi und Käthe hatten keine Gelegenheit, sich miteinander zu unterhalten. Auch die Tage der folgenden Woche sollten hektisch werden, weil sich viele Leute für den Silvesterabend stylen lassen wollten. Erst abends, als sie Feierabend hatten, meinte Käthe stöhnend: »Ich wollte mir so gern meine Haare blond färben, damit ich für die Party besser aussehe. Aber bei dem Betrieb komme ich zu nichts.«

Trixi überlegte eine Weile, bis sie sagte: »Wir machen das jetzt. Dann kommen wir zwar spät nach Hause, aber das ist das kleinere Übel.«

»Das würdest du wirklich tun?«

»Für dich immer.«

Käthes Augen blitzen auf, als sie sich anschließend im Spiegel betrachtete. Die Mühe hatte sich gelohnt.

»Jetzt könnten wir glattweg als Schwestern durchgehen!«

Die Ähnlichkeit der beiden war erstaunlich. Lediglich Käthes Figur wirkte ein wenig rundlicher, was aber nur zu sehen war, wenn sie direkt nebeneinander standen.

»Hoffentlich habe ich jetzt auch einmal Chancen bei den Männern«, nickte Käthe dem Spiegelbild zu.

»Hoffentlich gerätst du nicht an einen Fanatiker, so wie ich«, fügte Trixi an.

»Ach was! Er ist ein Schwärmer. Er wendet nur die falschen Mittel an.«

»Der Sensenmann vor der Tür wirkt nicht gerade wie ein Aphrodisiakum auf mich!«

»Dafür war der Weihnachtsmann mit heruntergelassenen Hosen zuständig«, grinste Käthe.

»Stimmt. Dass ich daran nicht gedacht habe.«

Lachend verließen sie den Salon.

Am nächsten Tag war Silvester.

Wie jedes Jahr an diesem Tag mussten Käthe und Trixi arbeiten, und wie jedes Jahr herrschte bis zum Ladenschluss Hochbetrieb.

Roland Berkes brachte mehrere Male Lieferungen in den Salon. Trixi befürchtete schon, dass er ausspionieren wollte, was sie an diesem Abend vorhatte. Welchen Grund sollte er sonst haben, für jeden Artikel extra zu fahren?

Sie bemühte sich, kein Wort mit Käthe zu wechseln, solange er im Salon stand, was schwer fiel. Sie waren beide aufgedreht und heiter und freuten sich auf die bevorstehende Party.

»Um halb acht bin ich bei dir. Ich fahre mit einem Taxi, weil ich heute Abend hemmungslos trinken will«, rief Käthe, als endlich Feierabend war.

Trixi wollte den Heimweg einschlagen, als ihr einfiel, dass sie keine Lebensmittel im Haus hatte. Außerdem musste sie das ausgeliehene Buch in die Stadtbibliothek zurückbringen, wenn sie keine Strafe für die Überziehung bezahlten wollte. Deshalb war es für sie unumgänglich, den weiten Weg bis in die Innenstadt auf sich zu nehmen. Also wartete sie auf einen Bus, damit fuhr sie in die Stadt.

Der Bus hielt direkt an dem gläsernen Bau am Gustav-Regler-Platz. Doch dort stand sie vor geschlossenen Türen.

Klar, fasste sie sich an den Kopf. Es war Silvester. Da hatte keine Bibliothek mehr geöffnet. Frustriert über ihre Gedankenlosigkeit begab sie sich in die Bahnhofstraße, wo wie immer viel Betrieb herrschte. Trixi eilte durch die Geschäfte. Mit vollen Einkaufstüten marschierte sie zur Bushaltestelle in der Mainzer Straße. Zu ihrem Entsetzen sah sie gerade noch, wie der Bus davonfuhr. Ihr Winken und Rufen nützte nichts.

Mit Verspätung traf sie zu Hause ein.

Käthe war noch nicht da.

Schnell räumte sie alles weg, zog sich ein Minikleid an, das ihre Figur vorteilhaft betonte und wartete auf ihre Freundin. Es war bereits acht Uhr. Wo Käthe wohl steckte? Dann wurde es halb neun. Immer noch keine Spur von Käthe. Sie ließ sich aber viel Zeit. Um die Wartezeit zu verkürzen, nahm sie eine Flasche Sekt aus dem Kühlschrank und schenkte sich ein Glas ein. Im Nu war es leer und ihre Enttäuschung nicht mehr ganz so groß.

Um neun Uhr wurde es Trixi zu bunt. Sie rief bei Käthe zu Hause an. Niemand meldete sich. Also war sie auf dem Weg.

Aber sie kam nicht.

Ungeduldig versuchte sie es auf dem Handy. Als sich die Mail-Box meldete, hörte sie ein leises Piepsen. Merkwürdig dachte sie. Wieder rief sie die Handynummer an. In der Stille ihres Hauses glaubte sie, eine Melodie zu hören. Welche Melodie benutzte Käthe? Es war das Lied: *Was wollen wir trinken, sieben Tage lang*. Wieder ertönte die Mail-Box, wieder hörte sie ein Piepsen.

War sie schon betrunken?

Sie schaute aus dem Wohnzimmerfenster. Während ihr Blick über die weiße Fläche wanderte, sah sie eine besonders dicke Schneeschicht vor dem Kellereingang liegen. Sicherlich die Reste des Schneemanns.

Wieder wählte sie die Handynummer. Nun war sie sich aber ganz sicher, dass sie das Lied hörte. Sie lauschte, bis das Piepsen ertönte. Es kam aus der Richtung ihres Wohnzimmers. Aber es klang ganz leise. Also musste es von oben kommen. Mit zitternden Knien wankte sie durch den Flur auf die Tür zum Treppenhaus zu. Sie drückte die Klinke hinunter; es war abgeschlossen.

Sie sperrte auf und stieg langsam die Treppe hoch. Oben angekommen spürte sie kalte Luft. Wie war das möglich? Sie hatte doch das Fenster fest verschlossen. Verunsichert stand sie im Flur. Die Tür zum Elternschlafzimmer auf der rechten Seite stand offen. Sie zögerte einen Moment und lugte vorsichtig hinein. Sie erschrak zu Tode. Das Fenster war offen und davor hing etwas von der Decke herunter. Mit einem Entsetzensschrei sprang sie zurück und ging in die Knie. Was hatte sie dort gesehen? Sie zitterte vor Angst, konnte sich aber nicht rühren.

Mühsam erhob sie sich und wagte erneut einen Blick in das Elternschlafzimmer. Dieses Mal schaute sie genauer hin. Das war der Gipfel. Da hatte ihr jemand einen üblen Streich gespielt. Von der Decke hing die Schaufensterpuppe ihrer Mutter am offenen Fenster. Das aufgemalte Gesicht wirkte nicht mehr lasziv; es war verändert worden. Die neue Miene zeigte weit aufgerissene Augen, leicht geöffneten Mund und eine heraushängende Zunge.

Trixi ekelte sich.

Wie kam der Kopf dieser Puppe durch eine Schlinge, die von der Decke hing?

Hörte das Katz-und-Maus-Spiel nie auf?

Wütend kletterte sie bis zur Decke und schraubte den Haken heraus. Mit dieser Vorrichtung könnte man auch einen Menschen erhängen. Der Gedanke erschütterte sie und so entfernte sie lieber alles, um diese Möglichkeit auszuschließen. Die Puppe warf sie mit Schwung durch das geöffnete Fenster. Zufrieden beobachtete sie, wie sie beim Aufprall in tausend Stücke brach, die sich gleichmäßig im Schnee verteilten.

Als sie das Zimmer verlassen wollte, kam ihr der Gedanke, die Fensterläden zu schließen. Das Schlafzimmer war ein Eckzimmer, die Fenster zeigten zur Eingangsseite des Hauses und zur Seite des Autofriedhofs. Auf der Vorderseite befanden sich Rollläden, die schon seit dem Tod ihrer Eltern verschlossen waren. Sie ließen sich auch nicht mehr öffnen, weil sie durch den Schmutz der vielen Jahre unbeweglich geworden waren. Das Fenster zur Seite wurde mit Klappläden verschlossen. Sie öffnete es und wollte die Läden herbeiziehen, griff aber ins Leere. Erschrocken schaute sie sich um: Da war nichts. Die Läden waren verschwunden. Seit wann, fragte sie sich entsetzt. Sie richtete ihren Blick auf den Boden, dort lag außer Plastikarmen und –beinen nichts. Da hatte sich jemand aber gründlich vorbereitet, dachte Trixi. Frustriert kehrte sie ins Erdgeschoss zurück.

Von Käthe immer noch keine Spur.

Wieder wählte sie die Handynummer, wieder glaubte sie, die Melodie zu hören. Blieb nur noch der Keller.

Inzwischen war es zehn Uhr vorbei, die Party war

gelaufen. Entmutigt zog sie sich ihren Trainingsanzug an und setzte sich aufs Sofa. Die angebrochene Sektflasche stand vor ihr auf dem Tisch. War es klug gewesen, in ihrer Situation Alkohol zu trinken? Bestimmt nicht, denn sie konnte nicht mehr klar denken. Bei der Vorstellung, zu dieser späten Stunde im Keller nach ihrer Freundin zu suchen, wurde ihr angst und bange. Vermutlich war Käthe auch gar nicht dort und sie hatte sich alles nur eingebildet. Diese Erklärung gefiel ihr so gut, dass sie ein weiteres Glas Sekt trank.

Zwölf Uhr: Das Jahr 2003 wurde angekündigt.

Trixi erwachte von dem lauten Knallen. Sie erhob sich, stellte sich ans Küchenfenster und schaute sich das Feuerwerk an. Durch den Alkohol hatte sie einen Brummschädel. Von ihrer Freundin keine Spur. Das neue Jahr fing ja gut an. Sich die Schläfen reibend schlurfte sie ins Bett. Die bunten Leuchtraketen konnten ihre Laune nicht bessern.

Am nächsten Morgen dachte sie sofort an Käthe. Warum hatte sie sich nicht bei ihr gemeldet? Das sah ihr nicht ähnlich. Schon bevor sie aufstand, ergriff sie ihr Handy, das neben ihr auf der unbenutzten Bettseite lag. Sie rief Käthes Handynummer an. Wieder hörte sie die Melodie. Nun war es klar: Das Handy ihrer Freundin lag irgendwo im Haus. Dann wählte sie die Festnetznummer von Käthe. Dort meldete sich niemand. Also beschloss sie, immer wieder Käthes Handynummer zu wählen und ihrem Gehör zu folgen. Bald gab es keinen Zweifel mehr, dass der Klingelton aus dem Keller kam. Sollte sie wirklich hinuntergehen? Oder sollte sie die Polizei rufen, damit sie nachsah? Aber würden die Polizisten wirklich herausrücken und den Keller durchsuchen, nur weil sie glaubte, dort Käthes Handy zu hören? Das konnte sie vergessen.

Also musste sie sich selbst helfen. Sie zog sich warm an, als würden dicke Jacken und Winterschuhe etwas gegen ihre Angst bewirken. Trotzdem fühlte sie sich so geschützter. Eine Taschenlampe nahm sie auch mit.

Draußen begann es zu tauen. Der Schnee lag nur noch in weichen, nassen Pfützen vor dem Haus. Im Kellereingang hatte sich eine Wasserlache gebildet. Zum Glück hatte sie wasserfeste Schuhe an. Mutig stieg sie die steile, alte Betontreppe hinunter. Die Tür war seit ihrem Versuch, die Requisiten des Sensenmannes vor ihrem unheimlichen Verehrer im Keller wegzusperren, immer noch zersplittert. Sie stieß das alte Gebilde auf, schaltete die Taschenlampe ein und betrat die dunklen Gewölbe.

Ein modriger Geruch schlug ihr entgegen. Sie musste sich zwingen weiterzugehen. Als ihr nichts Ungewöhnliches auffiel, wählte sie wieder Käthes Nummer. Prompt hörte sie das Lied. Es konnte keinen Zweifel mehr geben. Aber wie kam Käthes Handy in ihren Keller?

Sie folgte der Richtung, aus der die Musik ertönte. Im Lichtkegel ihrer Taschenlampe schaute sie auf den Boden und sah jede Menge Schmutz. An manchen Ecken lagen verrostete Dosen, in denen früher einmal Farbe war. Morsche Holzlatten stapelten sich in einer Ecke. Ihr Blick fiel auf etwas Dunkles. Trixi spürte sofort, dass sie das nicht sehen wollte, was da vor ihr lag. Aber sie konnte nicht umhin, sie schaute hin.

Vor ihr lag Käthe – ausgestreckt auf dem dreckigen Boden. Sie trug ein schwarzes, kurzes Kleid, ihrem eigenen ähnlich. Die Nylonstrümpfe waren zerrissen, die Schuhe nicht mehr an ihren Füßen. Ihr Gesicht, ihre frisch gefärbten Haare und ihre Arme blutverschmiert, die Augen weit aufgerissen. Entlang ihrer Kehle klaffte eine große Schnittwunde. Eine Menge Blut hatte sich unter ihrem Körper zu einer Lache gebildet.

Trixi spürte nichts mehr um sich herum. Wie aus tausend Kilometern Entfernung glaubte sie ihren eigenen Schrei zu hören, dann wurde alles schwarz und still.

10

Es war Neujahrstag.

Kullmann bog über die Kaiserstraße in den Grumbachtalweg ein und steuerte das Appartementhaus an, in dem Anke von nun an mit ihrer Tochter leben würde. Er wollte die Räume ausmessen, um alles bestmöglich zu arrangieren. Schließlich sollten sich Mutter und Tochter wohlfühlen. Die Räume waren hell und geräumig und vom Balkon hatte man eine tolle Aussicht. Er trat hinaus und atmete tief die frische Luft ein. Sein Blick fiel auf vereinzelte Hochhäuser des Eschbergs, die wie Obelisken aus dem bewaldeten Berg hinausragten. Ein Parkplatz befand sich direkt gegenüber dem Appartementhaus. Dort konnte Anke jederzeit ihr Auto abstellen. Aber das waren nicht alle Vorteile, stellte Kullmann zufrieden fest. Angenehme Ruhe herrschte an diesem Ort. Vom Verkehrslärm der Kaiserstraße war nichts zu hören. Die richtige Umgebung für Mutter und Kind. Außerdem wohnten Kullmann und Martha nur einen Steinwurf entfernt. Seine Pensionierung war genau zur rechten Zeit gekommen. Denn sonst hätte er viel zu wenig Zeit, sich um das Kind zu kümmern.

Am Nachmittag wollten sie Anke im Krankenhaus besuchen. Den Silvesterabend dort verbringen zu müssen, war bestimmt nicht angenehm. Deshalb wollten sie sie ein wenig ablenken. Rasch verließ er das Haus, dessen Fassade die Form von Stufen aufwies. Die Bauweise war nicht nur modern, sondern auch effektiv, überlegte Kullmann. Denn auf diese Weise wurde sie dem Berghang, der sich dahinter befand, genau angepasst.

Der Bürgersteig war wieder frei; die Temperaturen waren angestiegen, der Schnee geschmolzen. Mit schnellen Schritten lief er in Richtung Kaiserstraße, als er einen Schrei hörte. Erschrocken blieb er stehen und schaute in die Richtung, aus der er den Laut vernommen hatte. Er kam von dem Haus, in dem die Nachbarin Beatrix Reuber wohnte, deren ungewöhnliches Verhalten ihm aufgefallen war. Die Geschichte mit dem Schneemann hatte ihn zwar nicht gerade überzeugt, aber ganz vergessen hatte er die junge Frau nicht.

Im Laufschritt überquerte er die hölzerne Brücke, passierte den Autofriedhof und eilte auf das Haus zu. Die Haustür war verschlossen. Auf sein Klingeln reagierte niemand. Sollte er sich geirrt haben?

Nachdenklich stieg er den kleinen Treppenaufgang zum Hauseingang wieder hinab, als sein Blick auf den Hof fiel. Überall lagen Arme und Beine, ein Anblick, der ihn verwirrte. Neugierig geworden ging er darauf zu. Erst als er direkt davor stand, erkannte er, dass es Puppenarme und –beine waren. Er wollte aufatmen, als er die geöffnete Kellertür sah. Sofort steuerte er darauf zu.

»Frau Reuber«, rief er.

Keine Antwort.

»Hier ist Ihr Nachbar«, rief er trotzdem weiter. »Mein Name ist Kullmann! Ich komme jetzt in den Keller. Sie müssen keine Angst haben.«

Es war dunkel und feucht. Der Geruch war beißend und kam ihm bekannt vor. Er hoffte inständig, dass er sich täuschte.

Kullmann erkannte einen schwachen Lichtschein, dem er folgte.

Er täuschte sich nicht. Das war der Geruch von Blut. Eine eingeschaltete Taschenlampe lag auf dem Boden, daneben lagen zwei junge Frauen. Erst beim genauen Hinsehen erkannte Kullmann, dass eine von ihnen Beatrix Reuber war. Er fühlte ihren Puls, sie lebte. Die andere Frau kannte er nicht. Sie sah Beatrix Reuber ähnlich, aber sie gab kein Lebenszeichen mehr von sich.

Ihr war die Kehle durchgeschnitten worden.

Trixi begann zu stöhnen. Es dauerte eine Weile, bis sie zur Besinnung kam. Kullmann drehte ihren Kopf von der Toten weg.

»Wir rufen jetzt die Polizei«, erklärte er. »Am besten ist es, wir gehen nach oben!«

Auf unsicheren Beinen setzte sich Trixi in Bewegung. Kullmann stützte sie. Im Haus angekommen rannte er zum Telefon und rief seine ehemalige Abteilung an. Er erreichte Erik Tenes, der an diesem Feiertag Bereitschaftsdienst hatte. Als er ihm die Sachlage schilderte, meinte Erik: »Sie wollen mir sagen, dass Sie heute morgen zufällig über eine Leiche gestolpert sind?«

»Genau das. Da ich nicht befugt bin zu handeln, melde ich den Leichenfund. Am besten ist es, Sie schicken sofort die gesamte Tatortgruppe vor Ort und trommeln Ihre Abteilung zusammen. Das könnte für Sie die *Soko Schneemann* werden!«

»Sie wollen doch nicht sagen, dass die Verrückte ermordet wurde?«

»Nicht sie! Aber eine Tote liegt in ihrem Keller!«

Es dauerte nicht lange, bis die Kollegen mit mehreren Polizeiwagen eintrafen. Theo Barthels eilte allen voran zum Tatort.

»Wie kommt es, dass du eine Leiche findest?«, fragte er Kullmann. »Während deiner Dienstzeit warst du ja schon immer für Überraschungen gut. Aber dass du das nach deiner Pensionierung fortsetzen würdest?«

Dieter Forseti, sein Nachfolger betrat begleitet von Erik Tenes und Bernhard Diez das Haus. Als Kullmann Forseti gegenüberstand, fiel kein Wort der Begrüßung. Alles was Kullmann sagte, war, dass sie die Hausbesitzerin, Beatrix Reuber im Wohnzimmer finden würden. Ein Notarzt sei bestellt.

Dann verabschiedete er sich. Er hatte Besseres zu tun. Die Herzlichkeit seines Nachfolgers Forseti hatte ihm gezeigt, dass er nicht erwünscht war.

11

Forseti ging mit langsamen Schritten durch das geräumige Zimmer und ließ seinen Blick über die Möbel wandern. Die verschiedenen Stilrichtungen weckten sein Interesse. Sie hinterließen beim Betrachter einen angenehmen optischen Eindruck. Forseti war beeindruckt. An den Wohnzimmerwänden waren Bilder arrangiert. Es waren keine Originale, wie er schnell erkannte, aber ausgezeichnete Reproduktionen.

Vom Sofa her ertönte ein leises Stöhnen. Trixi sah einen Nebelschleier vor sich. Trotzdem erinnerte sie sich genau, was sie gesehen hatte: Die Blutlache, darin ihre Freundin, mit den blond gefärbten Haaren. Sie war sicher, dass sie dort liegen sollte. Niemand hatte ihr geglaubt, als sie zur Polizei gegangen war. Und nun war wirklich etwas passiert. Aber es hatte ihre Freundin getroffen und nicht sie. Hatte der Täter sie verwechselt?

Die vielen Polizeibeamten, die vielen Fragen. Fast so, als stünde sie im Verdacht, ihre Freundin ermordet zu haben. Es dauerte eine Weile, bis sie den Beamten Diez erkannte. Sofort war sie hellwach. Sie richtete sich auf, schaute ihn direkt an und sagte so laut, dass niemand im Raum es überhören konnte: »Sie haben mich nicht ernst genommen, als ich zu Ihnen zur Kriminalpolizeiinspektion gekommen bin. Ich hatte Todesangst. Aber Sie haben meine Anzeige als Hirngespinst abgetan.«

»Wir haben Ihre Anzeige sachgemäß aufgenommen!«,

brachte der Polizeibeamte schnell hervor, als er Forsetis Blick spürte.

»Und warum haben Sie nichts unternommen?«, hakte der Vorgesetzte nach.

»Sie erstattete Anzeige gegen einen Schneemann!«

Leises Gelächter ertönte, doch Forseti brachte es schnell mit einer Handbewegung zum Schweigen: »Was soll das? Sind wir hier im Kindergarten? Können Sie keinen genauen Bericht wiedergeben?«

»Sie gab an, dass sie bedroht würde, weil ihr jemand einen Schneemann in den Garten gebaut hatte. Die Anzeige richtete sich gegen einen Mann, der sie heiraten wollte. Ich hielt Frau Reuber nicht für gefährdet.«

»Ihre Freundin sieht Ihnen sehr ähnlich«, wandte Forseti sich wieder an Trixi.

»Ja«, wimmerte Trixi los. »Ich hatte ihr kurz vor Silvester die Haare gefärbt. Sie wollte für die Party unbedingt hübsch aussehen. Wir sahen danach wie Schwestern aus und fanden das lustig.«

Wieder wurde sie von einem Weinkrampf geschüttelt, bevor sie anfügte: »Und jetzt ist sie tot!«

»Kann es sein, dass der Täter Ihre Freundin mit Ihnen verwechselt hat?«

Nun hatte der Polizist genau das ausgesprochen, was Trixi befürchtete. Aus seinem Mund klang alles noch viel schrecklicher!

War es am Ende ihre Schuld, dass ihre Freundin tot war? Es war nicht nur die Ähnlichkeit, die Käthe zum Verhängnis geworden war. Hinzu kam, dass Trixi sich verspätet hatte, weil sie ein Buch abgeben wollte, was am Silvestertag ohnehin unmöglich war. Wäre sie nicht so gedankenlos, sondern wie verabredet zu Hause gewesen, hätte der Täter keine Gelegenheit gehabt, Käthe zu töten. Die Erkenntnis war so grausam, dass sie nicht weiterdenken wollte. Mit offenem Mund starrte sie den Polizeibeamten an, sagte aber kein Wort.

Ein Arzt trat ein. Er gab Trixi eine Beruhigungsspritze und händigte ihr Medikamente aus, damit sie den Tag überstehen und die Nacht durchschlafen konnte. Nachdem er wieder gegangen war, fragte Forseti: »Wollen Sie in diesem Haus bleiben?«

»Ich habe sonst nichts!«

»Gibt es niemanden, zu dem Sie ziehen können oder soll ich sie in ein Krankenhaus bringen lassen?«

»Es gab mal jemanden. Sie liegt tot in meinem Keller. Bitte lassen Sie mich jetzt allein.«

Sie wollte nur noch schlafen.

Als sie wieder aufwachte, war sie allein. Sie lag auf der Couch, ihr Blick fiel auf den Weihnachtsbaum. Nach allem, was sie erlebt hatte, spürte sie einen gewaltigen Groll gegen diesen Baum, denn auch dieses Stück war ein Produkt ihres Verfolgers. Hastig stand sie auf, öffnete das Wohnzimmerfenster und stemmte den Baum mitsamt seinem Weihnachtsschmuck, seiner Lichterkette und dem Ständer hinaus. Zu ihrem Erstaunen sah sie einen Polizisten. Er schaute zu ihr hinauf und rief: »Ist bei Ihnen alles in Ordnung?«

»Ja. Was machen Sie hier?«

»Ihr Haus wird observiert!«

Bei näherem Hinsehen erkannte Trixi, dass es ein kleiner, untersetzter Mann war. Mit dem hätte Roland Berkes ein leichtes Spiel, dachte sie sich. Also konnte ihr seine Anwesenheit keine Beruhigung verschaffen.

»Wie geht es Ihnen?«

»Wie soll es mir schon gehen«, gab sie schnippisch zur Antwort und schlug das Fenster zu.

Traurig betrat sie ihr Pflanzenreich. Der Anblick des kräftigen, gesunden Grüns tat ihr gut und lenkte sie ab. Sorgfältig goss sie jedes einzelne Gewächs nach seinen Bedürfnissen, mal viel Wasser, mal wenig, entfernte welke Blätter, sodass sie noch gesünder und schöner aussahen.

Nachdem sie alle versorgt hatte, überfiel sie wieder ihre Trauer. In jedem Zimmer, das sie betrat, sah sie Käthe, wie sie lachte, wie sie die Weihnachtsdekorationen befestigte oder wie sie das Buch über *Stalker* in den Händen hielt – das Buch, das ihr zum Verhängnis werden sollte, weil Trixi meinte es unbedingt an Silvester abgeben zu müssen. Es gab keinen Winkel in diesen Zimmern, der nicht an die Freundin erinnerte.

Da klingelte es an der Tür. Kurz darauf standen zwei Kriminalbeamte im Flur.

»Ich bin Hauptkommissar Forseti, das ist Oberkommissar Erik Tenes«, stellte der Ältere von beiden vor. Warum tat er das? Trixi erinnerte sich noch an die Namen. Schließlich litt sie nicht an Alzheimer, sondern trauerte um ihre Freundin.

Die beiden Beamten folgten ihr ins Wohnzimmer.

»Ihre Freundin wurde vor dem Kellereingang ermordet und dann in den Keller geschleppt. Die Spuren vor dem Haus waren für das bloße Auge nicht zu erkennen, weil der Täter sie mit frischem Schnee verdeckt hat. «

Trixi spürte einen Kloß im Hals.

»Was hatte Ihre Freundin in der Dunkelheit vor Ihrem Haus gemacht?«

»Wir waren verabredet. Sie wollte mich zu Hause abholen, aber ich hatte in der Stadt meinen Bus verpasst, deshalb kam ich zu spät.«

»Das bedeutet, dass Ihre Freundin auf Sie gewartet hat?«

Trixi nickte.

»Wie lange?«

»Ich traf ungefähr eine Viertelstunde später als verabredet ein.«

»Das war genügend Zeit, die Spuren zu verwischen«, sprach Forseti leise zu Erik Tenes.

»Vermutlich hat der Täter erst nach genauem Hinsehen festgestellt, dass er die Falsche erwischt hatte«, schaltete sich Trixi ein.

»Nicht so hastig«, besänftigte Forseti die junge Frau.

Eine Weile herrschte Stille, bis er fragte: »Warum sollte Ihnen jemand nach dem Leben trachten? Sie führen ein alltägliches Leben, gehen einer normalen Arbeit nach und besitzen keine Reichtümer. Wir müssen jeder Spur, jedem Hinweis nachgehen, um den Täter zu fassen. Bei unseren Ermittlungen wäre ein Motiv sehr hilfreich.«

»Ich werde seit Monaten verfolgt. Es gab eine Todesdrohung, aber das müssten Sie ja wissen. Ich bin zur Polizei gegangen, wurde aber nicht ernst genommen.«

»Das stimmt so nicht! Alle Anzeigen werden bei uns erfasst. Egal bei welcher Polizeidienststelle sie eingehen«, korrigierte Forseti.

»Sein Motiv ist mir selbst nicht klar. Einerseits lädt er mich zum Essen ein, erzählt mir, dass ich die Frau seines Lebens bin und andererseits will er mich töten. Ich befürchte, ein Stalking-Opfer zu sein. Das alles habe ich Kriminalkommissar Diez schon gesagt. Anstatt zu helfen, hat er mich für verrückt erklärt.«

»Das haben wir überprüft. Sie sprachen von einem Schneemann. Bei uns gehen ständig Anzeigen ein, die sich am Ende als schlechte Scherze herausstellen. Für meinen Mitarbeiter klang Ihre Anzeige leider nicht glaubwürdig. Dass das eine Fehleinschätzung war, tut uns leid. Trotzdem muss ich klarstellen, dass es uns schwer fällt, aus Ihren Angaben etwas Stichhaltiges zu entnehmen!«

»Sehr witzig«, murrte Trixi. »Wer hinter diesen Drohungen steckt, habe ich Ihrem Kollegen auch erzählt!«

»Wollen Sie damit sagen, dass Sie den Mann, gegen den sich Ihre Anzeige richtet, für den Mörder Ihrer Freundin halten?«

»Genau das«, wurde Trixi immer aufgeregter. »Es ist Roland Berkes. Er arbeitet für den Internationalen Paketdienst und beliefert regelmäßig unseren Friseursalon. Vor einigen Monaten fing er damit an, mir Avancen zu machen, mich zu belästigen, mich immer wieder zum Essen einzuladen. Aber mein ›Nein‹ wollte er einfach nicht akzeptieren. Er legte mir Geschenke vor die Tür, hängte einen Weihnachtsmann an die Hauswand, schmückte mir einen Weihnachtsbaum mit allem drum und dran, während ich arbeiten war. Als ich nicht auf seine Wünsche reagiert habe, legte er mir sogar tote Tiere vor die Haustür.«

Dass das kleine Kätzchen durch ihre Schuld erfroren war, erwähnte sie nicht.

»Wenn Roland Berkes regelmäßig Lieferungen in Ihrem Friseursalon abgibt, kennt er Ihre Kollegin Käthe doch. Ihm wäre diese Verwechslung nicht unterlaufen«, stellte Forseti klar.

»Es war dunkel und ihre Haare waren gefärbt«, beharrte Trixi.

»Hat er Käthe vorher nicht mit blonden Haaren gesehen?«

Trixi überlegte. Natürlich hatte er sie gesehen. Am Silvestertag war er sogar mehrmals im Friseursalon. Sollte sie das dem Polizisten sagen? Damit würde sie Roland selbst aus der Liste der Verdächtigen streichen.

»Ich kann mich nicht erinnern«, wich sie der Frage geschickt aus.

»Dieser Mann will Sie heiraten – habe ich das richtig verstanden?«

»Was er wirklich will, weiß ich nicht«, korrigierte Trixi, weil sie nun wusste, wie die Polizei auf diesen Heiratsantrag reagierte. Das war der Aspekt, der die größten Zweifel auslöste.

»Wir werden mit Roland Berkes sprechen«, erhob Forseti sich.

»Nur sprechen?«, rief Trixi wütend. »Verhaften sollen sie ihn!«

»Nicht so hitzig, junge Frau. Bevor wir verhaften, überprüfen wir die Fakten. Aber lassen Sie uns ruhig unsere Arbeit machen.«

Obwohl sie nicht das erreicht hatte, was sie wollte, spürte sie doch, dass sie einen Schritt weitergekommen war. Nun musste sie sich gedulden.

Am Nachmittag rief ihr Arbeitgeber an. Eine Weile redeten sie über Käthes gewaltsamen Tod. Es tat Trixi gut, mit jemandem darüber zu sprechen, weil sie sich in ihrer Trauer ganz allein fühlte. Aber leider kam er schnell auf den eigentlichen Grund seines Anrufes zu sprechen. Er bat Trixi, wieder zur Arbeit zu kommen, weil im Friseursalon so viel los sei. Außerdem müsse die neue Kollegin eingearbeitet werden.

›Das fehlte noch‹, dachte Trixi. Kaum war ihre Kollegin und Freundin tot, musste das Leben weitergehen, als sei nichts passiert.

Als sie den Salon aufsperrte, gesellte sich eine kleine, zierliche Frau zu ihr. Sie wirkte nicht mehr jung und trug ihre wasserstoffblonden Haare toupiert. Sie stellte sich mit dem Namen Daniela vor. In betont lässiger Haltung stand sie vor Trixi und musterte sie misstrauisch.

Sofort hegte Trixi eine Antipathie gegen sie. Ob es wohl daran lag, dass Daniela sich anmaßte, Käthes Platz einzunehmen? Das würde ihr nie gelingen, dafür wollte Trixi schon sorgen. Aber einarbeiten musste sie die Neue.

Das stellte sich als unangenehme und undankbare Aufgabe heraus. Daniala war äußerst besserwisserisch und vermittelte den Eindruck, als habe sie das Handwerk erfunden.

Der Tag verging schleppend.

Am Nachmittag traf eine Lieferung ein. Aber nicht Roland Berkes überbrachte die Waren, sondern ein anderer junger Mann stand vor ihr: Fritz Lörsch.

Endlich ein Lichtblick, dachte Trixi. Die Polizei hatte ihren Hinweis ernst genommen. Roland Berkes war da, wo er hingehörte. Und Fritz Lörsch von nun an jeden Tag zu begegnen, war ein schöner Gedanke. Damit hätte sie gleich zwei Fliegen mit einer Klappe geschlagen.

Fritz lächelte sie auf eine Weise an, die in Trixi das Gefühl auslöste, diesen Mann schon lange zu kennen. Dabei hatte sie ihn vor wenigen Wochen zum ersten Mal gesehen. Sollte das eine besondere Vertrautheit zwischen ihnen sein? War das eine Botschaft und die Begegnung mit Fritz kein Zufall sondern Bestimmung? Während sie in seine braunen Augen schaute, spürte sie, dass ihr diese Erklärung gut gefiel. Sie wünschte sich darin zu versinken. Er hob eine Augenbraue. Konnte er ihre Gedanken lesen? Seine nächste Reaktion brachte sie in die Realität zurück.

»Ist alles in Ordnung?«, fragte er, beugte sich zu ihr hinunter und schaute sie prüfend an. Neben ihm fühlte sich Trixi klein und schutzbedürftig. Langsam wanderte ihr Blick an ihm hoch. Seine Figur war breitschultrig und athletisch, dadurch wirkte er auf sie imponierend – ja sogar im höchsten Maße verführerisch. Hinzu kam seine Stimme. Sie klang dunkel und melodisch und weckte in ihr ein wohliges Gefühl.

Aber sie wollte sich nicht zu Schwärmereien hinreißen lassen. Der Zeitpunkt wäre taktlos. Gerade erst war ihre Freundin auf grausame Art und Weise getötet worden, ein Verlust, der solche Gedanken nicht zuließ.

»Wo ist Käthe?«

Nun war es mit ihrer Beherrschung vorbei. Tränen liefen ihr übers Gesicht. Sie wollte antworten, brachte aber keinen Ton hervor.

»Meine Güte, Trixi! Was ist denn los?«, kam er besorgt auf sie zu und nahm sie in seine Arme. Langsam ging ihr Weinen in Schluchzen über. Fritz roch sehr angenehm, stellte sie fest. Außerdem taten ihr seine Nähe und Ruhe gut – sie übertrugen sich auf sie.

»Käthe ist tot«, antwortete sie endlich. »Sie ist in meinem Haus ermordet worden!«

»Oh, mein Gott!« Sein Gesicht wurde plötzlich ganz blass. »Kein Wunder, dass du ganz aus dem Häuschen bist! Wo wohnst du jetzt?«

»Immer noch zu Hause. Ich habe ja niemanden. Käthe war meine einzige Freundin!«

»Das tut mir leid. Zu mir kannst du leider auch nicht kommen. Ich wohne in einer Wohngemeinschaft im Nauwieser Viertel. Die Bude ist total überfüllt, damit wir die Miete zahlen können.«

»So eilig hatte ich es wirklich nicht, zu dir zu ziehen. Ich halte es ganz gut in meinem Haus aus. Es ist im Keller passiert. In meiner Wohnung gibt es zum Glück nichts, was mich an dieses grausame Erlebnis erinnert!«

Endlich kam sie dazu, den Lieferschein zu unterschreiben.

»Seit wann arbeitest du beim Internationalen Paketdienst?«

»Heute Morgen bekam ich einen Anruf, dass ich für jemanden einspringen soll. Ich hatte mich vor langer Zeit bei der Firma beworben, aber bis heute war kein Platz frei.«

»Du bist also nur als Aushilfe eingestellt?«

»Nein. Ganz überraschend mussten sie einen Fahrer entlassen. Da ich schon eine Weile auf der Warteliste stand, konnte ich sofort anfangen. Ich habe einen festen Arbeitsvertrag.«

Die nächsten Tage verbrachte Trixi damit, ihre neue Kollegin in alle Gepflogenheiten ihres Arbeitsplatzes einzuweihen. Daniela verhielt sich weiterhin sehr reserviert, unternahm nicht den geringsten Versuch, das Arbeitsklima erträglicher zu machen. Alles was über ihre Lippen kam, waren Fragen über Trixis Leben. Trixi hütete sich, etwas auszuplaudern. Sie fühlte sich beobachtet. War Daniela eine verdeckte Ermittlerin?

Die Abende verbrachte sie einsam.

Es war Ruhe eingekehrt, seit Roland festgenommen

war. Sie konnte entspannt auf dem Sofa liegen, kein Klopfen, keine lästigen Telefonanrufe, keine Geräusche, die sie ängstigten.

Bis sie eines Abends, als sie von der Arbeit heimkehrte, vor ihrem Haus auf Kriminalhauptkommissar Forseti traf.

Sie ahnte, dass dieser Besuch nichts Gutes zu bedeuten hatte.

Kaum hatten sie im Wohnzimmer Platz genommen, kam er zum Grund seines Besuches: »Wir mussten Roland Berkes wieder freilassen.«

»Freilassen?«

»Ja! Wir haben alle Spuren, die wir in Ihrem Haus gefunden haben, mit denen von Roland Berkes verglichen. Er ist nicht der Mörder!«

»Das kann nicht sein! Er muss es gewesen sein!«

»Unsere Spurensicherung ist sich hundertprozentig sicher. Natürlich gibt es Fremdfasern und Fremdspuren in Ihrem Haus. Sie stammen aber nicht von Roland Berkes. Der Täter läuft noch frei herum. Ich gehe davon aus, dass es auch in Ihrem Sinn ist, den Richtigen zu erwischen.«

Trixi traute ihren Ohren nicht. Der Kommissar wusste nicht, was sich Roland Berkes schon alles erlaubt hatte. Alle ihre Versuche, Anzeige gegen ihn zu erstatten, hatte er zu vereiteln gewusst. Durch ihn hatte sie jegliche Glaubwürdigkeit verloren. Für sie kam nur er als Täter in Frage.

»Roland Berkes ist der Richtige«, beharrte sie.

»Frau Reuber, was bringt Sie dazu, diesen Mann so eisern zu beschuldigen?«

»Schon seit Monaten belästigt er mich, lauert mir auf, macht mir Geschenke, schleicht um mein Haus, dringt in den ersten Stock ein, malt die Schaufensterpuppe meiner Mutter an, knüpft die Puppe an der Decke auf. Wie soll ich da annehmen, dass er der liebe Junge von nebenan ist?«

Forseti hörte zu, ohne sie zu unterbrechen. Nach einer Weile meinte er: »Sie konnten bis jetzt nichts vorweisen, was Ihre Behauptung bestätigt. Die Fotos ihrer angemalten Puppe beweisen nicht, wer sie angemalt hat und wann. Die Puppenteile, die wir in ihrem Hof gefunden haben, zeigten keine Spuren von Bemalung auf.«

»Aber die Schlinge und der Haken sind doch Beweise, oder?«

»Da waren weder Schlinge noch Haken.«

»Ich habe die Utensilien nicht entfernt, als ich die Puppe zum Fenster hinausgeworfen habe«, rechtfertigte Trixi sich.

»Warum das? Hätten Sie die Sachen im Haus aufbewahrt, wären sie noch da. So konnte jeder hingehen und sie holen.«

»Stimmt!«, gab Trixi zu. »Ich war so erschrocken, hatte zuerst geglaubt, es sei Käthe, die dort hing!«

»Sie haben es dem Täter leicht gemacht!«

»So ausgefuchst wie der bin ich nicht«, wehrte Trixi sich.

»Ich verstehe, dass Sie sich entschuldigen wollen. Nur hilft uns das nicht weiter.«

Sie spürte, dass sie nichts erreichen würde. Von Forseti konnte sie keine Hilfe erwarten. Er hielt sich an seine Vorschriften. Dass er sie großer Gefahr aussetzte, indem er Roland Berkes entließ, sah er nicht, weil er ihr nicht glaubte.

»Ihnen ist es egal, was mit mir geschieht!«

»Was soll diese Unterstellung?«, entgegnete er schroff.

Trixi schwieg. Sie fühlte sich plötzlich nicht mehr wohl. Wieder hatte sie einen Fehler gemacht, womit sie Roland Berkes in die Hände spielte. Diese Erkenntnis machte ihr zu schaffen. Inständig hoffte sie, dass Forseti so schnell wie möglich das Haus verließ.

Nachdem der Kommissar fort war, wirkte die Stille des Hauses erdrückend. Obwohl erst der Abend hereinbrach, war es schon dunkel. Die langen Winterabende hatten früher einen besonderen Reiz auf sie ausgeübt. Doch das war einmal. Heute spürte sie nur noch Angst. Sie war einem heimtückischen Gegner ausgeliefert, der sich die langen Nächte zunutze machte.

Sie fühlte sich wie Don Quixotte im Kampf gegen die Windmühlen.

Plötzlich hörte sie Schritte! Roland Berkes verlor keine Zeit.

Sie lauschte angespannt. Die Geräusche klangen dumpf und schwer. Wo sie herkamen, konnte sie nicht sagen. Kamen die Schritte aus dem Keller? Jetzt schleifte etwas über den Boden. Meine Güte, dachte Trixi. Kam der Täter an den Tatort zurück? Was schleppte er hinter sich her. Rasch löschte sie alle Lichter und stellte sich an das Fenster, das zum Kellereingang zeigte. Nichts. Lange verharrte sie in ihrer Position, aber nichts geschah.

Der nächste Gedanke war das Schlafzimmerfenster. Die Rollläden waren noch nicht geschlossen. Dort könnte er eindringen, wenn sie weiterhin am Wohnzimmerfenster ausharrte. Also betrat sie das Zimmer und registrierte an der Scheibe eine Bewegung. Erschrocken wich sie zurück, zitterte am ganzen Körper! Er war ihr zuvorgekommen.

Dort war etwas. Aber was? Das war kein Mensch – kein Gesicht! Obwohl die Angst sie gepackt hatte, schaute sie noch einmal hin. Nun erkannte sie es! Es war die Clownsmaske ihres Vaters, mit Knollennase und Hut! Sie stieß einen Schreckensschrei aus, fiel rückwärts auf ihr Hinterteil! Schnell rappelte sie sich auf und ließ die Rollläden heruntersausen.

Aber beruhigen konnte sie sich nicht. Sie erinnerte sich daran, die Maske auf die alte Musikanlage gelegt zu haben. Nun ärgerte sie sich, dieses alte Ding nicht weggeworfen zu haben.

Wieder hörte sie Schritte. Hastig eilte sie in den Flur und versicherte sich, dass die Tür zum Treppenhaus verriegelt war. Das allein genügte ihr nicht. Sie klemmte noch einen Stuhl mit der Lehne unter die Türklinke. Sie machte wieder einen Rundgang durch das Wohnzimmer, schaute durch jedes Fenster, ohne etwas Ungewöhnliches zu entdecken. Unter Polizeischutz stand sie auch nicht mehr. Sie war selbst verdächtig. Und die Geräusche von oben hörten nicht auf. Im Gegenteil, sie wurden immer lauter. Und jetzt kam jemand die Treppe herunter!

In ihrer großen Angst verkroch Trixi sich im Esszimmer bei ihren Pflanzen. Sie suchte sich einen geschützten Platz hinter einer Kommode und lauschte. So sehr sie sich auch anstrengte – seit sie in ihrem Versteck saß – hörte sie nichts mehr. Keine Schritte mehr, kein Poltern, nichts. Nach einer Weile verließ Trixi ihren Schlupfwinkel. Als sie sich durch den langen Flur schlich, passierte sie die Tür zum Treppenhaus. Da drang wieder ein Geräusch an ihr Ohr – ein leises Scharren. Es wurde deutlicher und immer heftiger. Sie blieb stehen. Das Geräusch kam von unten, es drang darunter hervor. Was hatte das nun wieder zu bedeuten? Welcher Einbrecher versuchte, unter der Tür hindurchzukriechen?

Solange dieses Geräusch zu hören war, konnte Trixi an nichts Anderes mehr denken. Also tat sie das Unvermeidliche, öffnete die Tür zum oberen Stockwerk. Mit einem Quieken schoss eine fette, graue Ratte an ihren Beinen vorbei ins Schlafzimmer. Trixi schrie vor Entsetzen auf.

Eine Ratte.

Vor der Treppe lagen die Reste einer Botschaft, die ihr Verfolger wohl zusammen mit dem Nagetier dort hingelegt hatte. Aber damit konnte Trixi nichts mehr anfangen. Die Ratte hatte das Stück Papier zerfetzt.

Lange Zeit zu Überlegen blieb ihr nicht, denn schon bald hörte sie, dass die Ratte auf Beutezug war.

Die Jagd begann.

Zunächst versuchte sie, den lästigen Nager mit einem Knüppel zu erschlagen, aber sie traf nicht. Dann versuchte sie mit List das Tier in eine Falle zu locken, die aus einem Eimer mit Lebensmitteln bestand. Auch dieser Versuch schlug fehl; die Ratte landete im Eimer, der durch den Aufprall umfiel und sie verscheuchte. Erschöpft ließ sie sich auf das Sofa sinken. Ständig hörte sie den Lärm, den das grässliche Tier verursachte. In ihrer Verzweiflung rief sie bei der Kriminalpolizeidirektion an. Jetzt wäre der geeignete Moment den Beweis zu erbringen, dass sie keinesfalls fantasierte. Die Ratte war leibhaftig in ihrem Haus und der zerfetzte Zettel, das Beweisstück, lag auf dem Boden vor der Treppe. Sie wählte die Durchwahl der Abteilung für Tötungsdelikte. Wieder einmal sprach sie mit Kriminalkommissar Diez. Gab es keinen anderen Polizeibeamten dort, fragte sich Trixi. Aber ihr blieb keine andere Wahl, als ihm die neue Situation zu schildern.

Diez hörte ihr schweigend zu und fragte dann: »Meinen Sie eine zweibeinige oder eine vierbeinige Ratte?«

»Eine vierbeinige!«

»Und darum rufen Sie mich an?«

Trixi war verdutzt. Was sollte diese Frage?

»Was soll ich dagegen machen?«, fragte Diez weiter.

»Sie sagten doch selbst, ich solle Ihnen Beweise liefern, mit denen Sie arbeiten können. Jetzt liegt vor der Treppe…«

Aber Trixi kam nicht dazu auszureden, da fiel ihr Diez ins Wort: »Sie bringen mich auf eine gute Idee: Ich bestelle den Rattenfänger von Hameln. Wenn ich ihm die Dringlichkeit Ihrer Situation klarmache, wird er den weiten Weg bestimmt auf sich nehmen.«

»Warum glauben Sie mir nicht?«

»Haben Sie eine Vorstellung, was geschieht, wenn ich mit Ihrer Anzeige gegen ein Nagetier bei der Staatsanwaltschaft aufkreuze?«

»Sie wollen mir nicht zuhören!«

»Ich will vermeiden, dass noch weitere Dienststellen mit Ihren absonderlichen Anzeigen beschäftigt werden!«

»Meine Anzeigen sind nicht absonderlich! Es ist wirklich eine Ratte in meinem Haus. Sie verwüstet gerade meine Einrichtung!«

»Sie leben am Waldrand. Da kommt so etwas schon mal vor«, erklärte er geduldig. »Sie stehen kurz vor einem Nervenzusammenbruch. Warum sträuben Sie sich gegen meinen Rat, eine Therapie zu machen?«

Trixi spürte, dass sie mit diesem Telefonat nichts erreichte. Warum beharrte er darauf, dass sie therapeutische Hilfe benötigte? Wollte er ihr Problem einfach nur abwälzen?

Trixi legte auf und setzte ihre Jagd nach der Ratte fort, wobei sie sich nicht sicher war, was sie mehr ängstigte: Der Nager oder der Bulle?

Nach mehreren gescheiterten Versuchen, das lästige Tier zu erwischen, kam ihr der Einfall, es mit Rattengift zu versuchen. Sie wusste, dass ihre Mutter davon immer etwas im Haus hatte. Im Küchenschrank stand die Flasche, auf der ein Totenkopf abgebildet war. Als Kind bekam sie immer große Angst, wenn ihre Mutter diese Flasche mit der Furcht erregenden Abbildung herausnahm. Sie holte etwas Essbares aus ihrem Kühlschrank, verteilte den restlichen Inhalt der Flasche darauf und konnte nur noch hoffen, dass die Menge ausreichte.

Erst in den Morgenstunden fiel sie in einen unruhigen Schlaf. Am Morgen lag die Ratte tot im Flur. Die Verwüstungen waren erstaunlich groß für so ein kleines Tier. Geschirr war zu Bruch gegangen, einige Vorratsdosen lagen vor den Küchenschränken und der Inhalt verstreut auf dem Boden. Sogar im Wohnzimmer waren die Spuren zu sehen. Der Weihnachtsstern lag neben dem kleinen Tisch. Die Blumenerde verteilte sich auf dem Perserteppich.

So gut es ging, versuchte Trixi die Pflanze zu retten, stellte sie auf den Tisch zurück und füllte die Erde in den Topf. Die Scherben und die Vorräte kehrte sie auf und warf sie zusammen mit dem Tierkadaver zu den Autowracks. Sie hoffte inständig, dass damit das Problem gelöst war.

Der Arbeitstag wurde für sie zur reinsten Qual. Sie hatte alle Mühe, nicht im Stehen einzuschlafen. Die Kunden bemerkten ihre Verfassung und reagierten gereizt. Trixi befürchtete, dass sich jemand beschweren würde, aber was konnte sie tun? Ihren Chef um Urlaub bitten? Zum Arzt gehen?

Am Abend sollte sie schnell erkennen, dass sie das Problem mit der Ratte keineswegs gelöst hatte. Als sie auf die Haustür zutrat, sah sie das tote Tier dort liegen. Daneben lag das Cover des Buches von Steven King mit dem Titel: *Friedhof der Kuscheltiere.!*

Trixi ekelte sich. Ratlos stand sie davor und überlegte, was sie tun sollte. Wieder bei der Polizei anrufen traute sie sich nicht. Die Warnung, eine Therapie zu machen, klang noch in ihren Ohren.

Hastig entsorgte sie alles in der Mülltonne.

Am nächsten Abend lag der Tierkadaver erneut vor der Haustür. Dieses Spiel sollte sich noch einige Male wiederholen, obwohl Trixi das Tier beim letzten Mal unter die Brücke geworfen hatte. Zusammen mit dem Aas konnte sie nun auch den schönen Weihnachtsstern entsorgen. Er hatte sich von dem Sturz nicht mehr erholt. Schlaff hingen seine Blätter herab, das leuchtende Rot war einem stumpfen Farbton gewichen. Es genügte nicht, dass sie sich vor dem Kadaver ekelte, auch der Anblick der verdorrten Pflanze versetzte ihr einen schmerzhaften Stich.

Sie stand unter ständiger Beobachtung. Das war ihr klar. So konnte das nicht weitergehen. Was wollte ihr hartnäckiger Verehrer damit erreichen? Wollte er sie davon überzeugen, dass es nicht gut für sie war, allein zu leben? Sollte sie ihn um Hilfe anflehen? Dieser Gedanke machte Trixi so rasend, dass sie beschloss, dem Treiben sofort ein Ende zu bereiten.

Sie musste die Polizei anrufen.

Kriminalkommissar Diez wusste bereits von dem Vorfall. Also dürfte es dieses Mal nicht so schwer sein, sich Gehör zu verschaffen. Sie empfand es unzumutbar, ständig mit dem toten Tier konfrontiert zu werden. Mit dieser Einstellung konnte sie nicht allein sein.

Als sie zum Telefon ging, begann es zu klingeln.

Erschrocken wich sie zurück.

»Hallo!«

»Warum willst du das gute Tier loshaben? Wie sagt man: *Ratten sind auch nur Menschen*«, hörte sie eine Stimme flüstern.

Dieses Zischen ging ihr durch Mark und Bein.

Sie wollte auflegen, als sie ihn weiter sprechen hörte: »Wie schwer es ist, eine Ratte loszuwerden, sieht man an dir!«

Aufgelöst vor Schreck warf sie den Hörer auf die Gabel.

Das war zuviel. Nun musste Trixi nicht mehr überlegen. Mit einem Satz sprang sie über die halb verweste Ratte vor der Tür, nahm mehrere Treppenstufen auf einmal und schwang sich auf ihr Fahrrad. In rasantem Tempo radelte sie durch die nasskalte Nacht zur Kriminalpolizeiinspektion. Der Pförtner ließ sie wieder zu einem Beamten der Abteilung für Tötungsdelikte. Aufgeregt betrat Trixi das Büro. Dort traf sie einen alten Bekannten: Kriminalkommissar Bernhard Diez. Es überraschte sie nicht mehr.

Hinzu kam, dass auf seinem Schreibtisch der Weihnachtsstern prangte, wie er schöner nicht sein konnte. Das ärgerte sie. Ihre Pflanze war der sinnlosen Verwüstung durch die Ratte zum Opfer gefallen.

»Na, junge Frau! Wo drückt denn heute der Schuh?«, fragte er ungeduldig.

Hastig berichtete sie ihm von dem bedrohlichen Anruf. Bernhard Diez schaute sie lange Zeit nur schweigend an. Trixi starrte zurück.

»Sie haben schon einmal etwas von einem bedrohlichen Anruf erzählt.«

Trixi erinnerte sich an ihre erste telefonische Drohung. Damals spielte er sein makabres Spiel mit dem Schneemann, der den Sensenmann darstellen sollte.

»Wie klang seine Stimme?«, fragte Diez.

»Er hat geflüstert.«

»Geflüstert?«

»Ja, beide Male. Es war derselbe Anrufer. Das habe ich sofort erkannt.«

»Das ist ja hochinteressant. Dann sind Sie die erste, der es gelingt, flüsternde Stimmen zu erkennen!«

»Warum nehmen Sie mich nicht ernst? Er klang genauso wie beim ersten Anruf.«

»Weil Flüstern immer gleich klingt«, bemerkte Diez kühl.

»Trotzdem weiß ich, wer mich bedroht!«

»Und wer soll das sein?«, fragte Diez in einem Ton, der verriet, dass er die Antwort gar nicht wissen wollte.

»Roland Berkes.«

»Sie geben nie auf, was?«

»Ich will, dass er zur Rechenschaft gezogen wird!«

»Zuerst haben Sie behauptet, er schenke Ihnen unerlaubterweise Blumen. Als wir ihn deshalb nicht lebenslänglich hinter Gitter bringen konnten, weil uns der Beweis fehlte – nämlich die Blumen – kommen Sie mit der Aussage, er schenke Ihnen Ratten, tot oder lebendig. Ich muss schon sagen, dass Sie nichts unversucht lassen. Sie haben Fantasie. Leider genügt uns das nicht.«

»Was ist mit der Clownsmaske?«, beharrte Trixi. »Er hat sie aus meinem ehemaligen Kinderzimmer gestohlen, aufgesetzt und mich damit zu Tode erschreckt.«

»Es ist keine Clownsmaske in ihrem Haus registriert worden. Er kann sie von überall her haben.«

»Dann schauen Sie bitte, was er mir mit der toten Ratte antut. Diese Ratte hat er in mein Haus gesetzt, ich habe sie getötet und weggeworfen. Seitdem landet sie jeden Abend wieder vor meiner Haustür.«

»Wir sind hier keine Kadaververwertungsstelle, junge Frau. Wir bearbeiten Tötungsdelikte.«

»Ihr Chef hat ausdrücklich gesagt, ich soll die Dinge, die vom Täter kommen, behalten, um keine Spuren zu verwischen.«

»Damit meinte er, Sie sollen die Drohbriefe aufheben, die er Ihnen angeblich schreibt.«

»Der Zettel lag vor meiner Treppe. Ich hatte Sie angerufen, aber Sie sind nicht gekommen, um nachzusehen«, erinnerte Trixi.

»Sie haben nichts von einem Zettel gesagt!«

Trixi schaute ihn resigniert an. Er hatte recht. Sie wollte es ihm sagen, aber er hatte sie nicht zu Wort kommen lassen. Sie erwähnte das Cover des Buches: *Friedhof der Kuscheltiere*.

»Das hätten Sie aufheben sollen! Nicht den Tierkadaver!«

»Aber das war doch nur ein Teil eines Buches«, wehrte Trixi sich.

»Was er dafür verwendet, ist egal. Hauptsache, wir haben etwas in den Händen, womit wir arbeiten können.«

»Das konnte ich nicht wissen.«

»Dann wissen Sie es für das nächste Mal!«

»Soll das heißen, Sie stehen erst von diesem Stuhl auf, wenn mein hartnäckiger Verfolger mich getötet hat?«, trumpfte Trixi auf.

»Frau Reuber! Ersparen Sie uns diese Phrasen«, erhob Kriminalkommissar Diez sich von seinem Platz.

Trixi hatte vergessen, wie groß er war. Von oben herab schaute er sie an, dass sie sich ganz winzig und unbedeutend fühlte. Ein Gefühl, das ihr in der verzweifelten Situation nicht behagte. Hätte sie nur die Klappe gehalten.

»Wir mussten Roland Berkes aus der Untersuchungshaft entlassen, weil er unschuldig ist.« Mit diesen Worten beugte er sich über den Schreibtisch. »Deshalb wundert es mich nicht, dass Sie ausgerechnet jetzt wieder hier auftauchen und von merkwürdigen Vorfällen in Ihrem Haus erzählen. Für wie dumm halten Sie uns eigentlich?«

Dazu wollte Trixi lieber nichts sagen.

»Sie wollen einen unschuldigen Mann hinter Gittern sehen, koste es, was es wolle. Aber uns vormachen, Sie seien gefährdet!«

Die Augen des Kriminalisten blickten ironisch auf sie hinab. Sein Gesichtsausdruck drückte Desinteresse aus, seine Haltung spiegelte Gleichgültigkeit wider.

Da wurde es Trixi zu viel. Voller Wut schlug sie mit der Faust auf den Schreibtisch, dass alles, was darauf stand unter der Erschütterung wackelte, der Weihnachtsstern umkippte und auf den Boden fiel, wo der Übertopf zu Bruch ging und der Inhalt sich verteilte.

»Was soll das?«, hörte sie ihn schimpfen.

»Ich will, dass Sie mich ernst nehmen«, konterte Trixi, wobei ihr selbst klar war, dass sie zu weit gegangen war.

»Haben Sie sich nicht im Griff? Dass Sie zu Zerstörungswut neigen, hätte ich nicht gedacht!«

Er eilte um seinen Tisch herum, um sich den Schaden anzusehen. »Das ist Sachbeschädigung, meine Liebe.«

Trixi merkte, dass sie mit dieser Geste nichts erreicht

hatte. Aber sie war machtlos dagegen. Der Ärger, der sich in ihr angestaut hatte, musste einfach raus.

»Sie bekommen Ihre Wut nicht in den Griff! Es fängt immer mit kleinen Sachbeschädigungen an. In den meisten Fällen nimmt die Gewaltbereitschaft zu und das Ausmaß wird schlimmer.«

Während er das sagte, wies er auf den zerstörten Blumentopf.

»Als ich Ihnen den Rat gegeben habe, eine Therapie zu machen, meinte ich es gut mit Ihnen. Aber Sie wollen nur sich selbst als Opfer sehen.«

Ohne zu antworten, verließ Trixi im Eiltempo das Büro.

Sie hatte einen Fehler im entscheidenden Moment gemacht. Nun konnte sie nicht mehr auf ihn zählen. Aber konnte sie überhaupt schon einmal auf seine Hilfe zählen?

Plötzlich kam ihr noch ein Gedanke: Vermutlich war es kein Zufall, dass sie immer noch keine Spur vom Mörder ihrer Freundin hatten. Sie hielten sie für die Mörderin! Diese Erkenntnis war so niederschmetternd, dass Trixi weiche Knie bekam. Wurde sie überwacht? Oder verfolgt? Steckte vielleicht sogar Daniela dahinter? Wenn sie deren Verhalten richtig deutete, wäre das die sinnvollste Erklärung.

Sie hatte große Mühe, nicht in die Knie zu gehen. Immer wieder drehte sie sich um. Jeden Mann hielt sie plötzlich für einen bedrohlichen Beobachter. Ihre Situation war so schrecklich, dass sie schon befürchtete eine Paranoia zu bekommen.

Aber sie durfte nicht verzagen. Sie hatte sich immer wieder der Hoffnung hingegeben, die Polizei würde ihr helfen. Aber da lag sie falsch. Nun musste sie handeln und sie hatte auch schon eine Idee. Sie beschloss, den Saarbasar aufzusuchen und sich dort eine Kamera zu kaufen. Die Geschäfte hatten bis zwanzig Uhr geöffnet und lagen auf ihrem Heimweg. Entschlossen schritt sie zur Tat.

Sie entschied sich für eine Digitalkamera, die ihr Budget arg strapazierte. Aber sie versprach sich davon eine entscheidende Hilfe für die nächsten Streiche, die Roland sich für sie einfallen ließ.

Sie fühlte sich sofort besser. Sie erkannte, dass es am besten war, sich auf sich selbst zu verlassen. Eine andere Lösung gab es nicht. Schon vor Jahren, als sie mit Chantal zusammen war, galt für sie beide immer nur eine Parole: *Selbst ist die Frau!* Klar und deutlich kam ihr wieder der Kampfruf aus Kindertagen ins Gedächtnis. Leider war sie heute allein. Weder Chantal noch Käthe konnten ihr beistehen. Deshalb vertraute sie auf ihre neue Anschaffung. Damit musste es ihr gelingen, sich auch ohne den sicheren Schutz einer Gleichgesinnten dem Kampf zu stellen. Obwohl ihr Herz bei der Vorstellung wild zu klopfen begann, war sie erleichtert, sich mit diesen Gedanken von ihren beklemmenden Gefühlen ablenken zu können.

Lebhaft erinnerte sie sich daran, wie turbulent ihr Leben war. Immerzu erfand sie neue Streiche, um anderen das Leben schwer zu machen. Diese Lebenserfahrung kam ihr jetzt günstig zu Hilfe; nämlich einen Plan gegen den Widersacher auszuhecken. Zeit zu hadern blieb ihr nicht.

Mit dem Kopf voller chaotischer Pläne schaffte Trixi den weiten Weg nach Hause.

Dort angekommen, war die tote Ratte verschwunden. Hatte Roland Berkes damit gerechnet, dass sie Erfolg haben könnte bei der Polizei? Denn das würde erklären, warum der Kadaver verschwunden war. Sie schaute in der Mülltonne nach, dort war er auch nicht. Hoffentlich war er nicht im Haus.

Sie schaute in jedem Zimmer nach. Nichts. Das beruhigte sie. Todmüde durch die unruhigen Nächte der letzten Zeit schlurfte sie ins Schlafzimmer, zog sich ihren warmen Pyjama an und legte sich ins Bett. Aber an Schlaf war nicht zu denken. Bis spät in die Nacht lag sie wach, starrte in die Dunkelheit und versuchte zu verarbeiten, was im Büro der Polizei passiert war. Dabei ärgerte sie sich maßlos über sich selbst. Sie ahnte, dass sie sich damit nur geschadet hatte.

Plötzlich hörte sie ein leises Knacken. Sie zuckte zusammen vor Schreck, drehte ihren Kopf in die Richtung, aus der das Geräusch kam. Sofort erkannte sie hinter dem Schlafzimmerfenster ein kleines Flämmchen, als zündete sich jemand ein Feuerzeug an. Deutlich zeichneten sich hinter dem kurzen Aufblitzen die Umrisse eines Mannes ab, der am Berghang saß. Sollte dieses grausame Spiel niemals ein Ende finden?

Auch die nächsten Tage begannen unausgeschlafen. Die Nächte verbrachte sie in Angst und Schrecken. Von Roland Berkes sah und hörte sie nichts.

Im Januar stiegen die Temperaturen wieder an. Es war regnerisch und windig. Trixi fuhr täglich mit dem Fahrrad zur Arbeit, kam jedes Mal zerzaust und durchnässt im Salon an. Die erste Tat des Tages war das Trockenfönen und Frisieren ihrer Haare.

Fritz Lörsch kam regelmäßig mit neuen Lieferungen. Trixi hoffte, dass er sie eines Tages zum Essen einladen würde, aber Fritz hielt sich mit seinen Annäherungsversuchen zurück. Es war wie so oft im Leben, dachte Trixi enttäuscht, wenn er den Salon verließ: Derjenige, den sie wollte, hatte kein Interesse an ihr, derjenige, den sie ablehnte, verfolgte sie.

12

Als Trixi nach Hause kam, lag auf dem Flurboden ein Brief – unter der Tür hindurchgeschoben. Missmutig öffnete sie ihn. Er war von Roland Berkes.

Mit schwülstigen Worten gestand er ihr seine Liebe und dass er nach seiner Untersuchungshaft Zeit gebraucht habe, das albtraumhafte Erlebnis zu verarbeiten.

Klar, dachte Trixi, indem er ihr eine Ratte schenkte.

Aber nun ginge es ihm wieder besser.

Wenigstens einer, der von diesen makabren Scherzen profitierte. Trixi wurde immer wütender.

Er wollte sie zum Essen einladen.

Roland würde niemals aufgeben, würde sie quälen bis an ihr Lebensende. Diese Erkenntnis entmutigte sie, und die Aussichtslosigkeit bedrückte sie. Lange verharrte sie in den weichen Kissen, fühlte sich matt und zu nichts fähig. Dabei wollte sie gar nicht aufgeben. Aber sie war nahe dran, bis ihr schlagartig eine Idee durch den Kopf schoss.

Sie würde sich nicht zum Essen einladen lassen, sondern selbst einladen. Roland würde dieser Einladung folgen, dessen war sie sich sicher.

Sie kannte seine Adresse. Er wohnte in Saarbrücken-Gersweiler, genau am entgegengesetzten Ende der Stadt. Also setzte sie sich an ihren Computer und schrieb einen Brief, den sie am nächsten Morgen einwarf. Auch den Posteingang checkte sie gewohnheitsmäßig, aber er war leer. Sogar die üblichen Werbemails waren nicht dabei. Hätte sie seine Mailadresse gewusst, hätte sie diesen Weg genutzt, so musste der herkömmliche Postweg herhalten.

Am Samstagmorgen tauchte Roland im Salon auf. Er war blass, seine Haut wie immer voller Pickel, sein Haar strähnig, aber seine Augen strahlten, als er Trixi sah.

»Ich möchte mich frisieren lassen«, erklärte er stolz. »Wann treffen wir uns?«

»Wie wäre es am Montagabend?«

Das war in zwei Tagen.

Roland musste nicht lange überlegen. Glücklich stimmte er zu und nahm im Frisierstuhl Platz.

Es kostete Trixi Überwindung, dem Mann die Haare zu schneiden, den sie für den Tod ihrer Freundin verantwortlich machte. »Für deine Haut gibt es gute Mittel«, schlug sie vor. »Man muss heutzutage nicht mehr wie ein Streuselkuchen herumlaufen!«

»Was empfiehlst du mir?«

Trixi suchte eine Weile in ihrem Sortiment, bis sie das Passende gefunden hatte. Roland bedankte sich und verabschiedete sich mit den Worten: »Dann bis Montag.«

»Ist das dein Freund?«, stand plötzlich Daniela hinter Trixi.

Trixi erschrak. Sie wollte zuerst heftig abstreiten, doch sie blieb sachlich: »Nein! Warum?«

»Na ja! Ich weiß zufällig, was eine Verabredung ist.«

»Bei dir wundert mich das wirklich«, gab Trixi giftig zurück, was die Kollegin aber keineswegs aus der Ruhe brachte: »Gib es zu! Wenn Fritz Lörsch nicht anbeißt, nimmst du dir eben, was kommt!«

Nun hatte Trixi die Gewissheit, dass Danielas Interesse

an ihrem Privatleben kein Zufall war. Sie musste auf der Hut sein. Ab sofort durfte sie kein falsches Wort mehr sagen, keine falsche Reaktion zeigen.

Immer nur aufpassen.

Als endlich das Wochenende kam, fühlte Trixi sich ambivalenten Gefühlen ausgesetzt. Einerseits war sie froh, Daniela und die damit verbundenen Spannungen los zu sein, andererseits deprimierte sie die Aussicht auf einen Abend in der Gesellschaft von Roland Berkes. Aber nun musste sie durchhalten. Ihr Plan war gefasst.

Trixi fühlte sich als Hausfrau, während sie durch ihre Küche wirbelte, alle Zutaten, die Gewürze, das Gemüse und den Bärlauch klein schnitt, die Hähnchenschenkel würzte und das Öl in der Pfanne erhitzte.

Sie stellte zwei Teller bereit, auf denen sie das Essen anrichten wollte. Dabei musste sie ganz genau aufpassen, wer welchen bekam.

Als es an der Tür klingelte, war das ganze Haus erfüllt vom würzigen Duft des Essens.

Roland stand mit einem bunten Blumenstrauß vor der Tür. Trixi heuchelte Freude. War es nicht auch sein Strauß gewesen, den sie in der Weihnachtszeit auf dem Autofriedhof entsorgt hatte?

Sie stellte die Blumen in eine Vase, die sie im Pflanzenzimmer platzierte.

»Was gibt es denn Gutes? Der Duft allein ist ja schon betörend.«

»Es gibt Hähnchenschenkel in Bärlauch-Rahmsoße mit Champignons, Rosenkohl und Kartoffeln«, erklärte Trixi.

»Das klingt toll!«

»Das ist das einzige Gericht, das ich wirklich kochen

kann. Meine Mutter hatte keine Lust, mir das Kochen beizubringen. Nur bei diesem Rezept ließ ich ihr keine Ruhe, weil es mein Lieblingsessen ist!«

»So wie es riecht, kann ich das verstehen«, nickte Roland.

Er sah besser aus, als an dem Tag im Friseursalon. Die Gesichtscreme hatte ihre Wirkung nicht verfehlt, die Pickel waren beinahe verschwunden. Sein Haar wirkte gepflegt, wodurch seine Ausstrahlung gewonnen hatte. Wenn er es nun auch noch lassen würde, ihr in allem, was sie sagte, zuzustimmen, könnte der Abend sogar noch erträglich werden.

»Ich hoffe, du magst Weißwein?«, fragte Trixi.

»Oh ja!«

»Ich habe vor, einen Riesling zu dem Essen zu kredenzen, weil ich glaube, dass er gut passt«, berichtete sie weiter.

»Wenn du das sagst, muss es so sein«, freute Roland sich.

Trixi schaute ihn voller Abneigung an. Vermutlich könnte sie ihm Essig dazu anbieten, er fände es toll, weil es von ihr kam.

Er setzte sich. Trixi eilte in die Küche und arrangierte kunstvoll auf den beiden Tellern das Fleisch, die Soße und das Gemüse. Die Kartoffeln stellte sie in einer Schüssel auf den Tisch, damit sich jeder selbst bedienen konnte.

Sie achtete genau darauf, wer welchen Teller bekam. Dabei beobachtete sie Roland. Er wirkte keineswegs misstrauisch, sondern sah einfach nur glücklich aus.

Auf dem Tisch standen Kerzen, die die harmonische Atmosphäre unterstrichen. Als Trixi Roland bat, sie anzuzünden, stellte sich heraus, dass er ungeschickt war. Bevor die erste Kerze brannte, stieß er mehrmals den Kerzenständer um, sodass Trixi schon Angst um ihre Tischdecke bekam. Doch dann brannten beide Kerzen und verbreiteten ein warmes, angenehmes Licht.

Roland entwickelte einen enormen Appetit. Auch dem Wein sprach er tüchtig zu und schon bald entfaltete der Alkohol seine Wirkung. Der junge Mann entschuldigte sich plötzlich, ließ sich ein Taxi rufen und verließ sie mit den Worten: »Mir ist ein wenig schlecht vom Wein!«

»Das macht nichts«, meinte Trixi. »Morgen hast du einen Kater, dann ist alles vorbei!«

»Der Abend war wundervoll. Die nächste Einladung geht auf mich!«

»Einverstanden«, nickte Trixi und schaute Roland nach, wie er mit unsicheren Schritten in der Dunkelheit verschwand.

13

Heute war der Geburtstermin.

Kullmann hatte am Morgen Martha ins Krankenhaus gefahren. Anke machte einen gelassenen Eindruck. Ob das Kind wirklich an diesem Tag kommen würde, hatte Kullmann sich gefragt. Aber er kannte sich auf diesem Gebiet nicht aus. Seine Spezialität waren immer der Tod und die Umstände, die dazu geführt hatten. Mit dem Beginn des Lebens hatte er keine Erfahrungen. Deshalb wuchs seine Nervosität. Mittlerweile war es schon Abend und er hatte immer noch keinen Anruf erhalten. Also beschloss er, sich in Ankes Wohnung abzulenken und alles zu kontrollieren, damit die Räume in einem ordentlichen Zustand waren. Den Weg legte er über die Kaiserstraße und den Grumbachtalweg zurück. Die frische Luft tat ihm gut. Die Temperaturen waren für den Monat Januar angenehm warm. Gemütlich spazierte er durch die Straße, betrat das Appartementhaus und stieg die Treppen hinauf bis in den dritten Stock.

Die Wohnung wirkte aufgeräumt und gemütlich. Es gab für alles einen schönen Platz. Einige alte Möbelstücke hatte er restauriert, andere sogar selbst gezimmert. Eine einheitliche Stilrichtung gab es nicht. Aber die Zusammenstellung gefiel ihm und er hoffte, dass Anke das auch so sah. Wohlig warm war es auch.

Sein Handy lag eingeschaltet in seiner Jackentasche. Sehnsüchtig schaute er darauf und fragte sich, warum es nicht klingelte und endlich die frohe Botschaft übermittelte.

Er verließ die Wohnung und spazierte durch die Nachtluft über den Grumbachtalweg zurück. Er sah, wie ein Mann mit einem Blumenstrauß in der Hand an Beatrix Reubers Haus klingelte. Bei dem Anblick musste er schmunzeln. Die Jugend verstand es zu leben, dachte er, blieb stehen und schaute dem jungen Mann nach. Die Hausbesitzerin öffnete und ließ ihn eintreten. Trixi hatte das gesamte Erdgeschoss hell erleuchtet, wie Kullmann feststellte. Es freute ihn, dass die junge Frau ihr Leben nach dem schrecklichen Ereignis wieder in den Griff bekommen hatte. Nachdenklich setzte er seinen Weg nach Hause fort.

Spät am Abend kam der erste Anruf. Martha berichtete ihrem Mann, dass Anke endlich Wehen hatte und nun in den Kreißsaal eingeliefert worden sei.

Mitten in der Nacht dann endlich die ersehnte Botschaft: Anke hatte ein gesundes Mädchen zur Welt gebracht.

Kullmann eilte in die Garage, startete seinen Wagen und fuhr rückwärts hinaus. Um ein Haar hätte er einen jungen Mann auf dem Bürgersteig überfahren. Kullmann erkannte in ihm den Besucher von Beatrix Reuber. Er wirkte benebelt, schon fast betrunken. Seine Schritte waren langsam und schwankend. Kopfschüttelnd schaute Kullmann ihm nach, wie er die Straßenseite wechselte und in ein Taxi einstieg. Das beruhigte Kullmann. Auf diese Weise kam der junge Mann in seinem Zustand sicher nach Hause.

14

Am Dienstagmorgen spürte Trixi einen leichten Kater, als sie am frühen Morgen den Friseursalon aufschloss. Daniela schaute sie nachdenklich an, sagte aber nichts. Das war auch gut so, dachte Trixi. Sie hatte nämlich keine Lust zum Reden.

Der Tag wurde langweilig. Es gab nicht viel zu tun. Wieder zu Hause legte sich Trixi sofort ins Bett und schlief durch. Erst am nächsten Morgen fiel ihr auf, dass keine Belästigungen stattgefunden hatten. Auch in den nächsten Tagen tat sich nichts.

Fritz Lörsch kam mehrmals in der Woche und brachte die bestellten Artikel. Jedes Mal hoffte Trixi, dass ihr Flirt endlich Wirkung zeigen würde, aber vergebens. Zwar flachste er mit ihr, mehr aber nicht. Wenn das so weiterging, musste sie selbst die Initiative ergreifen. Im Zeitalter der Gleichberechtigung sollte das kein Problem mehr sein.

Am Wochenende kam Daniela mit der Saarbrücker Zeitung auf Trixi zu.

»Schau dir das an!«, meinte sie kühl und zeigte ihr die Seite mit den Todesanzeigen.

»Sehr unterhaltsam«, murrte Trixi. »Noch lebe ich.«

»Schau doch hier!« Daniela wies auf eine bestimmte Stelle.

Nun erst erkannte Trixi, was ihre Kollegin meinte. Dort stand die Anzeige: »Plötzlich und unerwartet starb mein Sohn, Roland Berkes!«

Trixi musste sich setzen.

»Das ist doch der Mann, den du zum Essen eingeladen hast?«

Sofort schaltete Trixi und korrigierte: »Ich wollte ihn zum Essen einladen. Es kam nicht dazu.«

»Das soll ich dir glauben«, bemerkte Daniela in tadelndem Tonfall.

Sie durfte nicht die Beherrschung verlieren. So lässig, wie es ihr möglich war, meinte sie: »Glaub, was du willst!«

Dabei konzentrierte sie sich darauf, traurig auszusehen. Das fiel ihr schwer, ohne Zweifel. Umso erleichterter war sie, als sie endlich Feierabend hatte. Daheim jubelte, lachte und kreischte sie, stieß Freudenschreie aus. Sie konnte ihr Glück nicht fassen und fühlte sich super. So gut wie schon lange nicht mehr – seit dem Tod ihrer Freundin Käthe.

Sie war aufgedreht wie ein Uhrwerk. Überschwänglich begann sie, sämtliche Zimmer aufzuräumen, sprang die Treppenstufen hinauf in den ersten Stock, riss sämtliche Fenster auf und begann abzustauben und zu entrümpeln. Nun würde sie wieder das ganze Haus nutzen, dachte sie. Sie hatte so viele Zimmer. Vielleicht gelang es ihr ja, Fritz Lörsch zu betören. Für zwei Leute war dieses Haus gerade groß genug.

Die neuen Pläne für ihr zukünftiges Leben trieben sie dazu an, sich bei Deutschlands größtem Online-Marktplatz Ebay umzusehen, was dort zu welchen Preisen angeboten wurde. Sie hatte schon einmal darüber nachgedacht, den Krempel im Obergeschoss zu verhökern, für den sie keine Verwendung mehr hatte. Bei Ebay wurden ähnliche Möbelstücke verkauft, die Gebote waren verlockend.

Dort hatte sie die Gelegenheit, ihre Kasse ein wenig aufzubessern.

Doch ihre gute Laune wurde schlagartig gedämpft. Versehentlich hatte sie in die Rubrik *Kunst und Malerei* geschaltet. Neben Gemälden wurden dort auch billige Kunstdrucke und Fotos angeboten. Eines davon stach ihr sofort ins Auge. Eine Frau räkelte sich nackt auf einer weißen Decke. Trixi schaute genauer hin. Nein, sie lag nicht, sie stand – und zwar mit einem weißen Badetuch in beiden Händen, die sie nach oben streckte. Ihr wurde schwindelig. Die Umgebung kam ihr bekannt vor. Erst jetzt wagte sie, sich das Gesicht genauer anzuschauen. Das war sie selbst. In ihrem Bad. Nach dem Duschen.

Sie schnappte entsetzt nach Luft.

War das ein Erbe von Roland Berkes? War er so unverschämt, ihr zu seinen Lebzeiten einen derartigen Streich zu spielen?

Obwohl sie in Roland einen Psychopathen gesehen hatte, konnte sie nicht so recht glauben, dass er etwas Derartiges getan hatte. Er hatte nicht ein einziges Mal Mittel wie E-Mail oder Internet oder Handy eingesetzt. Es schien ihr so, als sei er mit dieser Technologie nicht vertraut.

Plötzlich fiel ihr Bruno Dold ein.

Natürlich. Sie hatte ihn schon einmal als Voyeur entlarvt, als er sie aus einem der Hochhäuser mit einem Fernglas beobachtet hatte, wie sie unter der Dusche stand. Ihr Badezimmer zeigte genau in die Richtung des Eschbergs. Von den Häusern, die hoch über ihrem Haus lagen, hatte Bruno eine gute Einsicht, wenn Trixi bei offenem Fenster duschte. War er so raffiniert gewesen und hatte sie dabei fotografiert? Trixi wurde schlecht.

Sie dachte, sie hätte alles getan, damit wieder Ruhe in

ihr Leben kam. Aber das Foto im Internet zeigte ihr deutlich, dass sie einen Fehler gemacht hatte. Die Erkenntnis machte sie schwindelig. Das konnte nicht sein, versuchte sie sich einzureden. Aber das Foto war da, so sehr sie sich auch gegen diese Wahrheit sträubte.

Was tun?

Diesen Streich der Polizei anzeigen? Oder selbst dafür sorgen, dass das Bild aus dem Internet verschwand? Das wäre wohl besser. Denn eine Nacktaufnahme von ihr als Beweis, soweit musste ihr Einsatz nun wirklich nicht gehen. Die Polizei lachte schon über sie. Mit diesem Foto würde sie den letzten Rest Respekt verspielen.

Sie durchsuchte die Angaben über den Verkäufer. Dort stand einfach nur Ebay-Eddy. Als Ortsangabe war Nähe Saarbrücken vermerkt. Also konnte sie es problemlos angehen. Den Gefallen, sich vor allen bloßzustellen, wollte sie Bruno nicht tun.

Wie Schuppen fiel es ihr von den Augen: Von Anfang an hatte nicht Roland hinter den Taten gesteckt, sondern Bruno Dold. Dann war er es gewesen, der ihr den Zettel mit der Nachricht: *»Ich sehe was, was du nicht siehst!*

Es ist blauäugig, blond und blöd!

Aber sehr verführerisch!«

zugeschickt hatte. Das war kein Liebesbrief, sondern eine Andeutung, die sie nicht verstanden hatte. Jetzt verstand sie auch den Ruf, der hinter den Autowracks hervorgeschallt hatte: *»Aber bevor du dort landest, hätte ich gern meinen Spaß mit dir. Nur leider bist du zu blind, um es zu sehen!«* Der Zeitpunkt passte. An dem Artikelangebot konnte sie ablesen, wie lange das Foto schon angeboten wurde.

Das Interesse war erschreckend groß, denn das letzte

Gebot lag schon bei neunundachtzig Euro. Sie musste überbieten, damit sie das beschämende Foto zurückbekam. Die Restzeit für das Angebot betrug nur noch einen Tag eine Stunde und drei Minuten. Deshalb war das Foto ganz oben auf der Liste zu sehen.

Sie merkte sich die Uhrzeit, damit sie am nächsten Tag zur gleichen Zeit vor dem Computer sitzen und mitbieten konnte. Sie musste das Foto selbst ersteigern, dann war der Schaden – oder die Blamage – nicht ganz so groß, wie ihr Übeltäter sich das erhoffte.

Der folgende Tag war für Trixi die reinste Qual. Bei jedem Mann, der den Salon betrat, befürchtete sie, dass er das Foto gesehen hatte und sie wiedererkannte. Jede Geste, jeder Blick schienen ihr ein Hinweis darauf zu sein. Das konnte ja heiter werden. Hoffentlich bekam sie nicht noch eine ausgereifte Paranoia.

Daniela bemerkte natürlich ihr Verhalten. Ob sie auch davon wusste? Sie sprach Trixi mit keiner Silbe auf ihre Nervosität an.

Nach Feierabend hatte Trixi nur noch ein Ziel: den Computer. Sie fuhr den Rechner hoch und schaute sich die Gebote an: weit über hundert Euro. Das war schrecklich. Nun musste sie ihren letzten Cent berappen, um diesen Albtraum zu beenden.

Sie begann zu bieten. Sie musste durchhalten.

Einige Gegenspieler boten fleißig mit. Es war wie auf einer Auktion. Sie musste viel Geld ausgeben, um Schlimmeres zu verhindern.

Es dauerte bis in die Nacht hinein, dann war der Kauf endlich abgeschlossen. Sie war die glückliche Gewinnerin. Sie vereinbarte mit dem Verkäufer, das Foto selbst abzuholen, weil sie sich damit die Versandkosten sparen konnte.

Ebay-Eddy begrüßte sie mit lallender Stimme: »Kaufen Sie Ihre eigenen Sachen wieder zurück. So kommen Sie aber nie zu Geld!«

Mit dieser Aussage konnte sie nichts anfangen. Sie sah auch keinen Sinn darin, genauer nachzufragen. Der Mann war sturzbetrunken. Mit seinen trüben Augen warf er ihr lüsterne Blicke zu. Sie wollte sich nicht länger als nötig dort aufhalten und machte sich schnellstmöglich auf und davon, hoffend, dass damit diese unangenehme Angelegenheit aus der Welt war.

Tatsächlich kehrte die ersehnte Ruhe ein.

Aber es dauerte nicht lange, da tauchte Kommissar Forseti im Friseursalon auf.

Trixi trat ihm mit einem Frisierumhang entgegen, doch er wehrte ab: »Ich bin dienstlich hier. Wir sind im Fall Ihrer Freundin noch nicht weitergekommen.«

Verkrampft hielt Trixi den Frisierumhang fest.

»Außerdem ist Roland Berkes gestorben.«

»Stand ja in der Zeitung!«, fand sie ihre Stimme wieder.

»Ich wollte von Ihnen wissen, ob Sie in letzter Zeit wieder in Ihrem Haus belästigt wurden?«

»Nein«, antwortete Trixi.

»Nein?«

»Seit Roland Berkes tot ist, hat es keine weiteren Vorfälle mehr gegeben«, präzisierte Trixi.

»Wie kann das sein?«, hakte Forseti nach.

Trixi stutzte. Sie hatte doch Kommissar Diez angerufen und ihn um Hilfe angefleht, als Roland Berkes ihr eine Ratte ins Haus gesetzte hatte. War dieser Vorfall für den Kommissar Diez so unwichtig, dass er seinem Chef nichts davon mitgeteilt hatte?

»Was soll diese Frage? Weiß denn bei der Polizei der eine nicht, was der andere macht? Nachdem Sie Roland Berkes freigelassen hatten, ging der Terror weiter!«

»Ich habe Ihnen schon einmal gesagt, dass jede Anzeige bei uns erfasst wird. Aber Ihre angebliche Ruhe – seit Roland Berkes Tod – gibt mir schon zu denken!«

Er wusste von dem Nacktfoto, war Trixis prompte Erkenntnis. Warum spannte er sie so auf die Folter?

»Nach Ihren Angaben wurden Sie auf jede erdenkliche Art und Weise belästigt und bedroht. So etwas hinterlässt Spuren. Aber von Roland Berkes haben wir keine in ihrem Haus gefunden. Also kommt er für Ihre Anschuldigungen nicht in Frage. Wenn jetzt keine Belästigungen mehr stattfinden, dann muss ich ernsthaft am Wahrheitsgehalt Ihrer Anzeigen zweifeln!«

Trixi brach der Schweiß aus.

Also steckte doch Bruno Dold hinter all den Gemeinheiten – inklusive der mit dem Nacktfoto. Aber das würde sie nicht erwähnen. Sie war stolz auf sich, dass sie das Problem so unauffällig wie möglich gelöst hatte.

Forsetis Blick war eindringlich, was Trixi sofort ahnen ließ, dass er mehr wusste, als er zugab. Sie musste auf der Hut sein.

»Gibt es in Ihrer Vergangenheit jemanden, den Sie verärgert haben, oder mit dem Sie sich heftig gestritten haben?«, fragte er weiter.

»Ich weiß nur von Roland Berkes. Was kann ich dafür, dass Sie keine Spuren von ihm finden. Vielleicht war er schlauer als Sie!«

»Wollen Sie denn, dass wir den Mörder Ihrer Freundin fassen?«

Trixi blieb die Luft weg. Was sollte diese Frage?

»Wenn ja, dann sehen Sie zu, dass Sie meine Fragen richtig beantworten. Was Sie uns bisher vorgebracht haben, hat lediglich den Verdacht auf Sie selbst gelenkt. Also geben Sie sich Mühe, denn Sie sind die Einzige, die davon profitiert!«

Damit hatte Forseti ihr das bestätigt, was Trixi schon lange vermutet hatte. Nun lag es an ihr, ihre Haut zu retten. Aber lange musste sie nicht überlegen, da sprach sie den Namen aus, der ihr im Kopf herumspukte, seit sie sich selbst bei Ebay erblickt hatte.

»Wann haben Sie Bruno Dold das letzte Mal gesehen?«

»An Heiligabend!«

»Na endlich«, bemerkte Forseti. »Das ist eine Spur, der wir nachgehen werden!«

Trixi hielt die Luft an, bis Forseti aus dem Salon verschwunden war.

War es nun gut für sie, wenn Forseti diese Spur verfolgte? Sollte er herausfinden, was Bruno Dold mit dem Foto gemacht hatte, war ihr kostspieliger Einsatz umsonst.

»Warum hast du gelogen?«, stand plötzlich ganz dicht Daniela hinter ihr.

Trixi zuckte vor Schreck zusammen.

»Was fällt dir ein?«, giftete sie ihre Kollegin an.

»Mir gefällt nicht, was ich sehe. So unschuldig, wie du tust, bist du nämlich nicht!«

Das fehlte noch. Worauf genau spielte sie an?

Ebay-Eddys Worte kamen ihr wieder in den Sinn: *»Kaufen Sie Ihre eigenen Sachen wieder zurück? So kommen Sie aber nie zu Geld!«*

War Daniela die Auftraggeberin?

Sie schaute sich die Kollegin genauer an. Daniela hatte sich in der letzten Zeit verändert. Sie trug ihre blonden Haare in sanften Wellen, außerdem lief sie in Schuhen mit Plateausohlen herum, wodurch sie fast so groß war wie Trixi.

Da könnte ein Fremder die beiden Frauen leicht verwechseln.

15

Anke fühlte sich immer nur müde und unbeteiligt. Dabei liebte sie ihr Kind. Während sie auf dem Sofa über den Sinn des Lebens nachdachte, wirbelte Martha Kullmann fleißig um sie herum, bereitete das Essen, wusch die Strampelanzüge, richtete das Kinderbettchen her und räumte die gewaschenen und gebügelten Kleidungsstücke wieder in die Schränke.

Was würde sie nur ohne Martha machen?

Als Lisa wieder zu schreien begann, gab Anke ihr die Brust. Früher hatte sie sich immer vorgestellt, dass dieses Ritual ein schönes Ereignis sein müsste, jetzt stellte sie fest, dass es schmerzte. Ihre Brust hatte sich entzündet; aber der Arzt sagte, sie solle weiterstillen. Also biss sie auf die Zähne. Manchmal traten ihr vor Schmerzen sogar die Tränen in die Augen. Aber Lisa sah so glücklich aus, während sie trank. Dieses Gefühl wollte Anke ihrer Tochter nicht nehmen.

Kullmann trat ein. Als er Anke mit dem Kind an der Brust erblickte, stieß er hastig eine Entschuldigung aus und verschwand in der Küche. »Ich wollte nicht taktlos sein«, entschuldigte er sich später.

»Das weiß ich doch! Es wird in der nächsten Zeit wohl noch öfter vorkommen, dass ich Lisa stille.«

»Was ist mit dir?«, stutzte Kullmann. »Wo bleibt deine Lebensfreude, deine Energie? So kraftlos kenne ich dich gar nicht.«

Martha zog ihn in die Küche. Obwohl sie leise sprachen, konnte Anke jedes Wort verstehen: »Anke leidet an der Wochenbettdepression!«

»Meine Güte, vergeht das wieder?«

»Ja! Das ist eine natürliche Reaktion, weil durch die Geburt der Hormonhaushalt durcheinander gerät. Das gibt sich aber wieder in ein paar Tagen.«

»Was tun wir da?«

»Wenn du nichts dagegen hast, bleibe ich solange hier, bis es Anke wieder besser geht.«

»Warum sollte ich etwas dagegen haben? Das ist doch selbstverständlich!«

In Wolldecken eingewickelt, lag Anke neben ihrer Tochter. Passiv kam sie sich vor, während Kullmann und seine Frau die Arbeiten verrichteten, die sie eigentlich machen müsste.

Es klingelte an der Tür.

Oh Gott. Jetzt auch noch Besuch, stöhnte Anke. So wie sie sich fühlte, wollte sie niemanden sehen.

Aber kurze Zeit später trat Erik ein. In der Hand hielt er ein kleines Geschenk für Lisa.

Zunächst galt seine ganze Aufmerksamkeit dem kleinen Mädchen. Er spielte mit ihr, gab die ulkigsten Töne von sich, sodass Lisa ihn mit immer größer werdenden Augen anstarrte. Dabei hörten sich Lisas Geräusche wie ein Glucksen an. Sie verzog ihr Gesicht in lustige Falten. Erik alberte so ausgelassen mit dem Baby, dass er alles um sich herum vergaß. Erst als Anke sich räusperte, schaute er auf.

»Wie geht es der frischgebackenen Mutter?«

»Schön, dass du auch noch Augen für mich hast«, entgegnete Anke bissig.

»Tut mir leid, aber Lisa weckt alte Erinnerungen in mir. Fast hätte ich vergessen, wie schön es war, als meine Tochter zur Welt gekommen ist.«

Sofort änderte Anke ihren Tonfall, weil sie spürte, dass durch die Geburt ihrer Tochter in Erik alte Wunden aufgerissen worden waren.

»Da tust du nur das Richtige. An Lisa hast du heute mehr Freude als an mir. Ich fühlte mich matt und missmutig.«

»Das wird wieder«, nickte Erik. »Bei meiner Frau war das genauso. Das hat mit der Hormonumstellung zu tun.«

Damit war für ihn das Thema erledigt. Er packte selbst sein mitgebrachtes Geschenk aus. Es waren ABS-Socken, die er vor Lisas Nase hin- und herschwenkte und Geräusche von quietschenden Autoreifen imitierte.

Nach einer Weile musste sogar Anke lachen: »Ich glaube, du bist nie erwachsen geworden.«

»Kann schon sein«, bestätigte er. »Das erste Geschenk, das ich damals meiner Tochter gemacht habe, waren solche Socken. Kathrin hatte sich genauso darüber gefreut, wie Lisa jetzt!«

»Die Freude bezieht sich vielmehr auf die Grimassen, die du machst«, stellte Anke klar.

Martha kam mit einem Tablett mit Kaffee und Kuchen herein und stellte alles auf den Tisch.

»Wie kommt ihr in dem Fall *Soko Schneemann* voran?«, fragte Kullmann beim Essen.

»Schlecht! Beatrix Reuber kooperiert nicht mit uns. Für sie war Roland Berkes der Täter. Jetzt, wo er tot ist, ist für sie der Fall abgeschlossen«, antwortete Erik.

»Was heißt hier, Roland Berkes ist tot? Was ist mit ihm passiert?«

»Nichts, was uns betrifft«, wehrte Erik sogleich ab. »Er starb in der Nacht, als Lisa zur Welt kam.«

Kullmann stutzte: »Moment mal! Roland Berkes ist der heimliche Verehrer von Beatrix Reuber?«

Erik nickte.

»Wie sah er aus?«

Erstaunt über diese Frage, meinte Erik schulterzuckend: »Etwa einen Meter achtzig groß, dicker Bauch, blondes Haar und pickeliges Gesicht.«

»Wie alt?«

»Fünfunddreißig.«

»Woran ist der junge Mann gestorben?«

»An Herzversagen!«

»Hatten Sie Roland Berkes ernsthaft im Verdacht, für den Mord an der Freundin von Beatrix Reuber verantwortlich zu sein?«, fragte Kullmann weiter. Sein Tonfall war jetzt forsch, die gemütliche Stimmung war dahin.

»Nein! Für Forseti war das nur ein Hirngespinst von Beatrix Reuber.«

»Und das haben Sie ihr auch gesagt?«

Eriks Schweigen genügte Kullmann als Antwort. Eine Weile war die Stimmung frostig. Eriks Gesichtsausdruck wandelte sich von schuldbewusst zu trotzig, bevor er endlich das Schweigen brach: »Was soll das? Sie sind pensioniert; ich bin hier, um Ankes Tochter zu sehen – und Anke natürlich auch – und was passiert? Ich werde einem Verhör unterzogen! Wenn Sie den Fall an sich reißen wollen, setzen Sie sich mit Forseti auseinander.«

Kullmann reagierte nicht auf den Protest, sondern erklärte: »Fängt man nicht an zu grübeln, wenn ein junger Mann ganz plötzlich an Herzversagen stirbt? Und noch dazu ein junger Mann, der im Fadenkreuz der Ermittlungen steht?«

»Wir sind auf seinen Tod aufmerksam geworden, als es schon in der Zeitung stand«, erklärte Erik. »Roland Berkes war nicht verdächtig. Die Einzige, die ihn im Visier hatte, war Beatrix Reuber. Sie hat allerdings ihre Glaubwürdigkeit eingebüßt, als sie mehrmals bei der Polizei auftauchte und Anzeigen erstattete, die sich alle als haltlos herausstellten. Ein Schneemann, der den Sensenmann darstellen soll, um sie zu holen. Eine Blutlache, die sie auf ihre eigene einstimmen soll. Als die Kollegen der Polizei dort auftauchten, gab es niemals auch nur die geringste Spur. Ein Blutfleck vor der Haustür löst sich nicht in Luft auf. Eine tote Katze in ihrem Käfig auch nicht. Angeblich hat der Bösewicht die Sense des Schneemanns nicht nur bedrohlich arrangiert, sondern auch wieder selbst entsorgt. Soll ich noch mehr aufzählen?«

Kullmann nickte beschwichtigend: »Ich gebe zu, ich habe mich im Ton vergriffen. Was ich gesehen habe, könnt ihr nicht wissen.«

»Was haben Sie gesehen?«, horchte Erik auf.

»An dem Abend, als wir alle auf Lisa warteten, war ein Mann, auf den Ihre Beschreibung passt, mit einem Blumenstrauß zu Beatrix Reuber unterwegs!«

Erik wurde hellhörig.

»Als Martha mich am späten Abend anrief, das Kind sei da, bin ich etwas zu schnell aus der Garage gefahren. Dabei hätte ich um ein Haar genau diesen Mann überfahren!«

»Was ist nun daran so verdächtig?«

»Er taumelte stark. Ich konnte sein Gesicht sehen, weil er im Licht der Scheinwerfer stand. Er war kreideweiß, schweißnass, die blonden Haare klebten ihm im Gesicht. Sieht so ein Betrunkener aus?«

Eine Weile schwiegen alle.

»Was willst du damit sagen?«, fragte Anke.

»Es besteht die Möglichkeit, dass Beatrix Reuber ihren Fall selbst in die Hand genommen hat, indem sie den Widersacher einfach ausschaltete!«

»Wie soll sie das gemacht haben?«, schüttelte Erik den Kopf. »Wenn sie ihn vergiftet hätte, wäre das dem Hausarzt aufgefallen! So hinterwäldlerisch sind sogar die Hausärzte des Saarlandes nicht mehr!«

Schnell duckte er sich, weil Anke ihn mit einem Kissen bombardierte.

»Es gibt immer noch Gifte, die nur schwer nachzuweisen sind«, ließ Kullmann sich nicht beirren.

»Sie meinen also, ich soll aufgrund Ihrer Beobachtung eine Exhumierung der Leiche beantragen?«

»Lassen Sie Forseti wissen, dass dieser Vorschlag von mir kommt!«

»Forseti wird mich zum Nachtwächter eines Altenheims degradieren«, wehrte Erik ab.

»Wenn Sie weiterhin so unvorsichtig mit Ihren Kommentaren sind, werde ich mich höchstselbst um Ihre Versetzung kümmern«, bemerkte Kullmann grimmig.

Eriks Interesse an Lisa hatte deutlich nachgelassen. Ständig spazierte er von der Balkontür zum Bücherschrank und wieder zurück, bis er sich endlich zu einer Entscheidung durchgerungen hatte: »Ich werde mit Forseti sprechen.«

»Das ist doch schon ein Anfang«, lobte Kullmann.

»Ich erinnere mich nämlich daran, dass es in Trixis Haus ein Zimmer gibt, in dem sie nur Pflanzen aufbewahrt. Die

Vielfalt ist groß. Da ist es durchaus möglich, dass dort etwas wächst, was für den Menschen ungenießbar ist.«

»Sehen Sie! Es geht doch. Forseti wird Sie nicht zum Nachtwächter degradieren. Wenn er durch Ihre Geistesgegenwart einen Fall aufklärt, wird er Sie befördern.«

»Na ja«, zuckte Erik mit den Schultern. »Dafür ist die Liste meiner Vergehen ein bisschen zu lang.«

16

Die Temperaturen waren auf zehn Grad unter Null gesunken. Trixi fror entsetzlich, als sie mit ihrem Fahrrad vorsichtig über die vereiste Straße nach Hause fuhr. Die Weihnachtsbeleuchtungen waren schon lange entfernt worden, zurück blieb der graue, kalte Winter.

Nur wenige Menschen waren unterwegs. Der Betrieb im Friseursalon hielt sich auch in Grenzen. Die Zeit schlich träge dahin, ohne Abwechslung, ohne Fröhlichkeit, keine Aussichten auf etwas, worauf sie sich freuen konnte.

Auf ihrem Nachhauseweg versuchte sie sich von der Kälte abzulenken, indem sie sich einen Plan zurechtlegte. Sie wollte Fritz Lörsch einladen, ohne dass diese Einladung aufdringlich wirkte. Bei ihm spürte sie eine Zurückhaltung, die sie nicht zuordnen konnte. Lag es daran, dass er eine Freundin hatte? Oder gefiel sie ihm nicht? Sie musste es herausfinden. Mit jedem Mal, wenn er in ihrem Laden auftauchte, wuchs ihre Ungeduld.

Bei seinem nächsten Besuch wollte sie endlich zur Tat schreiten.

Auf der hölzernen Brücke rutschte sie aus. Beinahe wäre sie mit den Knien auf dem harten Boden gelandet. Den Rest der Strecke schob sie ihr Fahrrad.

Kaum hatte sie es sich im Haus gemütlich gemacht, sich ein wenig von der Eiseskälte erholt, da klingelte es an der Tür.

Ob das wieder die Bullen waren?

Frustriert öffnete sie ohne vorher nachzuschauen, wer vor der Tür stand.

Das sollte sich als Fehler herausstellen. Vor ihr stand ein Riese von einem Mann mit einer Clownsmaske im Gesicht.

Trixi stieß einen Schrei aus, wollte die Tür hastig wieder schließen, aber der Clown war schneller. Mit seiner Masse stürzte er sich auf die Tür, dass sie mit einem Knall gegen die Wand im Flur stieß.

Trixi zitterte am ganzen Körper. Da zog der Mann die Maske weg und das dicke Gesicht von Bruno Dold kam zum Vorschein.

Trixi wollte etwas sagen, aber Brunos Augen funkelten sie böse an. Laut brüllte er los: »Was fällt dir ein, die Polizei auf mich zu hetzen?«

»Das habe ich nicht getan!«, antwortete Trixi. Sie bebte immer noch.

»Hältst du mich für blöd?«

Trixi hütete sich, etwas zu sagen. Er sah so wütend aus, dass sie ihm alles zutraute.

»Du zitterst ja«, begann er hämisch zu lachen.

Insgeheim ärgerte Trixi sich über seine Unverschämtheit.

»Das ist gut so«, rieb Bruno sich die Hände. »Du sollst vor mir zittern. Ich bin nämlich ganz schön sauer, bei den Bullen in Verdacht gekommen zu sein. Das habe ich dir zu verdanken!«

»Das stimmt nicht«, meinte Trixi verzweifelt, »Ich muss mich doch dagegen wehren, wenn ich in meinem Haus belästigt und bedroht werde! Die Polizei wollte Namen wissen. Wen hätte ich nennen sollen: Robbie Williams?«

Mit offenem Mund starrte Bruno Trixi an.

»Mach den Mund zu und verschwinde«, trumpfte sie auf.

»Du bist ganz schön unverschämt. Dich müsste ich mal richtig übers Knie legen, damit du weißt, wie der Hase läuft!«

Bruno hielt immer noch die Maske in der Hand. Blitzschnell schnappte Trixi sie sich und wollte sich damit ins Haus zurückziehen, aber die Haustür stand weit offen und dazu noch Bruno im Türrahmen, sodass Trixi sie unmöglich zuknallen konnte.

Bruno zeigte keine Reaktion.

Trixi spürte, wie ihr die Angst in den Nacken kroch. War sie zu weit gegangen? Die Art, wie er sie anschaute, machte ihr deutlich, dass er sich von seinem Besuch bei ihr mehr versprach als klärende Worte. Wie weit würde er gehen? Sie wusste es nicht, sie befürchtete nur, dass er in seiner Ungeschliffenheit über sie herfallen und am Ende noch behaupten könnte, sie hätte Spaß daran gehabt.

Schweigend starrten sie sich an, bis Trixi endlich den Mut aufbrachte und fragte: »Kann ich jetzt bitte wieder meine Ruhe haben?«

»Natürlich! Hauptsache du hast deine Ruhe! Aber ich warne dich«, zeigte er drohend mit dem Zeigefinger auf sie. »Nimm die Anzeige bei der Polizei zurück, oder du wirst mich kennenlernen!«

Er drehte sich um, als wollte er weggehen, doch abrupt wandte er sich wieder Trixi zu: »Die Clownsmaske wollte ich dir ohnehin zurückgeben! Ich brauche sie nicht mehr.«

Trixi schluckte.

Lange stand sie mit der Maske in der Hand im Flur. Während ihr Blick darauf verweilte, erinnerte sie sich daran, dass genau diese Maske vor ihrem Schlafzimmerfenster auftauchte, kurz bevor die Ratte in ihrem Haus war. Da war sie das erste Mal vor diesem Requisit zu Tode erschrocken.

War das die Bestätigung dafür, dass von Anfang an Bruno hinter all diesen grausamen Streichen steckte?

Trixi wurde schlecht.

Sie suchte Zuflucht bei ihren Pflanzen. Nach und nach besah sie sich alle Arten, bis sie vor dem Maiglöckchen stand. Ihre Blätter waren lang, pfeilförmig und umhüllten den Stängel, der weiße, zart riechende Blüten trug. Diese Pflanze war ihr größter Triumph. Gerne hätte sie ihre Finger über die langen, grünen Blätter streichen lassen. Aber sie vermied die Berührung, weil sie selbst nicht wusste, wie gefährlich das werden konnte. Aber gerade durch das tödliche Gift übte das unscheinbare Pflänzchen eine Macht aus, die Trixi faszinierte. Sie empfand es als Herausforderung, verantwortlich für Gedeih und Verderb eines Wesens zu sein, das selbst über Leben und Tod verfügen konnte.

Kaum hatte sie das Schlafzimmer betreten, sah sie jemanden an dem Hang vor ihrem Fenster sitzen. Der Terror begann wieder von vorne! Oder ging er weiter?

Wütend ließ sie die Rollladen herunter. Zu ihrem Entsetzen stellte sie fest, dass sie sich nicht ganz schließen ließen. Sie klemmten fest. Was hat sich ihr Verfolger nun wieder einfallen lassen? So konnte sie unmöglich in diesem Zimmer schlafen. Das Fenster öffnen, um den Schaden zu beheben, wollte sie auch nicht. Vielleicht wartete er nur darauf.

Verzweifelt nahm sie sich ihre Daunendecke und ihr

Kissen und zog ins Wohnzimmer um. Die Couch war ein guter Bettersatz.

Ständig kreisten ihre Gedanken um Roland Berkes. An ihrem einzigen, gemeinsamen Abend war er nett, hatte sich viel Mühe gegeben, nicht unangenehm aufzufallen, hatte ihr sogar Blumen geschenkt. Eigentlich war Roland nicht so schlecht, wie sie es sich selbst eingeredet hatte. Was tun, wenn er wirklich nur mit ihr essen gehen und mit ihr zusammen sein wollte, während ein ganz anderer – nämlich Bruno Dold – um ihr Haus herumschlich, um ihr das Leben zur Hölle zu machen? Der Gedanke kam ihr immer glaubwürdiger vor. Sie hatte Bruno übel mitgespielt, hatte ihn wegen seiner unförmigen Figur gehänselt, egal, wo sie sich gerade befanden. Damit hatte sie ihn zur Zielscheibe des Spotts gemacht. Aber genügte das, um einen Menschen zu töten? Ihre Freundin Käthe war tot, Trixi kamen die Tränen. Sollte das das Ergebnis ihrer charakterlosen Spielchen mit Bruno Dold sein? Roland Berkes war auch tot. Hat sie ihn irrtümlich für einen gefährlichen Psychopathen gehalten? Das Gefühl, dass ihre Bemühungen, dem Wahnsinn ein Ende zu machen, gescheitert waren, beschlich sie immer mehr. Aber nicht nur das, hinzu kam noch ein gewaltiges Schuldgefühl. Wie sollte sie damit fertig werden, wenn sie sich wirklich in Roland Berkes geirrt hatte? Diese Nacht wurde zum reinsten Albtraum.

Am nächsten Morgen herrschte wenig Betrieb auf der Kaiserstraße, was Trixi nur recht sein konnte. Während sie schlitternd und rutschend den Weg zurücklegte, hing sie weiterhin ihren Gedanken nach.

Es war schon hell, ein Zeichen, dass die Tage endlich wieder länger wurden. Das wirkte beruhigend auf ihre verwirrte Gemütsverfassung, die sie begleitete, bis sie den Salon aufschloss und Fritz Lörsch mit der ersten Lieferung hereinkam.

Er registrierte sofort ihren Zustand. Besorgt trat er auf Trixi zu, legte ohne Worte seine Arme um sie und drückte sie sanft an sich. Trixi ließ sich diese Geste nur zu gern gefallen. Eng schmiegte sie sich an ihn. Doch diese Vertraulichkeit löste in ihr einen heftigen Weinkrampf aus. Sie erschrak über sich selbst, wie hemmungslos sie plötzlich vor ihm zu weinen begann. Die Tränen flossen, ihr Schluchzen wurde immer lauter. Es dauerte eine Weile, bis sie sich wieder beruhigt hatte. Mit zitternden Händen wischte sie über seine Jacke und meinte mit unsicherer Stimme: »Deine Jacke ist ganz nass.«

»Das macht nichts«, sagte er beruhigend. Seine Stimme drückte Verständnis aus, Fürsorge und Mitgefühl, Empfindungen, die sie schon lange nicht mehr erfahren hatte, aber dringend brauchte.

Das Telefon läutete. Es war Daniela. Sie hatte auf der glatten Straße einen Auffahrunfall verursacht und würde erst später kommen. Trixi war dieser Zwischenfall gerade recht, denn so hatte sie Gelegenheit ungestört mit Fritz Lörsch zu sprechen. Kunden kamen wegen der Eisglätte auch keine. »Ich habe heute nur wenig Pakete auszufahren«, meinte Fritz. Er setzte sich vor die Theke und wartete zusammen mit Trixi auf den Kaffee, der zischend durch die Kaffeemaschine lief. »Wenn es dir hilft, sprich dich bei mir aus! Ich bin ein guter Zuhörer.«

Nur zu gerne kam Trixi dieser Aufforderung nach, denn die Einsamkeit der letzten Wochen hatte sie zermürbt.

Als sie anfing zu erzählen, ahnten beide nicht, wie lange sie an der kleinen Theke sitzen würden. Es war schon später Nachmittag, das Tageslicht wich der Dämmerung, als die erste Kundin eintrat. Es war eine junge, sportliche Frau, die sich von gefrorenen Straßen nicht abschrecken ließ.

»Meine Güte, schon so spät«, schaute Fritz staunend auf seine Uhr.

»Ich hatte dir wohl eine ganze Menge zu erzählen«, lächelte Trixi, die sich erleichtert fühlte.

»Was wollen wir jetzt tun?«, fragte Fritz plötzlich.

Trixi traute ihren Ohren nicht. Bisher hatte er nicht auf ihre Annäherungsversuche reagiert. Sollte ihre Litanei über ihre Sorgen und Nöte in ihrem Haus der Auslöser dafür sein, dass er sich für sie interessierte? Eigentlich war ihr der Grund egal. Sie wollte die günstige Gelegenheit auf keinen Fall verstreichen lassen. Sofort wusste sie eine Antwort: »Ich schlage vor, du kommst mich heute Abend besuchen und lässt dich von mir verwöhnen! Wenn Bruno Dold sieht, dass Spannen allein nicht glücklich macht, wird er damit wieder aufhören.«

Fritz schaute Trixi eine Weile nachdenklich an. Trixi befürchtete schon, er würde ihren Vorschlag ablehnen. Hatte sie die falsche Taktik gewählt?

Hastig fügte sie an: »Ich koche uns etwas. Wir machen uns einen gemütlichen Abend.«

Nun erhellte sich sein Gesicht. Mit der Hand strich er seine glatten, dunkelblonden Haare zurück, zog beide Augenbrauen hoch und schaute von einer Ecke des Salons in die andere, bis er endlich reagierte: »Das gefällt mir. Ich bin um acht Uhr da!« Trixi war glücklich. Die Arbeit ging ihr leicht von der Hand. Die Tatsache, dass Daniela nicht da war, trug entscheidend zu ihrer guten Stimmung bei.

Nach Feierabend ging sie einkaufen. Sie wollte ihr Lieblingsessen kochen.

Als sie mit vollen Einkaufstüten über die hölzerne Brücke auf das Haus zu marschierte, sah sie einen Schatten hinter dem Haus verschwinden. Sofort begannen ihre Knie zu zittern. Der Schatten war riesengroß, dessen war sie sich sicher. Also kam nur Bruno Dold in Frage. Wütend stellte sie die Tüten vor die Haustür und folgte ihm. Aber leider war alles stockdunkel. Wenn Trixi etwas sehen wollte, musste sie die Taschenlampe holen.

Als sie zurückkam war die Einkaufstüte weg.

Trixi raste vor Wut, als sie eine Nachricht auf dem Boden entdeckte. Sie zog den Wisch hervor. Es war eine herausgerissene Seite aus der Bibel, die genau auf das Gebot *Du sollst nicht töten!* zeigte. Sofort zitterten ihre Hände. Widerstrebend hob sie den Zettel auf und steckte ihn in ihre Jackentasche – den Rat der Polizei befolgend.

Da wollte ihr jemand den ersten Abend mit Fritz Lörsch verderben. Das wollte sie auf keinen Fall zulassen.

Sie musste nochmals einkaufen. Glücklicherweise war es nicht mehr glatt, sie konnte mit dem Fahrrad fahren. Der Weg zum *Saarbasar* war nicht weit.

Erschöpft kehrte sie zurück. Das Haus lag in völliger Dunkelheit. Ob sich jemand in der Nähe aufhielt, konnte Trixi nicht erkennen. Sie stellte das Fahrrad einfach neben der Schwarzdornhecke ab und betrat mit ihrer Einkaufstüte in der Hand das Haus. Als sie auf die Uhr sah, erkannte sie, dass Fritz schon in wenigen Minuten kommen müsste.

Genauso geschah es auch. Sie hatte keine Gelegenheit, die Tür zu schließen, da stand er schon vor ihr. Er begrüßte sie mit einer Umarmung, die sie den ganzen Stress sofort vergessen ließ.

»Ich konnte noch nicht mit dem Kochen anfangen«, gestand sie.

»Macht nichts! Ich helfe dir«, schlug Fritz vor. »Ich kann kochen. Wenn man sich selbst versorgen muss, lernt man das.«

Trixi freute sich, wie unbekümmert er mit ihrer Panne umging. Auf dem Weg in die Küche zog sie die Bibelseite mit dem Gebot: *Du sollst nicht töten!* aus ihrer Jackentasche und hielt Fritz das zerknitterte Stück Papier unter die Nase. Dabei wollte sie ihm von dem unangenehmen Zwischenfall berichten, doch Fritz nahm den Zettel, zerriss ihn und meinte: »Vergiss das und lass uns den Abend genießen.«

Gemeinsam würzten sie die Hähnchenschenkel, wuschen und schnitten das Bärlauchgemüse. Fritz zeigte dabei so großes Geschick, dass Trixi sich fast überflüssig fühlte. Also verzog sie sich in ihr Zimmer, entledigte sich ihrer plumpen Jeans und ihres Rollkragenpullovers und zog sich ein luftiges Kleid an, das sich wie eine zweite Haut an ihren Körper schmiegte. Damit stolzierte sie ins Esszimmer, wo Fritz auf sie wartete. In den Händen hielt er eine Flasche Wein, einen Riesling.

»Ich hoffe, ich treffe damit deinen Geschmack!« Während er sie öffnete, warf er ihr immer wieder bewundernde Blicke zu.

»Das ist genau die Sorte, die ich immer zu diesem Gericht trinke.« Trixi lächelte Fritz an »Du kennst mich ja schon richtig gut!«

»Purer Zufall«, meinte Fritz und stellte die Flasche auf den Tisch, der bereits mit Kerzen geschmückt war. Das schummrige Licht wirkte intim.

Schon nach dem ersten Glas waren seine Wangen gerötet, seine Augen funkelten, seine Einsilbigkeit verwandelte sich in Redseligkeit. Immer wieder ließ er seine Blicke über ihr Kleid wandern. Ihre Bemühungen waren nicht umsonst gewesen. Von Minute zu Minute gefiel er ihr besser.

»Das Essen war klasse und ich habe zu viel getrunken. Ich muss mal auf die Toilette.«, meinte er und rieb sich den Magen.

Er verließ das Wohnzimmer. Erst als er die Tür hinter sich schloss, fiel Trixi ein, dass er sich nicht im Haus auskannte. Hastig sprang sie auf, lief ihm hinterher und sah gerade noch, wie er hinter der richtigen Tür verschwand. Als er zurückkehrte, fragte sie: »Woher kennst du dich hier aus?«

Fritz stutzte: »Ich wusste es nicht. Ich habe einige Türen geöffnet, bis ich die richtige erwischt habe.«

»So viele Türen gibt es ja auch nicht bei mir«, erkannte Trixi kopfschüttelnd über ihre dämliche Frage. »Lange muss man bestimmt nicht suchen.«

»Warum hast du die Tür zum Treppenhaus abgeschlossen?«

Damit überraschte er Trixi nun doch. Woher wusste er, wohin die Tür führte, die abgeschlossen war?

»Ich benutze die oberen Zimmer nicht. Deshalb«, antwortete sie kurz angebunden, weil sie keine Lust hatte, sich über Dinge den Kopf zu zerbrechen, die ihre gute Stimmung beeinträchtigen könnten.

»Was ist in dem Zimmer links neben der Eingangstür?«

»Das ist mein Pflanzenparadies. Willst du es sehen?«

»Natürlich!«

Ein betörender Duft strömte ihnen entgegen. Die Temperaturen waren mild, ein geeignetes Klima, um die Vielfalt der Gewächse gedeihen zu lassen.

Neugierig besah sich Fritz jeden einzelnen Stock, roch daran und gab sein Wissen zum Besten. Trixi war überrascht, wie gut er sich auskannte. Vor ihrem größten Stolz blieb er stehen, schaute sie an und fragte: »Wie kommt es, dass Maiglöckchen im Winter blühen? Blühen die nicht im Mai, wie der Name schon sagt?«

»Ich habe es einfach mal versucht. Ist es nicht toll, wie schön sie aussehen – und das im Februar?«, stellte Trixi eine Gegenfrage.

»Das ist erstaunlich«, bemerkte Fritz. »Findest du nicht auch, dass das Maiglöckchen dem Bärlauch sehr ähnlich sieht?«

»Wie kommst du jetzt darauf?«

»Ich habe doch gerade den Bärlauch gewaschen und geschnitten. Jetzt erst sehe ich, dass die Blätter des Bärlauchs denen des Maiglöckchens haargenau gleichen«, erklärte Fritz und wies mit dem Zeigefinger auf die Pflanze. »Fast zum Verwechseln ähnlich!«

Hastig zog Trixi seine Hand weg.

»Ich weiß, diese Pflanzen sind giftig«, nickte er auf ihre Reaktion hin.

Betont lässig zuckte Trixi mit den Schultern. Sie zögerte kurz, bevor sie entgegnete: »Genauso sind sie aber auch für ihre Heilwirkung bekannt.«

»Heilwirkung?«

»Ja. Maiglöckchen enthalten Substanzen, die Ärzte bei Herzkrankheiten einsetzen. Wie du siehst, ist nichts so schlecht, dass es nicht auch noch für etwas gut sein kann!«

Zwischen Kakteen und Orchideen entdeckte Fritz die Digitalkamera, Trixis neueste Errungenschaft, um sich effektiver gegen ihren Widersacher wehren zu können.

»Was willst du damit?«, fragte er ironisch. »Die Entwicklung deiner Pflanzen festhalten?«

Darauf gab Trixi lieber keine Antwort. Das war ein Thema, das sie jetzt nicht diskutieren wollte. Sie nahm ihm das Gerät aus der Hand, legte es an seinen Platz zurück und schob ihn sanft aus dem Zimmer.

Im Wohnzimmer setzte sich Fritz nicht gleich wieder auf seinen Platz, sondern schlenderte von einem Fenster zum anderen. Erst als sein Blick auf den Autofriedhof fiel, blieb er stehen. Die Hände verschränkte er lässig auf seinem Rücken. Lange stand er still da. Trixi nutzte die Gelegenheit, ihn zu bewundern. Er war größer als sie, seine Figur wirkte sportlich, seine dunklen Haare glänzten.

»Die Umgebung hier ist nicht schön«, stellte er fest.

»Nein.«

Sie näherte sich ihm, sodass sie ebenfalls die verrosteten Autowracks, die das Haus säumten, sehen konnte. Es schneite. Im Schein der Laterne, die auf der anderen Seite des Grumbachs stand und den Parkplatz erleuchtete, wirkten die Schneeflocken wie ein dichter, weißer Schleier. Eine dünne Schicht hatte sich über die alten Autos gelegt, sodass der Kulisse ein wenig von ihrer Hässlichkeit genommen wurde.

»Sah es hier schon immer so verwahrlost aus?«, fragte er, seinen Blick immer noch auf die Autos gerichtet.

»Im Moment sieht es doch gar nicht verwahrlost aus.

Wenn wir erst einmal eingeschneit sind, ist es hier so idyllisch wie überall«, scherzte Trixi.

Fritz lachte nicht, sondern fragte in ernstem Tonfall weiter: »Wie sah es früher aus?«

»Direkt neben unserem Haus gab es einen großen Garten«, antwortete Trixi. Dabei fielen ihr wieder der Gärtner und sein Sohn ein. Aber an die beiden wollte sie jetzt nicht denken, weil ihr das die gute Stimmung vermiesen würde.

Deshalb lenkte sie lachend ab: »Angrenzend an den Garten stand ein Nachbarhaus. Dort hat meine Freundin gewohnt. Das waren schöne Zeiten!«

»Was ist daraus geworden?«

»Das Haus meiner Freundin wurde abgerissen. Ein Schrotthändler hat es gekauft und hat uns gleichzeitig für den Garten einen guten Preis geboten. Wir konnten das Geld gebrauchen, also haben wir verkauft.«

»War euch das egal, was mit eurem Garten passiert?«

»Warum?«

»So sieht es schrecklich aus! War das Geld wichtiger als ein schöner Garten?«

Die Fragerei gefiel Trixi ganz und gar nicht. Der Mann, nach dem sie sich verzehrte, stand direkt vor ihr und stellte Fragen über ein Thema, das sie einfach vergessen wollte. Er blieb unbeweglich am Fenster stehen und starrte auf die Autowracks.

Er durfte ihr nicht entgleiten. Zu stark waren die Gefühle, von denen sie sich beherrscht fühlte. Der richtige Zeitpunkt war jetzt oder nie, erkannte sie. Ohne Zögern handelte sie.

Lautlos entfernte sie sich von ihm, trat auf die Stereoanlage zu, die sie einschaltete. Leise, besinnliche Musik erklang. Der Effekt blieb nicht aus. Fritz wandte ihr endlich sein Gesicht zu. Vor seinen Augen streckte Trixi ihre Arme aus, drehte sich im Takt der Musik um sich selbst, wobei sich der durchsichtige Stoff, der sie umhüllte, öffnete. Ganz deutlich sah er die Umrisse ihres nackten Körpers darunter. Fasziniert schaute er ihr zu. Das Tuch umgarnte jede ihrer Bewegungen, ließ ihre schlanke Gestalt unwirklich erscheinen. Er konnte seinen Blick nicht mehr von ihr abwenden. Sie lachte, streichelte sich mit ihren Händen über Hals und Dekolleté. Langsam näherte sie sich ihm.

Röte stieg ihm ins Gesicht. Seine Augen nahmen einen fiebrigen Glanz an. Krampfhaft bemühte er sich, ruhig zu atmen. Es schien so, als könnte sie seinen inneren Kampf genau beobachten – erneut lachte sie auf. Wieder drehte sie sich um sich selbst, wie ein junges Mädchen in seinem selbstvergessenen Spiel.

Ohne sich selbst steuern zu können, taumelte er auf sie zu. Sie sah ihm an, welche Lust ihn überkam, welche Leidenschaft, welche glühende Erregung ihn durchzuckte. Siegessicher ergriff sie seine Hände. Sie zog ihn an sich, bis sie so dicht vor ihm stand, dass er durch den Stoff seines Hemdes spüren konnte, wie ihre nackten Brüste sich hoben und senkten. Einen Augenblick lang ruhte ihre schlanke Hand in seiner, bis sie zärtlich mit ihren Fingern über seine Handinnenfläche streichelte. Träumerisch schwankte ihr Körper hin und her, dabei hielt sie die Augen geschlossen, ihre Lippen leicht geöffnet. Sie schien keine Reaktion zu erwarten, wirkte nach innen gewandt. Herausfordernd und unschuldig zugleich.

Sie seufzte und zog ihm mit einer flinken Geste das Hemd herunter, fesselte so seine Arme an seinen Körper. Ein Lächeln umspielte ihre Lippen, als ihre geschickten Finger seine Hose öffneten. Langsam, mühelos.

»Die Zeit ist reif!« Sie blickte auf seinen erigierten Penis, strich sanft mit ihren langen Fingern darüber.

Fritz fragte mit heiserer Stimme: »Was wird das? Willst du mich verführen?« Deutlich vernahm sie seine Lüsternheit, seine Erregung. Sein Kampf, sich unter Kontrolle zu halten, war verloren. Eine unbezähmbare Erregung stieg in ihm auf, als er sich ihr entgegen warf, versuchte, sie auf den Boden zu zwingen. Dabei fiel er nach vorn, behindert von der Hose, die auf seine Knöchel gerutscht war und seine Arme, die sich im Hemd verfangen hatten. Triumphierend wich Trixi zur Seite.

»Komm!«, lockte sie siegesgewiss.

Er rollte seitwärts, zerrte an seinen Kleidungsstücken. Sein Versuch, sich dieser lästigen Stofffetzen zu entledigen, misslang. Ihr leises Lachen brachte seine Lust zum Explodieren. Halb geduckt machte er einen Satz auf sie zu und stieß lüsterne Laute aus. Sie umschlangen einander, küssten sich leidenschaftlich, vollführten einen zügellosen, nackten Tanz, warfen sich auf den Fußboden und liebten sich stürmisch und zärtlich zugleich.

Erschöpft ließ Trixi sich zurückfallen und genoss das Gefühl, das Fritz mit seiner Leidenschaft in ihrem Körper zurückgelassen hatte. Noch nie zuvor hatte sie Sex mit dieser Intensität erlebt. Sie war hin und her gerissen von seiner Unbeherrschtheit. Er verkörperte in ihren Augen alles, was sie an einem Mann wollte, Stärke, Willenskraft und dazu die nötige Portion Zärtlichkeit.

Nur, warum sagte er nichts mehr? Still saß er neben

ihr, trank seinen Wein aus und ließ seine Finger über den schlanken Stil des Glases gleiten. Sie musste das Schweigen brechen, weil sie es nicht mehr aushielt. Schließlich wollte sie, dass Fritz über Nacht in ihrem Haus blieb. Seine Nähe konnte ihr das Gefühl der Sicherheit geben. Seinen starken Körper neben ihrem zu spüren – die ganze Nacht – würde Trixi vergessen lassen, was um sie herum geschah. Egal, wer sich um ihr Haus schlich, beim Anblick ihres heroischen Besuchers würde er sicherlich die Flucht ergreifen.

Aber als sie in seine Augen sah, blieb ihr die Bitte im Halse stecken. Was sie darin las, war nicht das, was sie sich erhofft hatte. Er wirkte abweisend und unzufrieden. Ruckartig stand er vom Boden auf, suchte seine Kleider zusammen und zog sich an.

Was beschäftigte ihn, fragte sich Trixi. So leidenschaftlich, wie er über sie hergefallen war, konnte dieser Liebesakt keine Enttäuschung für ihn gewesen sein.

Erst als Fritz bemerkte, dass Trixi auf dem Boden sitzen blieb, sagte er: »Ich muss nach Hause.«

»Warum?«

Einen kurzen Moment zögerte er, bis er antwortete: »Weil nur ich den Schlüssel zur Wohnung habe. Die anderen kommen sonst nicht rein.«

Trixi spürte, dass das eine Ausrede war. Aber sie beließ es dabei. Der Abend war zu schön, um ihn jetzt mit Belehrungen zu verderben. Sie wickelte sich in eine Decke ein und folgte ihm zur Tür.

Langsam stapfte er durch den frischen Schnee über die hölzerne Brücke, wo sein Auto stand. Traurig winkte sie ihm nach.

17

Anke fühlte sich wieder besser. Mit Lisa auf dem Arm lief sie in ihrer Wohnung auf und ab. Am Balkonfenster verweilte sie etwas länger. Es hatte kräftig geschneit, die Welt vor ihrer Wohnung war in ein sauberes Weiß getaucht. Saarland – Winterland, dachte sie und musste schmunzeln. Gerne wäre sie hinausgegangen, aber sie wagte es nicht. Lisa war so klein und zerbrechlich. Sie fürchtete, dass die Kleine sich eine Erkältung zuziehen könnte.

Martha war in der Küche tätig. Anke war heilfroh, dass sie diese Hilfe in Anspruch nehmen konnte. Martha wusste immer Rat, obwohl sie selbst nie Kinder gehabt hatte. Ihre Gesellschaft war so angenehm, dass Anke sich wünschte, sie würde zu ihr ziehen. Aber das konnte sie Kullmann nicht antun. Er kam ständig nachsehen, ob auch alles in Ordnung war. Dabei wusste Anke genau, dass das nur ein Vorwand war. Kullmann konnte ohne seine Frau nicht mehr sein. Deshalb war auch er meistens hier.

Sie waren also so etwas wie eine kleine Familie.

Martha war mit den Vorbereitungen für das Essen fast fertig, als es klingelte.

»Da hat einer aber eine gute Nase«, brummte Kullmann, der zur Essenszeit nicht gerne gestört wurde. Trotzdem öffnete er.

Es war Erik.

»Es geht dir wieder besser, wie ich sehe«, begrüßte er Anke, aber seine Augen waren nur auf Lisa gerichtet.

»Lisa geht es schon die ganze Zeit sehr gut«, konnte Anke sich nicht verkneifen zu sagen.

Aber Erik bemerkte den Seitenhieb nicht. Geschickt nahm er das Baby und spazierte mit ihm durch die Wohnung. Lisas Augen wurden ganz groß. Sie schaute Erik forschend an. Anke befürchtete schon, sie würde losbrüllen, aber es geschah nichts dergleichen. Lisas Misstrauen war schnell wieder verschwunden.

»Ich würde die Kleine auch mal gerne tragen«, meinte Kullmann plötzlich.

»Dann tu es doch.«

»Ich hatte noch nie ein kleines Baby auf dem Arm. Hoffentlich mache ich nichts falsch.«

Anke nahm Erik ihr Kind ab und zeigte Kullmann, wie er die Kleine halten musste, damit nichts passierte. Zunächst stand der ältere Mann so verkrampft mit dem Bündel auf dem Arm vor dem Fenster, dass Anke nur mühsam ihr Lachen unterdrücken konnte. Kullmann registrierte ihre Reaktion mit einem leisen Knurren, das Lisa sofort dazu brachte, mit ihrem kleinen Händchen nach seinem Gesicht zu greifen.

»Sie will bestimmt wissen, wo dieses Brummen herkam«, lachte Anke.

Kullmann war so begeistert, dass er nicht mehr hörte, was um ihn herum gesprochen wurde. Immer entspannter wurde seine Haltung, immer sicherer fühlte er sich.

»Das Essen wird kalt.« Damit holte Martha ihn wieder in die Realität zurück.

»Ist das wunderbar. Diese Erfahrung ist erfrischend und wohltuend für mich. Bei dem Beruf, den ich mir ausgesucht habe.«

»Deshalb bin ich hier«, meldete sich Erik zu Wort.

»Sie können gerne mit uns essen«, lud Martha den Polizeibeamten ein. »Es ist genug da.«

Diese Einladung konnte Erik nicht ausschlagen. Auf dem Tisch standen Schüsseln mit Rosenkohlgemüse, dampfender Soße und duftendem Zwiebelbraten.

»Haben Sie bei Forseti die Exhumierung durchsetzen können?«, fragte Kullmann nach dem Essen.

»Ich nicht«, gestand Erik. »Ich habe ihm Ihre Geschichte und die dazugehörige Vermutung genauestens geschildert und damit riskiert, dass ich auf den Wüstenplaneten versetzt werde!«

»Aber dazu ist es offensichtlich nicht gekommen.«

»Einen Tag nach meinem fehlgeschlagenen Versuch bei Forseti, den Tod von Roland Berkes genauer unter die Lupe zu nehmen, ging ein anonymer Hinweis bei uns ein, der genau dasselbe besagte, nämlich dass Roland Berkes keines natürliches Todes gestorben sei. Der Anrufer nannte Gründe für seine Behauptung, die so detailliert waren, dass wir diesen Hinweis ernst nehmen mussten!«

»Erik, machen Sie es doch nicht so spannend«, wurde Kullmann immer ungeduldiger.

»Er erklärte uns, dass es in Beatrix Reubers Haus ein Zimmer gebe, in dem sie alle möglichen Pflanzen züchtete. Darunter auch Maiglöckchen!«

»Maiglöckchen? Im Winter?«

»Vielleicht wollte sie ja Bärlauch anpflanzen und freute sich, als ihr Gewürzpflänzchen anfing zu blühen«, spekulierte Erik grinsend.

»Bärlauch blüht nicht«, stellte Kullmann klar.

»So was! Da sehen Sie mal wieder, wie schnell er mit dem Maiglöckchen verwechselt werden kann!«

»Wenn ich noch in meiner Position als Abteilungsleiter bei euch wäre, würde ich mich mit sofortiger Wirkung um Ihre Versetzung auf den Wüstenplaneten bemühen.«

»Die Leiche wird exhumiert, sobald der Boden nicht mehr gefroren ist. Die Untersuchungen sollen sich auf den Mageninhalt von Roland Berkes konzentrieren. Es wäre möglich, dass Beatrix Reuber Maiglöckchen anstelle von Bärlauch verwendet hat«, wurde Erik wieder ernst.

»Habt ihr das Haus der jungen Frau durchsucht?«

»Nein. Staatsanwalt Foster gibt uns kein grünes Licht, solange wir keinen Beweis haben, der unsere Theorie stützt!«

»Aber der Exhumierung stimmt er zu?«

»Ja! Die Mutter von Roland Berkes hat von Anfang an nicht daran geglaubt, dass ihr Sohn an Herzversagen gestorben sein soll. Sein Gesundheitsbild ist so normal, wie bei jeden gleichaltrigen Menschen auch. Außer grippalem Infekt und einer Blinddarmoperation war er niemals krank«, bekräftigte Erik seine Aussage.

»Das heißt, die Mutter stimmt der Exhumierung zu?«

»Ganz genau.«

»Das ist ja mal ein Anfang.«

»Trotzdem bin ich mir nicht so sicher, wie uns das im Fall der Freundin von Trixi weiterhelfen soll«, gestand Erik.

Darüber zu diskutieren kamen sie nicht mehr, weil Lisa auf sich aufmerksam machte. Sie begann mit einem leisen Glucksen, aber als Anke nicht sofort reagierte, schrie sie lauthals.

»Sie hat Hunger.« Anke nahm das Baby aus dem Körbchen.

Wie auf Kommando standen Kullmann, Martha und Erik auf und verließen das Zimmer.

Es war ein Gefühl von innerer Verbundenheit zwischen Mutter und Tochter, das Anke seit einigen Tagen in vollen Zügen genießen konnte. Die Schmerzen beim Stillen hatten aufgehört – genau, wie der Arzt ihr versichert hatte. Und sie genoss diese tiefe Beziehung zu ihrem Kind. Lisa wirkte so glücklich dabei, ihre Gesichtszüge waren entspannt, die Augen geschlossen. Anke hielt ihre geöffnet. Keine Sekunde dieser vertrauten Augenblicke wollte sie missen.

18

Die Temperaturen waren angestiegen, der Schnee nass geworden. Mühsam kämpfte sich Trixi über die schmierigen Straßen zur Arbeit. Im Friseursalon blieb sie noch eine Weile allein. Daniela verspätete sich regelmäßig. Wenn sie so weitermachte, musste sie das melden. Trixi konnte es nur recht sein, wenn eine neue Kollegin käme. Zwischen den beiden Frauen herrschte dicke Luft.

Das Telefon klingelte.

Die Mutter von Roland Berkes war am Apparat.

»Jetzt wird dein mieses Spiel herauskommen«, zischte sie in den Hörer.

»Was meinen Sie damit?«, fragte Trixi erschrocken. Sie hatte der Frau sogar eine Beileidskarte geschickt. Was sollte nun diese Feindseligkeit?

»Du hast meinen Sohn auf dem Gewissen!«

Trixi brach der Schweiß aus.

»Ich habe ihn immer vor dir gewarnt. Ich wusste, du bist ein Flittchen! Aber dass du auch noch eine Mörderin bist!«

»Aber Ihr Sohn ist doch an Herzversagen gestorben und bereits beerdigt«, stammelte Trixi. »Warum rufen Sie mich Wochen später an und werfen mir solche Anschuldigungen an den Kopf?«

»Nur weil mein Sohn beerdigt ist, akzeptiere ich seinen plötzlichen Tod noch lange nicht. Endlich ist die Polizei dahinter gekommen, dass ein Mann in Rolands Alter, der immer kerngesund war, nicht einfach so an Herzversagen stirbt. Du wirst für deine Tat büßen!«

Dann legte sie auf.

Im gleichen Augenblick betrat Daniela den Salon. Ihr Gesicht war zerkratzt, ihr Hals steckte in einer steifen Halskrause. Trixi war so geschockt, dass sie das kaum registrierte und nur hervorstieß: »Gut, dass du da bist! Ich muss noch mal kurz nach Hause, weil ich etwas Wichtiges vergessen habe.«

Danielas Einwände überhörte sie. So schnell sie konnte, radelte sie durch den Schneematsch in Richtung Schafbrücke. Zuhause angekommen eilte sie zielstrebig ins Esszimmer.

Der Gedanke, dass sie Roland Berkes fälschlicherweise für ihren Verfolger gehalten haben könnte, quälte sie. Hatte er wirklich nichts mit diesen schrecklichen Ereignissen zu tun? Sie war felsenfest von seiner Schuld überzeugt. Warum hatte er nicht für Klarheit gesorgt?

Nun stand sie vor einem noch viel größeren Problem. Dabei dachte sie, sie hätte es geschafft, wieder Ruhe in ihr Leben zu bringen.

Das Gegenteil war der Fall. Sie wurde von Rolands Mutter verdächtigt, an dessen Tod schuld zu sein, und der Verfolger trieb sein makaberes Spiel unvermindert weiter.

Sie inspizierte die Rückseite des Hauses. Bei Tageslicht besehen konnte sie erkennen, dass ein Ast zwischen Rollladen und Fenster eingeklemmt war. Mit großer Anstrengung gelang es ihr, ihn zu entfernen. Nun konnte sie die Läden wieder vollständig schließen. Als ihr Blick auf den Hang fiel, glaubte sie Spuren zu erkennen, die darauf hinwiesen, dass sich dort jemand lange aufgehalten hatte. Alles war niedergetrampelt. Es könnten aber auch ihre eigenen Spuren sein. Den Ast zwischen den Rollläden zu entfernen hatte sie einige Mühe gekostet. Da war es möglich, dass sie selbst den Boden an dieser Stelle platt getreten hatte. Vielleicht entdeckte sie Zigarettenstummel. Wenn sie sich richtig erinnerte, war sie aufgeschreckt, weil sich genau an dieser Stelle jemand eine Zigarette angezündet hatte. Aber sie fand nichts. Ärgerlich, schon wieder kein Hinweis für die Polizei. Sollte es ihr jemals gelingen, die Beamten von ihrem Verfolger zu überzeugen?

Bei der Erinnerung an die Hartnäckigkeit des Kriminalkommissars wunderte sie sich, wie es der Mutter von Roland Berkes gelungen war, sich bei der Polizei Gehör zu verschaffen, während ihre Aussagen immer nur angezweifelt wurden. Dabei wähnte sie sich tatsächlich in großer Gefahr – der Mord an Käthe war doch der beste Beweis dafür.

Allerdings durfte sie auch nicht darüber hinwegsehen, dass die Polizei sie womöglich für die Mörderin ihrer eigenen Freundin hielt. Zuerst war ihr dieser Gedanke abwegig erschienen. Doch je weniger Informationen sie über den Stand der Ermittlungen bekam, umso wahrscheinlicher kam ihr diese Erkenntnis vor.

Sie musste auf der Hut sein. Unter solchen Umständen konnte jedes Wort falsch sein. Da hieß es zu schweigen und darauf zu hoffen, dass die Wogen sich glätteten. In die Mühlen der Justiz wollte sie auf keinen Fall geraten. Wer wusste schon, ob sie da wieder herauskam – ob sie schuldig war oder unschuldig, spielte dabei keine Rolle.

Im Salon waren in der Zwischenzeit so viele Kunden eingetroffen, dass Daniela nicht mehr nachkam. Ihre Unbeweglichkeit durch die Halskrause kam noch erschwerend hinzu. Trixi gefiel es, die Kollegin in dieser misslichen Lage zu sehen. Das nahm ihr die Überheblichkeit.

Schon am gleichen Abend stand die Polizei vor Trixis Tür. Hauptkommissar Forseti wurde von Kriminalkommissar Diez begleitet, der ihr einen Hausdurchsuchungsbefehl vor die Nase hielt. Hinter den beiden standen mehrere Polizeibeamten.

»Darf ich erfahren, warum Sie mich wie eine Verbrecherin behandeln?«

»Wir haben die Leiche von Roland Berkes exhumiert«, erklärte Forseti.

»Warum tun Sie so etwas?«

»Ich glaube, Sie verstehen hier etwas nicht richtig«, wurde Forsetis Tonfall unfreundlich. »Sie sind die Verdächtige – also stelle ich die Fragen!«

»Trotzdem habe ich ein Recht darauf zu erfahren, was hier gespielt wird«, beharrte Trixi. »Seit Monaten lebe ich in meinem Haus in Angst und Schrecken. Kein Polizist kam auf die Idee, mir zu helfen. Man hat mich nur belächelt, niemand hat mir geglaubt. Und nun kommen Sie hier hereinspaziert, begleitet von einer ganzen Mannschaft von Neugierigen und stellen mir die Bude auf den Kopf. Was soll ich getan haben, wo ich doch eigentlich das Opfer bin?«

Forseti schaute die junge Frau eine Weile nachdenklich an und erwiderte: »Na gut! Wir haben festgestellt, dass sich im Magen von Roland Berkes Essensreste mit der Substanz Glykoside befanden. Dieser giftige Inhaltsstoff ähnelt dem des *Roten Fingerhutes*. Es handelt sich um herzwirksame Digitalis, was jedoch in zu hoher Menge eine kardiotoxische Wirkung hat. Roland Berkes erlitt durch eine Überdosis Digitalisglykoside einen Herzstillstand, was den Hausarzt vermuten ließ, dass er an Herzversagen starb. Erst die toxische Analyse konnte zweifelsfrei feststellen, dass der Mann vergiftet wurde.«

Trixi schluckte. Eine Weile starrte sie Forseti an, der ihr diesen Vortrag mit regungsloser Miene gehalten hatte. Vor diesem Polizeibeamten musste sie sich in Acht nehmen. Der Grad auf dem sie wandelte, war besorgniserregend schmal.

»Was glauben Sie hier zu finden?«, fragte sie. »*Roten Fingerhut*?«

»Was wir suchen, steht im Hausdurchsuchungsbeschluss.«

Trixi las das Formular aufmerksam durch. Die Suche richtete sich gezielt nach einer Pflanze. Auch in welchem Zimmer das Gewächs vermutet wurde, war angegeben. Fassungslos schaute Trixi auf die Zeilen. Dort stand, dass die Pflanze *Convallaria majalis*, das Maiglöckchen, Hauptbestandteil der Suche sei und dass sich die Suche auf das erste Zimmer auf der linken Seite des Hauses beschränkte.

Woher hatte die Polizei diese genauen Angaben? Roland Berkes Mutter war niemals in ihrem Haus gewesen; von ihr konnten diese Angaben nicht stammen. Wer blieb da noch? Ihrer Arbeitskollegin Daniela traute sie diesen Verrat zu. Nur wusste Daniela nichts von ihrer Liebe für Pflanzen, und schon gar nicht, dass sie diese in genau dem angegebenen Zimmer hegte und pflegte.

Schon wieder fiel ihr Bruno Dold ein.

Wie lange ging er schon in ihrem Haus ein und aus, womit er Trixi das Leben zur Hölle machte? Natürlich! Nur Bruno konnte es gewesen sein, der der Polizei diesen gezielten Tipp gab. Damit wollte er erreichen, dass er nicht mehr verdächtigt wurde.

Warum hatte Trixi so lange gebraucht, um die Zusammenhänge zu verstehen?

Erst jetzt erinnerte sie sich, dass sie Bruno vor ein paar Jahren den Haustürschlüssel anvertraut hatte, damit er in ihrem Haus die Wasserleitung reparierte. Diese Gelegenheit hatte er mit Sicherheit genutzt, um sich eine Zweitanfertigung machen zu lassen. Nur so hatte er in ihr Haus gelangen können, als sie arbeiten war.

Die Gewissheit traf sie wie ein Schlag. Nach dem Tod von Roland Berkes hatte sie nicht glauben wollen, dass er gar nicht für all diese Einschüchterungen verantwortlich war. Aber nun musste sie es sich eingestehen: Es konnte von Anfang an nur Bruno Dold gewesen sein. Roland hatte niemals ihren Haustürschlüssel besessen, Bruno dagegen schon.

Gleichzeitig zu dieser späten Erkenntnis fielen ihr auch wieder die Spuren vor ihrem Schlafzimmerfenster ein. Sie hatte sich nicht getäuscht, als sie glaubte, die plattgewalzte Erde an dieser Stelle deute darauf hin, dass sich dort jemand aufhielt. Zwar hatte sie die Gestalt nur unscharf erkennen können, aber ihr Eindruck war schon lange, dass es ein großer, kräftiger Mann war. So konnte Bruno sich jederzeit darüber informieren, wer Trixi besuchte und wann.

Es dauerte nicht lange, da trat Diez zu Forseti und erklärte: »Wir haben nichts gefunden.«

Ungläubig schaute Forseti seine Mitarbeiter an, erntete aber nur ein Schulterzucken.

»Haben Sie auch in den anderen Zimmern nachgesehen?«

»Ja.«

»Im Obergeschoss?«

»Auch da.«

»In den Mülltonnen?«

»Wir haben nichts ausgelassen!«

Forseti wandte sich Trixi zu, reichte ihr die Hand und erklärte: »Bitte entschuldigen Sie die Umstände, die wir Ihnen gemacht haben. Aber nur so können wir alle ganz sicher sein, dass Sie nichts Unrechtes getan haben.«

Er wollte gehen, sah aber, dass Diez keine Anstalten machte, ihm zu folgen.

Mit einem hämischen Grinsen sprach der Hüne Trixi an: »Ich war mir sicher, hier etwas zu finden. Sie schaffen es, uns zu überraschen. Nicht jedem gelingt das.« Dabei stellte er sich ganz dicht neben die junge Frau.

»Ich bin ein Opfer, aber Sie behandeln mich wie eine Täterin«, widersprach Trixi.

»Dass ich nicht lache!« Er griff in seine Jackentasche und zog einen Zettel heraus. Auf den ersten Blick konnte Trixi das Wort *Ebay* lesen. Ihr wurde schlecht.

»Ein fleißiger Internet-Surfer kam zu mir und bedauerte, dass ihm bei Ebay ein geiles Geschäft durch die Lappen ging. Er wollte unbedingt dieses Foto ersteigern!«

Mit einem triumphierenden Gesichtsausdruck hielt Diez Trixi den Ausdruck, auf dem ihr Nacktfoto abgebildet war unter die Nase. Daneben war der Startpreis von fünfzig Euro vermerkt.

Vorbei die Hoffnung, sich eine Blamage zu ersparen.

»Davor können Sie Ihre Augen nicht verschließen. Sie präsentieren sich nackt im Internet und wundern sich, dass Ihnen liebestolle Schwärmer nachstellen.«

Forseti nahm Diez das Blatt Papier aus der Hand. Er schüttelte den Kopf.

»Nachdem ich Hollmanns Schilderungen über Ihr Verhalten hörte, als er auf Ihren Hilferuf hin Ihr Haus durchsuchte, wundert mich nichts mehr. Es passt alles zusammen und spricht für einen leichtfertigen Lebenswandel.«

Trixi schwieg.

»Da können Sie noch von Glück reden, dass Ihnen nur Blumen geschenkt oder Heiratsanträge gemacht werden!«

Trixi meinte, sie müsste im Boden versinken. Da hatte sie alles daran gesetzt, um sich genau das zu ersparen, was jetzt und hier geschah. Von nun an brauchte sie nicht mehr auf die Polizei zu hoffen. Die Enthüllung dieses Fotos machte alles zunichte.

»Oder war Ihnen Ihr Leben zu langweilig, sodass Sie sich von dieser Dummheit etwas mehr Spannung erhofften?«

Trixi hatte Mühe, nicht in Tränen auszubrechen.

»Warum sagen Sie nichts dazu?«, schaltete sich Forseti ein.

Trixi schaute ihn an, in der Hoffnung, dass er sie verteidigte. Sein Blick verriet jedoch nur Geringschätzung.

Also schwieg sie beharrlich weiter.

»Sie machen es uns wirklich nicht leicht«, fügte Forseti noch an, bevor er zusammen mit den Polizeibeamten das Haus verließ.

Zurück blieb ein gewaltiges Chaos. Dieser Anblick ihrer durchwühlten Einrichtung spiegelte genau das wieder, was sie fühlte.

Lange saß sie da. Die Stille, die sie umgab, registrierte

sie nicht. In ihren Ohren rauschte es, ihr Kopf dröhnte, ihr Herz schlug wie wild. Sie fühlte sich so hilflos, wie nie zuvor. Alle Versuche, ihr Leben wieder in den Griff zu bekommen, waren gescheitert. Ihre Bemühungen, sich eine Blamage durch das Nacktfoto zu ersparen, waren nur teuer gewesen – aber ohne Erfolg. Mit Roland Berkes hatte sie den Falschen verdächtigt. Auch in diesem Punkt hatte sie einen schwerwiegenden Fehler gemacht. Nun musste sie mit dieser Erkenntnis leben – und noch dazu mit ihrem Verfolger, der nach wie vor sein übles Spiel mit ihr trieb. Der außerdem für den Tod ihrer Freundin Käthe verantwortlich war.

Spät in der Nacht betrat sie das Schlafzimmer. Sie wollte die Rollläden herunterlassen, aber diese blockierten. Trixi konnte es nicht glauben. Sie hatte doch selbst den Ast, der dazwischen klemmte, entfernt. Aber lange brauchte sie nicht zu zweifeln, da sah sie wieder, wie eine Zigarette angezündet wurde. Angestrengt versuchte sie, die Konturen der Gestalt genau auszumachen, aber alles verwischte sich in der Dunkelheit. Trotzdem glaubte sie, einen dicken Mann auszumachen. Für Trixi bestand kein Zweifel, dort saß Bruno Dold.

Sie hatte diesen schmutzigen Spanner unterschätzt.

Frustriert nahm sie sich ihre Daunendecke und ließ sich auf der Couch nieder. Wie lange würde sie auf ihr Schlafzimmer verzichten müssen? Sollten die unerträglichen Lebensumstände in ihrem eigenen Haus jemals ein Ende finden?

Aber nicht nur zu Hause, auch bei der Arbeit setzte sich das Gefühlschaos fort. Die Stimmung zwischen Daniela und Trixi wurde immer frostiger.

Daniela wurde beunruhigend herrisch und Trixi seltsam passiv. Ihr Kampfgeist hatte gelitten. Das Foto hatte ihr den Rest gegeben.

Von der Polizei hörte sie nichts mehr.

Ihre Weigerung, zuzugeben, dass die Auktion im Internet ein Schachzug ihres Gegenspielers war, entsprang ihrem Schamgefühl. Aber kam ihr diese Haltung zugute, sollte sie sich wieder bedroht fühlen?

Leider blieb ihr keine Zeit darüber nachzudenken, denn zu Hause sollte sich ihr Verfolger bald wieder melden.

Regelmäßig schlief Trixi nun im Wohnzimmer. Aber auch dort sollte sie nicht zur Ruhe kommen. Lautes Poltern ertönte von der oberen Etage.

Sollte das ewig so weitergehen?

Nein, sagte sie sich. Selbst ist die Frau.

Wutentbrannt sprang sie vom Sofa, rannte in die Küche, zog dort die Schublade heraus, in der sich Messer in allen Größen und Formen befanden. Das größte nahm sie heraus. Sie war zu allem bereit. Damit kehrte sie zurück in den Flur. Direkt daneben befand sich die Tür zum Treppenhaus, das nach oben führte. Sollte er die Treppe herunterkommen, würde sie zustechen, bis er tot war, dachte Trixi wild entschlossen.

Sie stand gerade einen Meter davor, als sich hinter ihr die Tür zur Abstellkammer mit einem leisen Quietschen öffnete. Mit einem lauten Aufschrei stürzte Trixi sich auf die Kammer zu und schlug das Messer immer wieder in etwas hinein, das sich weich anfühlte. Sie war sich ganz sicher, einen großen, dicken Menschen getroffen zu haben. Erst als sie wieder zur Besinnung kam, stellte sie fest, dass etwas muffig roch. Sie schaute genau hin, vor ihr stand die alte Matratze an die Wand gelehnt, die sie im Kinderbett hatte. Sie hatte sie durchlöchert.

Dann fiel die Tür zu, ein scharrendes Geräusch folgte. Trixi wusste, was es damit auf sich hatte. Es war der Riegel. Nun saß sie fest und der Einbrecher konnte in ihrer Wohnung tun und lassen, was er wollte. In völliger Dunkelheit saß sie da.

In der kleinen Kammer gab es kein Licht; an dem Luxus hatte sie immer gespart. Jetzt gestand sie sich ein, dass das ein Fehler war.

Ihre Angst wuchs, mucksmäuschenstill verharrte sie und lauschte, was sich in ihrem Haus ereignete, während sie in der dunklen Kammer eingesperrt war. Sie hörte Geräusche von krachendem Holz, zerberstendem Glas, Poltern, Scheppern, Knallen und immer wieder ein Schnaufen. Ansonsten vernahm sie nichts. Warum brüllte der Poltergeist nicht, damit sie genau wusste, mit wem sie es zu tun hatte? Warum blieb er so still, während er in ihrem Haus wütete.

Wieder ein lautes Krachen, das Trixi zusammenzucken ließ. Das klang verdammt nah, dachte sie sich.

Vielleicht kam ja zufällig Fritz vorbei und wurde Zeuge ihres Dilemmas. Sie klammerte sich an diesen Hoffnungsschimmer. Dann könnte sie getrost zur Polizei gehen und alle würden ihr glauben. Die Vorstellung gefiel ihr.

Aber da war wie üblich der Wunsch der Vater des Gedankens. Denn nichts dergleichen geschah. Nach langer Zeit, die Trixi wie eine Ewigkeit vorkam, wurde das Poltern weniger und ebbte schließlich ab. Dann hörte sie nichts mehr. War sie allein? Machte sie vielleicht einen Fehler, wenn sie jetzt gleich versuchte, mit den Füßen die Tür aufzustemmen? Sie tastete die Abstände genau ab, nahm Schwung und trat dagegen. Ihre Beine schmerzten höllisch. Aber sie durfte nicht aufgeben, sonst würde sie in ihrer eigenen Abstellkammer verhungern. Wieder trat sie dagegen, wieder und wieder. Es gelang ihr tatsächlich die Tür zum Bersten zu bringen. Von Hoffnung angetrieben, trat sie immer fester dagegen, bis sie vollständig nachgab. Trixi konnte durch die schmale Öffnung den Riegel greifen und aufziehen. Erleichtert trat sie hinaus in den Flur. Im Haus sah es wüst aus.

Der Flur war übersät mit Glasscherben, Holzteilen, Geschirrteilen und Resten ihrer Pflanzenkübel. Wie paralysiert ging Trixi von einem Zimmer zum nächsten. Nichts, absolut nichts hatte er ausgelassen. Sogar die Daunendecke war aufgeschlitzt. Das Wohnzimmer war voller weißer Gänsefedern. Die Tür zum Obergeschoss stand offen. Von dort war er gekommen und hatte sie überwältigt. Nun stieg sie mit zitternden Knien hinauf. Was konnte noch schlimmer für sie werden, als das Bild, das ihr Hausinneres bot? Sie spürte eine ganz große Hoffnungslosigkeit. Im ersten Stock herrschte das gleiche Chaos wie unten. Was hatte das zu bedeuten? Wollte er sie wahnsinnig machen? Sollte das sein Plan sein, funktionierte er. Trixi spürte, dass sie keine Kraft mehr hatte. Sie fühlte nur noch große Niedergeschlagenheit.

Nein, sie würde nicht aufgeben. Ihr Fotoapparat fiel ihr wieder ein. Auf dem Chip waren schon Fotos ihrer Inneneinrichtung gespeichert. Nun konnte sie endlich etwas vorweisen. Im Pflanzenzimmer suchte sie nach der Kamera. Sie war weg. Und mit ihr die Rechnung und der Garantieschein. Es war natürlich nicht klug, alles zusammen aufzubewahren. Aber mit einem solchen Überfall hatte sie wirklich nicht gerechnet.

Aber hätten die Fotos von dem Chaos wirklich etwas geändert? Konnte sie auf die Polizei noch hoffen? Vermutlich nicht, denn die Versteigerung ihres Nacktfotos hatte ihr die letzte Glaubwürdigkeit geraubt.

Hinzu kam ihr Fehltritt bei Diez, als sie mit der Faust auf seinen Schreibtisch geschlagen hatte. Seine Worte klangen noch in ihren Ohren:

»Sie bekommen Ihre Wut nicht in den Griff! Es fängt immer mit kleinen Sachbeschädigungen an. In den meisten Fällen nimmt die Gewaltbereitschaft zu und das Ausmaß wird schlimmer.«

Der Schuss könnte nach hinten losgehen, wenn sie ihm die Verwüstung in ihrem Haus zeigte. Vermutlich würde er nur das bestätigt sehen, was er ihr vorausgesagt hatte. Also hatte sie keine andere Wahl: Sie musste weiterkämpfen, dieses Chaos beseitigen und versuchen, ihr Leben selbst in den Griff zu bekommen.

Sie ging auf die Treppe zu, als ihr Blick auf die Klappe fiel, die zum Speicher führte. Sie konnte es nicht fassen: Sogar dort hatte er gewütet. In den Speicher würde Trixi niemals gehen, niemals! Sie klappte einfach den Deckel wieder zu. Es war ihr egal, wie es dort aussah. Sie suchte sich in den Trümmern eine Wolldecke, die unversehrt geblieben war und ging damit ins Wohnzimmer. Auch dort hatte er so gut wie nichts ausgelassen. Das einzige, was verschont geblieben war, war das Sofa, das zu ihrem zweiten Bett geworden war. Sie räumte die Trümmer herunter, damit sie einen Platz zum Schlafen hatte.

Das war ja schon mal ein Anfang, dachte sie.

Von Albträumen geplagt, sie sei lebendig begraben, wachte sie am nächsten Morgen auf. Sie fühlte sich so gerädert, dass sie sich wünschte, gar nicht eingeschlafen zu sein. Ihre Augen waren so geschwollen, dass sie Mühe hatte, etwas zu sehen. Aber damit nicht genug. Als sie sich anziehen wollte, stellte sie fest, dass auch ihre gesamte Garderobe durcheinander geworfen worden war. Es ekelte sie zu wissen, dass er ihre Kleider angefasst hatte. Blöder Spanner. Fand er auch noch Gefallen daran, in den getragenen Kleidern seiner Opfer zu schnüffeln?

Lange verharrte sie vor dem Schrank. Sie saß auf dem Boden und wünschte sich einen ewigen Schlaf. Nichts mehr hören, nichts mehr sehen, nichts mehr sagen. Das wollte sie.

Aber dieser Wunsch ging nicht in Erfüllung. Sie musste zur Arbeit gehen. Während sie ihren Blick durch den Kleiderschrank wandern ließ, entdeckte sie in der hintersten Ecke eine Hose, die unversehrt geblieben war. Sie fand auch einen Pullover, den er achtlos hatte liegen lassen hatte. Mit dieser Kluft musste sie heute zufrieden sein, obwohl sie erkannte, dass sie unmöglich darin aussah. Das Muster des Pullovers in Kombination mit dem der Hose tat in den Augen weh. Aber das war ihr egal.

Heute war Samstag, überlegte sie weiter. Den Sonntag konnte sie für die Hausarbeit nutzen. Damit würde der Zustand in ihrem Haus wieder erträglicher.

Als sie zur Tür hinausging, kam der nächste Schreck. Sogar im Garten hatte er gewühlt. Die Mülltonne lag auf dem Boden, ihr Inhalt überall verstreut. An verschiedenen Stellen war die Erde umgegraben. Ein Loch hatte er ausgehoben. Es war so tief, dass es wie ein Grab aussah. Trixi wurde schlecht. War ihr Traum eine Vorsehung? Wollte er sie lebendig begraben?

19

»Hoppe, Hoppe Reiter, wenn er fällt, dann schreit er«, sang Anke ihrer Tochter vor, während sie sie auf dem Arm trug und kleine, schaukelnde Bewegungen machte, als säße Lisa auf einem Pferd.

Als sie eine dunkle Männerstimme hinter sich hörte, zuckte sie vor Schreck so heftig zusammen, dass Lisa ein gequältes Quengeln ausstieß.

»Du bringst ihr jetzt schon das Reiten bei?«, fragte Erik amüsiert.

Anke war so beschäftigt gewesen, dass sie das Klingeln an der Tür nicht gehört hatte.

»Klar«, nickte sie. »Sie soll rechtzeitig damit anfangen, damit sie es später besser kann als ich.«

»Das ist gut«, stimmte Erik zu. »Die Wahrscheinlichkeit ist bei Mädchen groß, dass sie sich später einmal für Pferde interessieren. Meine Tochter war auch eine begeisterte Reiterin.«

Wieder bemerkte Anke, dass Erik in letzter Zeit viel über seine Tochter sprach. Lisas Geburt hatte Erinnerungen geweckt. Aber es klang keine Verbitterung durch, im Gegenteil, es schien ihm Spaß zu machen, sich an die schönen Zeiten mit seinem Kind zu erinnern.

»Was führt dich zu mir?«, fragte Anke. »Oder besser gesagt zu Lisa?«

Er nahm Lisa auf den Arm. Das Baby schaute ihn neugierig an.

Kullmann kam hinzu.

»Was führt Sie hierher?«, fragte er.

»Das Ergebnis unserer Hausdurchsuchung!«

Anke nahm Erik ihr Baby ab, weil sie spürte, dass die Unterhaltung dienstlich wurde. Ihr Interesse konzentrierte sich auf Lisa. Sie wusste ja, dass sie noch genügend Arbeit in ihrem Leben bekommen würde. Da zog sie es vor, ihren Mutterschaftsurlaub voll und ganz ihrem Kind zu widmen.

Die Männer setzten sich.

»Was ist bei der Hausdurchsuchung herausgekommen?«, wollte Kullmann wissen.

»Nichts! Überhaupt nichts. Ich kann nur von Glück reden, dass die ganze Prozedur nicht nur wegen der Wiedergabe Ihrer Beobachtungen durchgeführt wurde. Forseti steht nämlich ganz schön dämlich da. Staatsanwalt Foster drängt auf Ergebnisse.«

»Das ist in der Tat eine verzwickte Situation«, kratzte Kullmann sich am Kopf. »Roland Berkes war auf dem Rückweg vom Haus von Beatrix Reuber. Das habe ich gesehen. Wo kann er sich denn sonst noch an diesem Abend vergiftet haben?«

»Gute Frage«, nickte Erik. »Ich werde sie meinem Chef aber nicht stellen. Wir kommen in diesem Fall nicht weiter. Jetzt haben wir zwei Tötungsdelikte, ohne den geringsten Anhaltspunkt. Beide liegen schon lange zurück, die Spuren verwischen sich. Ich hatte gehofft, Sie hätten vielleicht eine Eingebung!«

Kullmann schüttelte nur den Kopf.

Es dauerte eine Weile, bis er sagte: »Wurden die Angaben der jungen Frau überprüft?«

»Ja! Mehrere Male war ein Polizeibeamter bei ihr im

Haus und hat alles kontrolliert. Aber gesehen hat er nichts, was die Anzeigen bestätigt hätte.«

»Hatte sie denn keine Beweise? Drohbriefe oder etwas in der Art?«

»Angeblich wollte sie die Beweise zur Polizei bringen, aber der Verfolger sei ihr jedes Mal zuvorgekommen, indem er sie selbst wieder entfernte!«

»Das klingt an den Haaren herbeigezogen«, schüttelte Kullmann den Kopf: »Vermutlich hat sie selbst die Beweise vernichtet, was sie nicht zugeben will, weil das äußerst dumm von ihr war.«

»Oder äußerst schlau!«

»Wie meinen Sie das?«, horchte Kullmann auf.

»Wer weiß, vielleicht spielt sie ein Spiel mit der Polizei!«

»Was für ein Spiel soll das sein?«

»Bei der Hausdurchsuchung haben die Kollegen den Videofilm »Das Haus der Lady Alquist« gefunden«, berichtete Erik. »Kennen Sie diesen Film?«

»Natürlich! Wer kennt den Film nicht? Die Hauptdarstellerin war Ingrid Bergmann.«

Kullmann überlegte eine Weile und fügte hinzu: »Sie wird in diesem Film für wahnsinnig erklärt, weil sie Geräusche hört, die sonst niemand gehört haben will.«

»Richtig!«

»Und wie hilft Ihnen das weiter?«

»Vielleicht war es ihr Plan, Roland Berkes zu beseitigen. Mit dieser Darstellung ihrer Situation, die nur in Beatrix Reubers Kopf existiert, haben wir keine Ermittlungsgrundlage. Wir haben nichts in der Hand, womit wir etwas nachweisen können. Also wäre es der perfekte Mord, sollte das ganze Theater mit dem Verfolger, der um ihr Haus schleicht, Teil ihres Planes sein«, spekulierte Erik weiter.

»Aber damit hat sie den Polizeiapparat doch erst darauf aufmerksam gemacht, ein Motiv zu haben.«

»Ja! Aber mit dem Ergebnis, dass niemand sie ernst nimmt! Ingrid Bergmann ging es in diesem Film genauso. Wie viel Zeit war vergangen, bis Roland Berkes exhumiert wurde? Das konnte nur passieren, weil sich niemand wirklich mit Beatrix Reuber beschäftigt hat.«

»Diese Theorie ist sehr gewagt. Wenn sie nicht zutrifft, könnte das zur Folge haben, dass meine Nachbarin wirklich in Gefahr schwebt und niemand da ist, wenn sie Hilfe braucht.«

»Genauso gewagt ist es, wenn sie sich als schwarze Witwe entpuppt, die die Männer entsorgt, mit denen sie zu tun hat«, hielt Erik dagegen.

»Ich möchte nicht in Ihrer Haut stecken«, bekannte Kullmann. »Mein Ruhestand hat wirklich Vorteile. Jetzt werde ich erst einmal zu Abend essen und mich dann der kleinen Lisa widmen.«

Erik verstand diese Aufforderung sofort. Er erhob sich von seinem Platz, als Martha mit einem Tablett voller verschiedener Wurst- und Käsesorten ins Wohnzimmer trat.

»Sie können gerne mit uns essen«, lud sie den Polizeibeamten ein.

Doch Erik schüttelte den Kopf: »Vielen Dank! Aber heute Abend bin ich schon verabredet.«

Er warf noch einen Blick auf die schlafende Lisa und verließ die Wohnung.

Verabredet, überlegte Anke. Hatte er eine Freundin?

20

Der Arbeitstag wurde zur reinsten Qual für Trixi. Daniela schaute sie ständig prüfend an, sagte aber nichts. Trixi fühlte sich wie in einer Falle. Als wartete die Kollegin nur darauf, dass sie einen entscheidenden Fehler machte.

Welchen Plan verfolgte Daniela wirklich?

Gehörte sogar Käthes Tod dazu?

Und sollte nun Trixi an die Reihe kommen?

Nur was gewann Daniela, wenn sie Trixi vernichtete?

So viele Fragen – und keine Antworten.

Die Mittagspause nutzte Trixi, um einen Schlüsseldienst aufzusuchen, der sich zu ihrem Glück im Saarbasar befand. Sie hatte den Entschluss gefasst, ein neues Schloss an ihre Haustür anbringen zu lassen und dieses Vorhaben duldete keinen Aufschub.

Nach diesem zermürbenden Tag radelte Trixi nach Hause. Das Wetter war kalt, die Luft feucht. Starker Wind frischte in Böen auf und machte ihr das Radfahren zum reinsten Balanceakt.

Als sie vom Sturm zersaust, vom Regen durchnässt und steif vor Kälte zu Hause ankam, traf gleichzeitig der Schlüsseldienst ein. Es dauerte nicht lange, da war die Arbeit erledigt und der Schlosser überreichte ihr einen Bund neuer Schlüssel.

Als sie die Tür hinter sich schloss, spürte sie zum ersten Mal seit langer Zeit ein Gefühl der Sicherheit.

Den nächsten Tag, den Sonntag, nutzte Trixi, um ihre

Wäsche zu waschen, aufzuräumen und die Trümmer zu entsorgen. Es war eine Arbeit von Stunden, aber die Mühe lohnte sich. Mitten in der Nacht hielt sie inne. Sie war todmüde, hatte den ganzen Tag durchgearbeitet. Erst jetzt bemerkte sie, dass sie nicht die geringste Belästigung erfahren musste. Ließ er sie wirklich in Ruhe oder hatte sie seine Pläne durch das Auswechseln des Schlosses durchkreuzt?

Sie fiel auf das Sofa, deckte sich mit der verbliebenen Wolldecke zu und schlief sofort ein. Es war ein erholsamer Schlaf. Am Montagmorgen wachte sie spät auf und fühlte sich so ausgeruht wie schon lange nicht mehr.

Diesen Tag verbrachte sie ebenfalls damit, aus ihrer Räuberhöhle wieder eine Wohnung zu machen. Nach und nach verschwanden die Spuren der Verwüstung in ihrem Haus. Auch wenn die Arbeit mühsam war, das Ergebnis entschädigte sie dafür. Am Nachmittag stand sie vor einem Berg von Trümmern, Scherben und Abfällen. Wohin damit? Ihr Mülleimer war randvoll.

Da fiel ihr das Erdloch ein. Welch ein guter Einfall, dachte sie. So konnte sie gleich zwei Fliegen mit einer Klappe schlagen; sie konnte den Müll entsorgen, womit sie gleichzeitig die Grube zuschüttete. Als sie hinausging, regnete es in Strömen. Aber das hinderte sie nicht daran, ihren Plan in die Tat umzusetzen. Es wurde eine langwierige Arbeit. Die Anhäufung der Abfälle war so groß, dass sie die Grube ganz ausfüllte. Als sie fertig war, war sie nicht nur erschöpft, sondern auch durchnässt bis auf die Haut.

Sie kehrte zurück, als sie jemanden in ihrem Flur sah!

Erschrocken verharrte sie im Regen. Was sollte sie tun? Aber lange überlegen konnte sie nicht, denn schon bald begann sie zu frieren. Bei diesem Wetter konnte sie auf keinen Fall draußen bleiben.

»Wer ist da?«, rief sie notgedrungen.

Aber als sie sah, wer in ihrem Haus war, bekam sie einen Lachkrampf vor Erleichterung.

Vor ihr stand Fritz Lörsch.

»Was tust du denn da draußen im Regen?«, fragte er mit seiner wohlklingenden, tiefen Stimme, die Trixis Herz höher schlagen ließ.

»Ich habe aufgeräumt und die Abfälle entsorgt!«

»Soviel Abfall?«

Stimmt, fasste Trixi sich an den Kopf. Fritz wusste nichts von der Verwüstung ihres Hauses.

»Komm lieber herein, sonst erkältest du dich noch«, schlug er vor.

Schnell folgte sie seinem Vorschlag. Im Flur warf sie sich Fritz in die Arme, schmiegte sich ganz fest an ihn, als wollte sie ihn nicht mehr loslassen.

»Was ist mit dir?«, fragte er. »Jetzt bin ich dank deiner Umarmung auch durchnässt.«

»Das ist gut«, lachte Trixi. »Ich schlage vor, wir nehmen gemeinsam ein Bad.«

Fritz schaute Trixi prüfend an. Aber Trixi zögerte nicht lange. Ihre Küsse wanderten von seinem Mund hinab zu seinem Hals und weiter zu seiner Brust, auf der das durchnässte Hemd klebte.

»Zuerst einmal müssen die Klamotten weg«, murmelte sie dabei. »Die stören nämlich!«

Fritz versuchte, sich aus ihrer Umarmung zu befreien, aber Trixi ließ es nicht zu. Ganz geschickt öffnete sie mit einer Hand seine Hemdknöpfe, während sie seine Brust mit ihren Küssen überhäufte, löste seinen Gürtel von der

Hose und öffnete den Reißverschluss. Im Nu war sein Widerstand gebrochen. Erregt schlang er seine Arme um ihren Oberkörper. Seine Hände wanderten von ihrem Rücken zu ihrer Taille, wo er den Pullover zu greifen bekam und ihn ihr mit einem Ruck über den Kopf auszog. Auf dem Weg zum Badezimmer fielen nach und nach alle Kleidungsstücke von ihnen ab. Im Bad angekommen waren beide nackt und immer noch fest umklammert. Die Wärme des Wassers war eine Wohltat. Jeder genoss die Nähe des anderen. Trixi spürte seine Hände auf ihrer Haut, seine Blicke, seine Küsse. Ihre Erregung wuchs, sie konnte gar nicht genug von ihm bekommen.

Als das Wasser abkühlte, wurden beide aus dem Rausch ihrer Sinne herausgerissen. Fritz stieg zuerst aus der Wanne, griff nach einem Handtuch, das er sich um die Hüfte band. Er ließ sich auf das Sofa sinken. Trixi wickelte sich in ein Badetuch und gesellte sich zu ihm. Das Schlaflager war eng für zwei. Aber gerade das gefiel Trixi. Sie schmiegten sich dicht aneinander, erhitzten sich gegenseitig, bis sie sich erneut von großer Leidenschaft überwältigt liebten. Der knapp bemessene Platz machte ihren Liebesakt zum reinsten Balanceakt, was ihre Erregung ins Unermessliche steigerte.

Hinterher fielen sie sich erschöpft in die Arme, und schliefen fast augenblicklich ein.

Als Trixi am nächsten Morgen aufwachte, war sie allein. Wann hatte Fritz sie verlassen? Sie musste ganz tief und fest geschlafen haben, überlegte sie, weil sie sein Fortgehen nicht bemerkt hatte.

Wie neugeboren fühlte sie sich. Aber leider sollte ihre Glücksstimmung nicht lange anhalten, denn im Friseursalon erwartete sie wieder eine frostige Atmosphäre.

Die schlechte Stimmung zwischen den Kolleginnen wirkte sich ungünstig auf die Kundschaft aus. Manche beschwerten sich laut protestierend, andere suchten den Salon gar nicht mehr auf. Die meiste Zeit des Tages verbrachten Daniela und Trixi allein.

Der Feierabend war die große Erlösung. Trixi verließ als Letzte den Salon. Erst vor der Tür sah sie, dass es wieder geschneit hatte. Die Temperaturen waren gesunken, der Regen in Schnee übergegangen. Es war nass und rutschig. Sie musste ihr Fahrrad schieben, wenn sie nicht stürzen wollte.

Der Marsch nach Hause durch die kalte Luft tat ihr gut. Sie dachte wieder an den letzten Abend, sah sich wieder zusammen mit Fritz in enger, vertrauter Zweisamkeit. Er hatte sich den ganzen Tag nicht gemeldet, vielleicht überraschte er sie ja mit einem Besuch.

Ihr Haus stand still und verlassen zwischen den Autowracks. Trotz der tristen Umgebung konnte Trixi sich an dem Anblick dieses schönen Altbaus erfreuen. Es war schwer zu glauben, welche hässlichen Szenen sich im Inneren abspielten. Vielleicht käme sie ja jetzt zur Ruhe, wenn ihr Verfolger endlich sah, dass sie einen festen Freund hatte. Dann blieb ihm nichts anderes übrig, als sie in Ruhe zu lassen.

Für den Abend hatte sie sich vorgenommen, die obere Etage aufzuräumen. Sie begann mit dem Schlafzimmer ihrer Eltern. Das Chaos dort war gewaltig, aber ihre Entschlossenheit auch. Allerdings war die Fensterscheibe zersplittert. Der Rahmen war nur angelehnt. Seit wann war das Fenster kaputt, fragte sich Trixi. Das war die Erklärung für die kalten Temperaturen. Winzig kleine Pfützen sammelten sich auf dem Fußboden. Das Fenster konnte noch nicht lange offen stehen, überlegte Trixi. Sie warf einen Blick hinaus auf den Autofriedhof. Dort war alles weiß, der Schnee fiel immer dichter, immer mehr Schneeflocken verirrten sich in das Schlafzimmer. Trixi lehnte sich über den Fensterrahmen nach draußen, um zu sehen, ob dort eine Leiter stand. Aber sie sah nichts. Alles war von einer Schneeschicht überzogen.

Bei dem Anblick der Schneeflocken erinnerte sie sich, wie sie zusammen mit ihrer Freundin Käthe in Pantoffeln und Pyjama im Schnee herum gesprungen war. Sie hatten beide große Lebensfreude und Energie gespürt, als der Schnee auf sie herabrieselte, hatten versucht, Schneeflocken zu essen und herumfantasiert, was sie machen sollten, wären sie erst einmal eingeschneit. Die Kälte hatte sie wieder ins Haus hineingetrieben, hatte den Zauber beendet – aber nicht die schöne Erinnerung daran. Trixi seufzte. Bestand ihr Leben nur noch aus Erinnerungen? Sie war gerade mal dreißig Jahre alt und hatte das Gefühl, dass früher alles besser war als heute. Diese Schwermut durfte sie nicht zulassen, schüttelte sie rasch den Kopf. Immerhin hatte sie Fritz. Er erwies sich nicht nur als guter Liebhaber, sondern war groß und stark. Er würde sich für sie einsetzen, wenn sie Hilfe brauchte. Diese Gedanken gefielen ihr besser.

Sie reparierte das Fenster mit einer Spanplatte. Während sie schuftete, staunte sie über sich selbst. Solche Kräfte hätte sie sich nicht zugetraut, aber wenn es sein musste, ging es irgendwie. Die zertrümmerten Möbel konnte sie einigermaßen zusammenflicken. Die Exemplare, die der Zerstörungswut hoffnungslos zum Opfer gefallen waren, hatte sie schon am Vortag entfernt. Während sie sich die schmutzigen Hände an ihrer Hose abklopfte stellte sie zufrieden fest, dass nichts mehr von dem Vandalismus zu erkennen war, sofern man nicht davon wusste. Sie selbst sah die Spuren in jedem Winkel. Viele Dinge waren zu Bruch gegangen, für die sich sicherlich eine Menge Geld bekommen hätte. Aber jammern half nichts. Sie musste nach vorn schauen. Sie beschloss, für heute die Arbeit zu beenden und nach unten zu gehen.

Da hörte sie Schritte. Sie kamen von der Treppe.

Wie war das möglich? Sie hatte doch ein neues Türschloss anbringen lassen? ›Vermutlich hatte sie sich das Geräusch nur eingebildet‹, überlegte sie. Aber da hörte sie es schon wieder. Es war keine Einbildung. Es war da.

Erschrocken griff sie nach einem Stück Holz und folgte den Geräuschen. Dem Spuk ein Ende zu machen, war ein schwieriges Unterfangen. Bisher war sie nicht gerade erfolgreich damit, aber ihr Entschluss stand fest. Sie musste selbst Hand anlegen, den Übeltäter zur Strecke bringen, denn von allein würde er niemals aufgeben. Als sie hinunter schaute, sah sie Füße in schwarzen Schuhen, die zur Haustür rannten. Mit Schwung fiel die Tür ins Schloss.

Trixi eilte zu einem der Fenster, das in Richtung des Hauseingangs zeigte, um erkennen zu können, wer sich von ihrem Haus entfernte. Aber es war niemand zu sehen.

Wie war das möglich? Direkt über der Haustür befand sich ein Schutzdach. Sollte er sich unter dem kleinen Dach verstecken? Oder war er noch im Haus? Hat er nur so getan, als hätte er die Tür von außen zugeworfen?

Gänsehaut kroch ihr über den Nacken. Nun saß sie im Obergeschoss und wagte sich nicht mehr nach unten.

Welche Ironie? Lange verharrte sie in ihrer Stellung am Fenster. Die Schneeflocken wurden immer dichter, alles sah weiß aus. Ihre Sicht reichte nicht mehr bis zum Parkplatz, wo sich die erleuchtete Laterne befand. Deren Licht sah von ihrem Fenster aus nur noch wie ein gelber Fleck aus.

Im Haus blieb alles still.

Trixi begann zu frieren. Die Heizung lief nur im Erdgeschoss. Als ihre Zähne zu klappern begannen, beschloss sie, der Gefahr ins Auge zu sehen.

Die Treppe hinab zu steigen, fiel ihr noch leicht, aber unten angekommen, schlug ihr Herz wie wild. Er hatte sie schon einmal überwältigt und in die Kammer gesperrt. Diesen Horrortrip wollte sie nicht noch einmal erleben. Aber es geschah nichts. Sie sah sich überall um, fand nichts. Er hatte das Haus tatsächlich verlassen. Aber wie konnte er fortgehen, ohne gesehen zu werden? Trixi begann allmählich an sich selbst zu zweifeln.

In der Nacht wurde sie durch lautes Gepolter geweckt.

Hellwach kroch sie vom Sofa, griff nach dem Stück Holz und folgte den Geräuschen. Es waren eindeutig Schritte. Er machte sich gar nicht erst die Mühe, leise zu sein. Laut rumpelte es, die Geräusche kamen von oben.

Sie zögerte vor der Tür zum Treppenhaus. Ihr Telefon stand ganz in der Nähe. Der Anblick dieses Apparates hatte etwas Verlockendes. Die Polizei anrufen, und die erledigten dann alles. Allerdings konnte es passieren, dass der Einbrecher längst weg war, bis sie eintrafen. Also blieb ihr keine Wahl, sie musste sich selbst helfen.

Wieder rumpelte es.

Mutig öffnete sie die Tür und schlich nach oben. Mit dem Knüppel in der Hand fühlte sie sich sicherer.

Da sah sie etwas. Ein Spiegel flog durch den Flur und landete mit einem Klirren auf dem Boden. Trixi hatte genau gesehen, von wo er geflogen kam. Mit einem Satz sprang sie in ihr ehemaliges Kinderzimmer, schwang mit einem lauten Schrei ihren Knüppel. Doch sie sah nur, wie etwas auf sie zugeflogen kam, spürte einen fürchterlichen Schmerz an ihrem Kopf und dann nichts mehr.

Als sie wieder aufwachte, lag sie auf ihrem Sofa. Das Klingeln an der Haustür hatte sie geweckt.

Hatte sie schlecht geträumt?

Aber schon bei ihrer ersten Bewegung merkte sie, dass wirklich etwas passiert sein musste. Ihr Kopf schmerzte fürchterlich. Sie fuhr sich mit der Hand über die Stirn, ertastete eine dicke Beule am Haaransatz. War das die Erklärung für ihren Schmerz? Wieder klingelte es. Dieses Mal energischer und länger. Sollte sie wirklich öffnen? Es könnte doch ihr unliebsamer Besucher sein. Also beschloss sie, das Klingeln zu ignorieren und einfach liegen zu bleiben. So nach und nach kam die Erinnerung wieder. Sie war die Treppe hinaufgegangen, weil sie von oben Schritte gehört hatte. Aber was war passiert? Warum lag sie jetzt hier auf dem Sofa und schlummerte vor sich hin.

Die ersehnte Ruhe war ihr nicht gegönnt. Aus dem Klingeln wurde plötzlich ein Krachen. Trixi schaute erstaunt hoch. Welche Dreistigkeit hatte er sich jetzt einfallen lassen? Trat er neuerdings Türen ein?

Plötzlich standen mehrere Polizeibeamte vor ihrem Sofa. Allen voran Hauptkommissar Forseti.

»Na, wenn das mal kein Erfolg ist«, hörte sie ihn in einem Tonfall sagen, dass ihr fröstelte.

Eng kuschelte sie sich in ihre Decke, als könnte sie sich damit vor ihm schützen.

»Was ist los?«, fragte sie. »Warum brechen Sie in mein Haus ein?«

»Sie sind zwei Tage lang nicht im Friseursalon aufgetaucht, sind nicht ans Telefon gegangen, haben kein Lebenszeichen von sich gegeben. Ihr Nachbar, Herr Kullmann sprach Bedenken aus, dass Sie womöglich in Gefahr sein könnten. Aber was ich hier sehe, sieht nicht nach Gefahr aus. Sie haben einfach nur gut geschlafen. Haben Sie Alkohol getrunken?«

Trixi richtete sich auf. Sie verstand hier so einiges nicht. Wer hatte zwei Tage geschlafen? Sie schaute sich um und hatte das Gefühl, sich gerade erst hingelegt zu haben, nachdem sie sich davon überzeugt hatte, dass ihr hartnäckiger Verfolger das Haus wirklich verlassen hatte.

Sie warf einen Blick hinaus. Es schneite nicht mehr, aber alles war weiß. Was erzählte Forseti ihr für eine Geschichte? Machte er mit ihrem Verfolger gemeinsame Sache?

Schweigend starrte sie ihn an. Sie ahnte, dass die Situation, in der Forseti sie vorgefunden hat, nicht gerade hilfreich dabei war, ihrer Geschichte Glaubwürdigkeit zu verleihen. Deshalb machte sie gar nicht erst den Versuch, ihm zu erzählen, dass sie in der Nacht wieder einmal unliebsamen Besuch hatte. Sein Blick verriet ihr ohnehin, dass sie besser den Mund hielt.

»Wer repariert mir die Haustür?«, fragte Trixi nur.

»Für den Schaden kommen wir selbstverständlich auf.«

Nach einigem Zögern fügte er an: »Wir haben das Alibi von Bruno Dold überprüft, es ist nicht stichhaltig. Allerdings erreichen wir ihn nicht mehr. Wissen Sie, wo er ist?«

Am liebsten hätte Trixi geantwortet, dass er nachts in ihrem Haus herumschleiche. Aber damit würde sie nichts erreichen. Also verneinte sie und fragte: »Halten Sie ihn für verdächtig, Käthe umgebracht zu haben?«

»Das wäre noch etwas voreilig.«

»Warum suchen Sie ihn dann? Weil er so nett ist?«

»Nein, weil uns sein Verschwinden stutzig gemacht hat. Wir haben ihn angewiesen, sich zur Verfügung zu halten!«

»Er hat einen guten Grund zu verschwinden«, betonte Trixi.

»Sie sind sehr vorschnell mit Ihren Verdächtigungen. Zuerst waren Sie felsenfest davon überzeugt, das Roland Berkes hinter allem steckt. Nun sind Sie von Bruno Dolds Schuld überzeugt. Merken Sie nicht selbst, was Sie da tun?«, tadelte Forseti.

»Ich merke nur, dass ich ganz allein mit dem Psychoterror in meinem Haus fertig werden muss«, murrte Trixi.

»Dafür haben Sie aber einen guten Schlaf!«

Das Kontra saß. Trixi beschloss, nichts mehr dazu zu sagen.

Ihr Kopf schmerzte, sie fühlte sich nur noch müde.

»Was ist mit Ihnen? Geht es Ihnen nicht gut?«

»Doch! Doch!«, wehrte Trixi hastig ab. Sie wollte nur noch allein sein.

21

In der Nacht hatte es wieder geschneit. Anke war so begeistert von dem Anblick der zugeschneiten Stadt, dass sie mutig beschloss, mit Lisa hinaus in den Winter zu gehen. Sorgfältig packte sie ihre Tochter in einen warmen Daunensack ein, zog ihr eine dicke Jacke über die Ärmchen, eine Mütze auf den Kopf, dass nur noch runde Bäckchen und große Augen zu sehen waren. Dann sicherte sie den Kinderwagen, damit kein kalter Luftzug oder Schnee hineingelangen konnte. Anschließend zog sie sich selbst warm an. Bis sie fertig war mit dieser anstrengenden Prozedur geriet sie ins Schwitzen. Schnell machte sie sich auf den Weg durch den Korridor zum Aufzug. Im Foyer angekommen sah sie nun zum ersten Mal, welche Leute in diesem Appartementhaus wohnten. Sie hatte seit ihrer Rückkehr aus der Entbindungsstation ihre Wohnung noch nicht verlassen. Neugierige Blicke trafen sie. Viele schauten nach Lisa und erfreuten sich an dem lustigen Anblick, den sie in ihren Wintersachen bot. Lisa nahm alles stumm zur Kenntnis. Eigentlich war sie pflegeleicht, überlegte Anke. Zum Glück. Denn so konnte sie in den Nächten gut schlafen. Und ausgeruht fühlte sie sich, als sie an diesem Morgen hinaus in die kalte Winterluft trat.

Der Schnee war so strahlend weiß, dass sie sich geblendet fühlte. Derartig schön hatte sie den Winter nicht in Erinnerung. Selten, dass es im Saarland so viel Schnee gab, der sogar liegen blieb. Deshalb freute sie sich umso mehr, als sie den Grumbachtalweg entlang spazierte, bis die Häuser aufhörten und Koppelzäune begannen. Bald gelangte sie zum Grumbachhof, einem Reitstall, wo seit einigen Jahren Islandponys untergestellt waren. Viele dieser kleinen, zotteligen Pferdchen standen auf den Koppeln und suchten sich etwas Gras durch die dicke Schneeschicht.

Bis zu ihrer Schwangerschaft war Anke auf Warmblutpferden geritten. Wenn sie Glück hatte, und Lisa ebenfalls ihr Herz für Pferde entdeckte, wäre ein Pony nicht schlecht für ihre Tochter, überlegte Anke. Aber bis dahin war noch ein weiter Weg. Da war zunächst einmal viel Geduld angesagt.

Zufrieden kehrte sie um und schob den Kinderwagen den ganzen Weg wieder zurück. Als sie an ihrer Wohnung angekommen war, verspürte sie nicht das geringste Bedürfnis hineinzugehen. Lisa wirkte immer noch ruhig und zufrieden. Was hielt sie also davon ab, weiter bis zu Kullmanns Haus zu gehen? Seit Weihnachten war sie nicht mehr dort. Es war Anke ohnehin schon peinlich, dass Martha und Kullmann ihr so viel zur Hand gingen.

Sie bog in die Kaiserstraße ein. Kaum ein Autofahrer war unterwegs. Die Straße war mit einer geschlossenen Schneedecke zugedeckt. Vor Kullmanns Haus stand Anke vor einem fast unüberwindlichen Hindernis: Wie sollte sie mit dem Kinderwagen diese steilen Stufen hinaufkommen? Eine Weile zögerte sie, bis sie sah, wie Kullmanns Auto im Schritttempo vorgefahren kam. Er blinkte auf, fuhr vor seine Garage und stellte den Wagen ab.

»Nanu«, rief er hocherfreut. »Was tust du denn hier? Mit der kleinen Lisa in der Kälte?«

»Ich wollte frische Luft schnappen und Lisa zeigen, dass es noch mehr auf der Welt gibt als meine vier Wände«, lachte Anke. »Aber jetzt stehe ich hier vor deiner Treppe und bin ratlos!«

»Das bist du nicht lange. Ich werde mit anpacken, dann tragen wir den Kinderwagen nach oben«, beschloss Kullmann tatenfreudig. »Martha wird Augen machen, wenn sie euch beide kommen sieht!«

So war es auch. Marthas Gesicht wurde hochrot vor Aufregung und Freude. Schnell legte sie ihre Schürze ab, die sie immer umband, wenn sie im Haus saubermachte. Sie räumte alles, was den Weg versperrte zur Seite, sodass Anke ungehindert bis ins hintere Esszimmer fahren konnte. Dort legte Anke ihre warme Daunenjacke, Handschuhe und Mütze ab und schälte ihre Tochter aus der mollig warmen Verpackung.

»Tut das gut!«, schwärmte sie. »Alles zugeschneit, die Luft klar und kalt, mein Töchterchen so brav. Ist das Leben nicht schön?«

Gern ließ sie sich von Kullmann das Baby abnehmen, während sie sich gemütlich auf dem Sofa niederließ.

Kullmann bewies schon großes Geschick im Umgang mit Lisa. Stolz trug er die Kleine durch die Zimmer und redete dabei unentwegt. Zunächst hörte Anke nicht hin, bis sie Wortfetzen aufschnappte, wie »ich bin wirklich alt geworden« oder »hoffentlich nimmst du mich später noch ernst, wenn ich mich so weiterentwickle«, bis es Anke zu bunt wurde.

»Was erzählst du der Kleinen für einen Mist?«

Kullmann schaute Anke nur kurz an. Dann richtete er seine Aufmerksamkeit wieder auf Lisa, während er antwortete: »Ich habe mir herausgenommen, mich in die Arbeit meiner ehemaligen Abteilung einzumischen.«

»Schon wieder?«

»Ich habe mir Sorgen um Beatrix Reuber gemacht. Sie war nicht bei der Arbeit und in ihrem Haus brannte einige Abende lang kein Licht«, erklärte Kullmann. »Daraufhin habe ich bei Forseti angerufen und ihm mitgeteilt, dass die junge Frau möglicherweise in Gefahr schwebt.«

Anke ahnte etwas: »Und was kam dabei heraus?«

»Sie fanden Trixi schlafend auf dem Sofa vor!«

Kullmanns Blick verriet Anke, wie er sich fühlte. Sie selbst hatte Mühe, ein Lachen zu unterdrücken.

Doch dann begann sich das kleine Mädchen in Kullmanns Armen zu bewegen, als wolle sie sich frei strampeln. Dabei quäkte sie: Lisa hatte Hunger!

Kullmann freute sich über die Ablenkung und legte Anke ihre Tochter auf den Arm.

Dann ließ er Mutter und Tochter allein im Zimmer zurück.

Anschließend servierte Martha das Mittagessen.

»Wenn ihr schon mal hier seid, können wir auch hier essen«, beschloss sie kurzerhand.

»Ab sofort werde ich regelmäßig mit Lisa spazieren gehen«, nickte Anke. »Dann müsst ihr beide nicht immer mit meiner kleinen Wohnung vorlieb nehmen!«

»Das macht uns zwar nichts aus«, beteuerte Kullmann. »Aber frische Luft hat noch keinem geschadet!«

Zum Essen gab es an diesem Tag Kartoffelsuppe mit ausgelassenem Speck darin. Dazu servierte Martha Kartoffelreibekuchen und Apfelkompott. Anke lief schon beim Anblick das Wasser im Mund zusammen.

Am späten Nachmittag tischte Martha Kaffee und

selbstgebackenen Apfelkuchen auf. Während sie vor ihren dampfenden Tassen saßen, schaute Anke durch das Fenster zur Terrasse. Der Schnee war an dieser Stelle unberührt. Schön sah es aus. Der Anblick konnte sie in Träumereien versetzen. Die Bäume waren weiß bedeckt, die Zweige hingen unter der Last des Schnees tief herunter.

Es hatte wieder angefangen zu schneien. Ganz kleine Schneeflöckchen wirbelten durch die Luft. Das Tageslicht sah trübe aus. Anke schaute sich den Himmel an. Er war düster und grau. Es sah nach viel Schnee aus. Außerdem wurde es langsam dämmrig, der Tag neigte sich dem Ende entgegen. Sie hatte nicht bemerkt, wie die Zeit vergangen war.

»So wie der Himmel aussieht, werde ich mich wohl schleunigst auf den Weg machen müssen«, grinste Anke. »Sonst werde ich noch eingeschneit und muss tagelang bei euch wohnen bleiben!«

»Oh wie schrecklich«, schnappte Kullmann nach Luft. »Schnell raus hier!«

Gemeinsam trugen sie den Kinderwagen hinunter bis auf den Bürgersteig. Anke hatte eine Regenschutzfolie über die Vorderseite gespannt, damit Lisa keine Schneeflocken ins Gesicht wehten. Sie selbst trug eine Kapuze auf dem Kopf. Sie fühlte sich so dick eingepackt, dass sie Mühe hatte, sich zu bewegen. Träge machte sie sich auf den Weg. Den Kinderwagen über den schneebedeckten Bürgersteig zu schieben, war nicht einfach. Sie fühlte sich wie im Kampf gegen die Schneemassen. Bei dieser Vorstellung musste sie lachen. Der Schnee tat ihr gut, stellte sie fest. Er beflügelte sie, gab ihr neuen Schwung und neue Energie.

Die wenigen Autos, die unterwegs waren, fuhren im

Schneckentempo durch die Kaiserstraße. Es war immer noch ungewöhnlich still in einer Gegend, wo normalerweise der Verkehr niemals stillstand. Bedächtig bog sie in den Grumbachtalweg ein. Auf der linken Seite sah sie große Fußspuren in einer ansonsten unberührten Schneeschicht. Sie führten genau auf das Haus zu, das sich auf der anderen Seite des Grumbachs befand, das Haus von Beatrix Reuber.

Obwohl das Tageslicht durch die Schneeflocken verschluckt wurde, war es nicht dunkel. Die weiße Masse spendete so viel Licht, dass die Straßenlaternen fast überflüssig waren. Der Schnee knirschte unter den Reifen des Kinderwagens. Gelegentlich rutschte Anke beim Anschieben nach hinten weg, obwohl sie Schuhe mit Profilsohlen angezogen hatte. Die Temperaturen waren gesunken, der Schnee begann zu frieren. Nun wurde es höchste Zeit, dass sie nach Hause kam.

Als sie an den Parkplatz gelangte, hörte sie ein lautes Poltern. Diesem Geräusch folgte ein Schrei. Erstaunt horchte Anke auf. Wo kam dieser Schrei her, überlegte sie. Benötigte jemand Hilfe?

Wieder ein Schrei, dieses Mal hörte es sich aber ganz anders an. Sie richtete ihren Blick auf das Haus von Beatrix Reuber. Dort brannte Licht – in allen Fenstern! Die Haustür stand offen. Was geschah dort?

Kullmann hatte sich lächerlich gemacht, weil er der jungen Frau helfen wollte, fiel Anke ein. Nun wollte sie sich nicht auch noch blamieren. Immerhin musste sie wieder in ihrer Dienststelle arbeiten – Kullmann nicht.

Also beschloss sie, den Heimweg fortzusetzen. Da hörte sie schon wieder ein lautes Krachen, begleitet von einem Schmerzensschrei. Nach einem Liebesspiel hörte sich das nicht an. Anke konzentrierte sich darauf, den Kinderwagen sicher in den Eingang des Appartements zu schaffen. Sie war nicht geübt darin. Es war schließlich auch das erste Mal, dass sie mit ihrer Tochter unterwegs war.

Kaum war sie in ihrer Wohnung angekommen, hatte sie das Treiben am Haus von Beatrix Reuber vergessen, denn Lisa hatte Hunger und machte das auch unmissverständlich klar. Zufrieden ließ Anke sich mit ihrer Tochter auf dem Sofa nieder.

22

Trixi musste zu Fuß nach Hause gehen. Es schneite zu stark. Erschöpft durch den beschwerlichen Marsch durch den Schnee kam sie zu Hause an. Sie konnte von Glück reden, dass ihr Chef sie nach ihrem zweitägigen Schlaf nicht entlassen hatte. Was in dieser Zeit passiert war, wusste Trixi nicht. Sie hatte einen Black out. Die Ungewissheit machte sie ruhelos. Sie lief hin und her, bis sie zu dem Entschluss kam, oben weiter aufzuräumen. Sie nahm sich vor, Fritz vorzuschlagen bei ihr zu wohnen. Nur so konnten diese Überraschungen ein Ende finden. Der Plan spornte sie an.

Es gab immer noch genug zu tun. Weitere Abfalltüten entsorgte sie in der Mülltonne. Auf dem Rückweg ließ sie die Haustür offen, weil sie beide Hände zum Tragen brauchen würde. Als sie die Treppe hinunterging, stand eine riesengroße Gestalt im Türrahmen. Trixi erschrak, stieß einen lauten Schrei aus und ließ alles fallen, was sie in ihren Händen trug.

»Wenn hier einer einen Grund hat zu schreien, dann bin ich das«, hörte sie Bruno Dold.

Sollte das niemals enden?

Ruckartig setzte er sich in Bewegung. Er stampfte zielstrebig auf sie zu. Was sollte sie tun? Gegen diesen Koloss war sie machtlos. Hastig drehte sie sich um und rannte nach oben. Bruno folgte ihr.

»Was soll das?«, rief Trixi. »Du machst mir Angst!«

»Die sollst du auch haben, du Miststück«, blaffte er.

»Was ist passiert?«

»Das fragst du noch?«, schrie Bruno so aufgebracht, dass sein Gesicht dunkelrot wurde.

Mit einer Schnelligkeit, die Trixi ihm niemals zugetraut hätte, rannte er auf sie zu, nahm gleich drei Treppenstufen auf einmal. Bei diesem Tempo hatte Trixi keine Chance, ihm zu entkommen. Sie musste sich anders helfen. Flink versteckte sie sich hinter dem Treppenaufgang. Als Bruno oben ankam, holte sie weit aus und schlug mit dem zerborstenen Brett, das sie in ihrer Hast greifen konnte zu. Bruno stieß einen lang gezogenen Schrei aus, purzelte rückwärts die Treppe hinunter und landete hart auf dem Boden des Flurs im Erdgeschoss.

Trixis Herz schlug wie wild. Sie sah ihn reglos am Boden liegen. Vielleicht war er tot, überlegte sie. Ein Hoffnungsschimmer keimte auf.

Mit zitternden Knien folgte sie ihm nach unten, um nachzusehen.

Er gab kein Lebenszeichen von sich.

Sie atmete tief durch und überlegte, was sie nun tun sollte. Ihr Handy lag im Wohnzimmer. Aber das Telefon stand direkt neben ihr. Als ihr Blick darauf fiel, kam ihr der rettende Einfall. Sie würde die Polizei anrufen und einen häuslichen Unfall melden. Niemand konnte das Gegenteil beweisen.

Sie griff nach dem Hörer, als seine Hand plötzlich ihren Arm packte. Die Umklammerung war so fest, dass sie vor Schmerz den Hörer fallen ließ.

»Das würde dir so passen.« Sie spürte Brunos Atem in ihrem Genick. Wie war das möglich? Er hatte sich doch nicht mehr bewegt. »Du hast mein Leben ruiniert«, zischte er. »Die Polizei fahndet nach mir wie nach einem Schwerverbrecher. Ich hatte dich gewarnt! Aber du hältst dich für besonders schlau. Nun wirst du mich wirklich kennenlernen!«

»Ich hatte gar keine Gelegenheit, dich bei der Polizei anzuzeigen«, log Trixi. »Die Polizei glaubt mir schon lange nicht mehr!«

»Du lügst, du Miststück! Warum sollten sie mich verfolgen? Bestimmt nicht, weil mein einziger Fehler darin besteht, dass ich mich in dich verliebt habe! Du bist noch schlimmer als eine *Schwarze Witwe* – du willst deine Verehrer leiden sehen, bevor du sie tötest!«

»Was redest du für einen Mist«, stammelte Trixi.

»Von wegen Mist: Ich habe dich durchschaut!«

»Was willst du von mir?«, stellte Trixi die Frage, deren Antwort sie gar nicht hören wollte.

»Ich will, dass du dich bei mir entschuldigst. Du sollst mich dafür entschädigen, was du mir angetan hast. Ich habe ein paar gute Ideen, wie du das anstellen kannst.«

Trixi ekelte sich und würgte. Brechreiz überkam sie.

»Dann wirst du die Polizei anrufen und ihr erklären, dass es ein Fehler war mich anzuzeigen. Du wirst ihnen sagen, dass du dich geirrt hast, was auch der Wahrheit entspricht. Ich habe dich in der letzten Zeit in Ruhe gelassen, weil ich erkannte habe, dass es keinen Sinn hat, dir nachzulaufen!«

Trixis Blick fiel auf die Haustür; sie stand offen. Wenn sie schnell genug war.

Schon rannte sie los. Ihre Flucht kam für Bruno so überraschend, dass er einige Sekunden verstreichen ließ, bevor er endlich reagierte und ihr folgte. Trixi war schon draußen, knallte die Tür hastig zu, sodass Bruno dagegen prallte. Sie hörte einen Aufschrei, dann lange nichts. Das kam wie gerufen. Sie musste nur noch die Brücke überqueren und Hilfe rufen. Doch schon hörte sie seine schweren Schritte. Die Schneemassen behinderten ihre Flucht. Hoffentlich erging es Bruno genauso. Aber sie täuschte sich. Im Nu hatte er sie eingeholt. Sie verlor das Gleichgewicht und fiel in den Schnee. Die Landung war weich, aber was dann folgte, war äußerst unangenehm. An den Füßen zog er sie zurück ins Haus. Der kalte Schnee drang unter ihren Pullover und durchnässte sie. Sie fror ganz entsetzlich und begann zu zittern. Verzweifelt versuchte sie, durch Schreie auf sich aufmerksam zu machen. Aber ihr Haus stand zu weit weg, niemand konnte sie hören.

23

Anke legte Lisa in ihr Bettchen, als sie gesättigt war. Es dauerte nicht lange, da schlief sie ein. Die frische Luft hatte die Kleine müde gemacht, stellte Anke zufrieden fest und betrachtete ihre Tochter liebevoll. Die Stille in ihrer Wohnung war wohltuend. Die meiste Zeit hatte sie Besuch von Kullmann und Martha. Heute Abend war sie allein und genoss es. Ihre Wohnung gefiel ihr und sie fühlte sich heimisch.

Beim Blick aus dem Balkonfenster, sah sie, dass es aufgehört hatte zu schneien. Sie schaute auf das Haus von Beatrix Reuber. Dort brannten immer noch alle Lichter. Etwas bewegte sich in der weißen Schneelandschaft. Was war das? Sie strengte ihre Augen an, konnte aber nicht erkennen, um was es sich handelte.

Sie öffnete die Glastür und trat auf den Balkon hinaus. Die Luft war kalt und roch nach noch mehr Schnee. Es würde also weiter schneien, dachte Anke. Der Gedanke gefiel ihr. Seit ihrer Kinderzeit konnte sie den Schnee wieder richtig genießen, weil sie zu Hause bleiben konnte. Sie wurde aus ihren Schwärmereien gerissen, als sie ein gequältes Aufschreien hörte. Sie starrte zu Beatrix Reubers Haus. Es sah so aus, als zöge jemand einen Menschen gegen seinen Willen durch die weiße Masse. Eine breite Schleifspur blieb zurück.

Meine Güte, dachte Anke erschrocken. Das erinnerte

sie an den Film *Das Fenster zum Hof.* Darin hatte auch ein Nachbar den Mord im Haus gegenüber beobachtet.

Im gleichen Augenblick fielen ihr Kullmanns Beobachtungen ein. Er hatte sich ebenfalls Gedanken um diese junge Frau gemacht. In seinem Fall war die Vermutung falsch. Nicht nur das, er wurde nun auch noch von seinen ehemaligen Mitarbeitern belächelt.

Wollte sie wirklich riskieren, dass es ihr genauso erging?

Sie blieb stehen, obwohl die Kälte durch ihre Kleider kroch. Auch wenn die Vernunft immer wieder über sie siegen wollte, nämlich nicht den gleichen Fehler zu machen wie Kullmann, konnte sie ihre Augen nicht von dem Treiben abwenden. Vielleicht trieben Trixi und ihr Liebhaber nur ein verwegenes Spiel im Schnee. Da es im Saarland so selten schneite, konnte das zu ausgefallenen Ideen verleiten.

Wer wusste schon, wann wieder die Gelegenheit dazu war?

Aber beruhigen konnte sie das nicht.

24

Wieder im Haus, wollte Bruno ihr ungeschickt den Pullover ausziehen. Trixi nutzte einen Moment seiner kurzen Unaufmerksamkeit, machte einen Satz zur Seite und rannte in ihr Schlafzimmer. Die Tür warf sie hinter sich zu, aber zu ihrem Entsetzen stellte sie fest, dass kein Schlüssel steckte. So konnte sie sich nicht vor ihm schützen. Sie lief weiter zum Fenster, öffnete es, sprang hinaus und landete genau an der Stelle, an der sie nächtelang beobachtet worden war. Im hohen Schnee waren keine Spuren zu sehen. Als sie sich umdrehte, sah sie, dass Bruno nicht nachgekommen war. Hatte sie ihn abgehängt? Es blieb ihr jedoch nur ein Fluchtweg, nämlich auf der rechten Seite am Haus vorbei. An der anderen Seite war direkt neben dem Haus ein alter, rostiger Zaun, der schon vor Jahren hätte entfernt werden sollen. Zu Trixis Pech hatte das niemand getan.

Oder sie kraxelte den Berg hinauf. Sie schaute nach oben. Der Weg war steil und schneebedeckt. Niemals würde sie das schaffen. Ihre Gedanken überschlugen sich. Sie hatte keine Zeit. Je länger sie in dieser Sackgasse verharrte, umso sicherer würde Bruno sie wieder schnappen. Also rannte sie los.

An der Hausecke prallte sie mit ihrem Verfolger zusammen. Dabei war ihr Schwung so groß, dass der große, schwere Mann durch ihren Aufprall nach hinten fiel. Ganz fest hielt er Trixi umklammert. So sehr sie auch versuchte, sich frei zu strampeln, gegen Brunos starke Arme hatte sie keine Chance.

So stand er auf und trug die zappelnde Trixi ins Haus zurück.

Abermals kam ihr der Vergleich mit King-Kong und der weißen Frau in den Sinn. Sie warf einen Blick auf Bruno Dolds Gesicht. Vor Anstrengung hatte sich ein Schweißfilm gebildet. Die Spitze seiner Zunge lugte zwischen den Lippen hervor, ein Zeichen seiner Konzentration. Trixi stellte fest, dass der Riesenaffe im Vergleich zu Bruno Dold entschieden besser wegkam.

Und nicht nur das; King-Kong hatte gute Absichten mit der weißen Frau, wovon sie bei Bruno Dold nicht ausgehen konnte.

»Nun hören wir aber mit den Spielchen auf.«

Er nahm einen Strick aus einem Koffer. Trixi bekam große Augen. Er hatte sein Werkzeug in weiser Voraussicht mitgebracht. Damit fesselte er sie an den Küchenstuhl. Während er sie mit Präzision festband, sprach er mit ihr wie mit einem ungehorsamen Kind: »So, meine Liebe! Jetzt werde ich dir Badewasser einlassen, dann wirst du erst einmal richtig baden. So schmutzig mag ich dich nicht!«

Er verließ die Küche. Trixi hörte, wie er im Badezimmer Wasser in die Wanne einlaufen ließ. Ihre Situation war aussichtslos. Sie konnte nur noch abwarten.

Eine Hoffnung gab es noch, fiel ihr ein. Ein Strohhalm, an den sie sich klammern konnte. Auch wenn es eher unwahrscheinlich war, so hoffte sie doch, dass Fritz Lörsch sie besuchen käme. Er hatte sie schon einmal mit seinem Besuch überrascht. Wie schön wäre es, wenn er ausgerechnet jetzt wieder auftauchen würde.

Aber diese Hoffnung wurde durch das Rauschen des Wassers, das Bruno in die Wanne laufen ließ, auf eine harte Probe gestellt. Die Zeit des Abwartens, der Ungewissheit, was auf sie zukam, wurde für Trixi unerträglich. Ihre Angst wuchs. Wenn Bruno wollte, dass sie in die Wanne stieg, würde ihm das auch gelingen. Er war stärker als sie. Trixi begann zu weinen. Sie fühlte sich hilflos und ausgeliefert. Und das alles nur, weil sie ihn früher gehänselt hatte? Wie konnte sie ahnen, welche Konsequenzen ihr Übermut später haben würde?

Trixi fielen auch wieder die beiden Jungen *Lord Helmchen* und *Bugs Bunny* ein. Auch die beiden waren ihrem Sarkasmus zum Opfer gefallen. Wie gut, dass sie weit weggezogen waren. Heute erst erkannte Trixi, dass sie mit ihren Jugendsünden mehr angerichtet hatte, als ihr bewusst war.

Das Rauschen des Wassers hörte auf. Trixi begann zu zittern. Verzweifelt versuchte sie, sich aus den Fesseln zu befreien, aber sie waren zu fest. Sie hörte Schritte. An der Tür blieb Bruno stehen. Er füllte mit seiner Masse den gesamten Türrahmen aus. Unbewegt stand er da und beobachtete, wie Trixi versuchte, sich von den Fesseln zu befreien.

»Ich sehe es gern, wie du dich windest. Das gibt mir die Gewissheit, dass ich es dir endlich heimzahlen kann, was du mir angetan hast.«

»Was habe ich dir denn getan?«, wimmerte Trixi.

»Während ich dich geliebt habe, hast du mich zum Gespött meiner Kameraden gemacht. Alle haben mich ausgelacht, haben mich gefragt, warum ich mir das von dir gefallen lasse. Meine ehrliche Antwort, dass ich dich liebe, hat sie nur noch mehr belustigt. Ich musste ganz von vorn anfangen, weil ich bei meinen damaligen Kumpeln jede Achtung verloren hatte«, erklärte Bruno. »Aber das Glück hat mich nicht verlassen. Ich habe einen neuen Freund gefunden – diese Freundschaft wirst du mir nicht zerstören. Er wird in mir nicht den Jammerlappen sehen, der sich von einer Frau erniedrigen lässt, sondern einen Helden, der sich die Frauen gefügig macht!«

»Du bist ja krank!«

Es klingelte an der Tür.

Trixi glaubte zu träumen.

»Du verhältst dich still!« Bruno stand plötzlich ganz dicht vor ihr und hielt ihr drohend den erhobenen Zeigefinger vor die Nase. »Wenn wir ruhig bleiben, wird der Besucher wieder gehen.«

Wieder klingelte es.

Trixi schöpfte Hoffnung.

Dann klingelte es Sturm.

Trixis Herz hüpfte.

»Dieser Besucher ist aber hartnäckig«, murrte Bruno. »Aber wir sind hartnäckiger.«

Dann hörte das Klingeln auf. Trixi spürte, wie ihre ganze Hoffnung sich in Nichts auflöste. Sie gab auf, spürte, wie ihr Kampfgeist dahinschwand. Sie hatte keine Chance mehr. Nichts konnte sie vor dem bewahren, was Bruno mit ihr vorhatte.

Er löste ihre Fesseln, ohne seinen Handgriff um ihren Arm zu lockern. Dann zerrte er sie in den Flur und steuerte das Badezimmer an.

Da krachte es, ein Schrei war zu hören, und Trixi landete mit Wucht auf dem Boden. Sie hörte nur noch Keuchen und Stöhnen. Als sie sich umdrehte, sah sie, wie Fritz Lörsch sich über Bruno Dold beugte, der mit dem Gesicht nach unten auf dem Boden lag. Aber es gelang Bruno, sich umzudrehen. Er holte mit der Faust aus, um zurückzuschlagen, doch als er in das Gesicht seines Gegners sah, hielt er kurz inne. Das sollte sich als Fehler erweisen, denn Fritz nutzte diesen Moment und setzte ihm seine Faust unters Kinn.

Aber Bruno steckte den Schlag weg und schlug zurück. Immer wieder schlugen sie aufeinander ein, bis sich Fritz als der Stärkere herausstellte. Für einen kurzen Moment hatte er Bruno am Boden liegen, doch der Dicke schaffte es, Fritz am Bein zu packen und zu Fall zu bringen.

»Das wirst du büßen«, schrie er.

Fritz wand sich auf dem Boden und schrie zurück: »Das werden wir noch sehen!«

Aber Bruno reagierte nicht darauf, sondern rannte auf die Haustür zu. Fritz war schnell wieder auf den Beinen und folgte ihm. Sie rannten um das Haus herum. Am Kellereingang hatte Fritz den Dicken eingeholt, zerrte ihn herum und knallte ihm die Faust ins Gesicht. Aber Bruno fiel nicht, sondern schlug zurück. Immer wieder und wieder hämmerten die beiden aufeinander ein, bis Trixi von weitem Blaulicht sah. An der Brücke hielt das Auto an; mehrere Polizeibeamte rannten herbei. Im Nu trennten sie die beiden Kampfhähne, stellten sie an die Wand und durchsuchten sie nach Waffen.

»Nicht ihn«, rief Trixi, als einer der Polizeibeamten Fritz Lörsch Handschellen anlegen wollte. »Er hat mich gerettet!«

Im gleichen Augenblick kam Kriminalhauptkommissar Forseti um die Ecke.

»Was heißt hier gerettet?«, fragte er.

Trixi erklärte ihm, was ihr in den letzten Stunden widerfahren war. Forseti hörte sich alles genau an und veranlasste seine Kollegen, die Personalien von Fritz Lörsch aufzunehmen.

»Kommen Sie morgen ins Büro, damit wir Ihre Aussagen zu Protokoll nehmen können«, wies er Trixi an, bevor er sich verabschiedete.

Die Polizeibeamten nahmen Bruno Dold in Gewahrsam. Als er abgeführt wurde, rief er Trixi zu: »Wir sind noch nicht fertig!«

Aber Trixi lachte nur darüber.

Nun war der Zeitpunkt wirklich gekommen, dass endlich Ruhe einkehren und sie ihr Leben wieder genießen konnte. Sie wollte sich nur noch den Dingen widmen, die ihr Freude machten.

Endlich ein Leben ohne Angst.

Ein Leben mit Fritz.

Er hatte ihr das Leben gerettet, schwärmte sie. Er war gekommen, sah sie in einer lebensbedrohlichen Situation und zögerte keine Sekunde, sie unter Einsatz seines Lebens aus der Not zu befreien. Sie hatte es deutlich vor Augen, wie er für sie kämpfte – ein erbitterter Kampf um das Leben seiner Liebsten. Fritz, ihr Retter.

Aber etwas hatte sie bei beiden Männern beobachtet, das ihr im Kopf herumspukte. Bruno hatte nicht sofort zugeschlagen, als er sah, mit wem er es zu tun hatte.

»Kennt ihr euch?«, fragte sie Fritz.

»Ja! Bruno hat eine Ich-AG als Hausmeister gegründet und verwaltet mehrere Häuser in Saarbrücken. Unsere WG gehört auch dazu.«

Diese Antwort ließ sie jeden Rest Argwohn vergessen. Eigentlich war es dumm, so etwas zu fragen. Viel lieber wollte sie sich ab sofort mit der Zukunft beschäftigen und die Vergangenheit vergessen.

»Bleibst du heute Nacht bei mir?«, flötete sie in sein Ohr, schmiegte sich fest an ihn und schaute ihn erwartungsvoll an.

»Ich kann nicht! Ich wollte mich eigentlich nur mit dir verabreden, konnte ja nicht ahnen, dass es bei dir so turbulent zugeht!«

Mit dem Versprechen, sie bald zu besuchen, verabschiedete er sich.

Trixis Augen folgten ihm, wie er mit raschen Schritten das Haus verließ, sich der Brücke näherte, sie überquerte, bis er hinter den Häusern des Grumbachtalwegs aus ihrem Blickfeld verschwand.

Nun blieb ihr nur noch die lästige Pflicht, ihre Aussage zu machen. Ihr Kopf war bereits voller Pläne. Sie wollte die obere Etage neu einrichten, weil sie mit Fritz leben wollte. Was sollte dieses Leben in einer Wohngemeinschaft? Sich immer nach anderen richten zu müssen, niemals einen Raum für sich selbst zu haben. In ihrem Haus hätten sie beide genügend Platz, um sich frei zu entfalten. Sie hatte keinen Zweifel daran, dass sie ihn von den Vorteilen des Zusammenlebens überzeugen konnte.

Sie spazierte über die Mainzer Straße zur Kriminalpolizeiinspektion. Der Schnee war wieder geschmolzen, die Temperaturen angestiegen. Nicht nur ihr Leben hatte seine Höhen und Tiefen, dachte Trixi. Dieser Winter auch.

Sie betrat Forsetis Büro.

Er war so freundlich wie noch nie. Seine Befragung zog sich unendlich lange hin. Erst als Trixi begann, von der Zerstörung ihrer Einrichtung zu berichten, stutzte der

Kommissar und fragte: »Warum haben Sie diesen Vorfall nicht bei uns gemeldet?«

»Sie hätten mir ja doch nicht geglaubt!«

»Was macht Sie da so sicher?«

»Ihr Kollege Diez wollte mir eine Therapie aufs Auge drücken, weil ich angeblich zur Gewaltbereitschaft neige. Dabei war es nur ein Versehen, dass der Blumentopf von seinem Schreibtisch gefallen ist«, erklärte Trixi wütend.

Forseti brachte tatsächlich ein Lächeln zustande. Es war das erste Mal, dass Trixi diesen Mann so sah. Aber es war kein freundliches Lächeln, sondern wirkte herablassend.

»Wenn wir über Fakten reden, dann aber richtig! Sie haben ein besonderes Talent die Dinge so darzustellen, wie es Ihnen gefällt. Bei Ihnen sind immer die anderen schuld!«

»Das wird ja immer schöner!«

»Hören Sie mir bitte zu! Sie sind zur Dienststelle in der Saarbrücker Straße gegangen und haben Roland Berkes, ich betone: Roland Berkes, angezeigt, weil er Ihnen Blumen geschenkt hat.«

Er hob seinen Blick und schaute sie eindringlich an. Dann vertiefte er sich wieder in seine Lektüre: »Außerdem haben Sie den Mann angezeigt, weil er Ihnen Avancen gemacht hat – und einen Heiratsantrag.«

Trixi schwieg.

»Wir haben Ihr freizügiges Angebot bei *Ebay* überprüft. Es wurde genau zur gleichen Zeit geschaltet. Klingelt es da bei Ihnen?«

Die Verzweiflung war so groß, dass Trixi nun doch mit der Wahrheit herausplatzte: »Ich habe das Foto nicht versteigert.«

»Sondern?«

»Das war er.«

»Das wird ja immer schöner! Sie beschuldigen die Polizei, dass sie nichts für Sie getan hat? Dabei halten Sie es nicht für nötig, bei der Wahrheit zu bleiben!«

»Das ist die Wahrheit!«

»Natürlich!«

»Ich habe das Bild selbst ersteigert, weil ich mich geschämt habe. Fragen Sie bei Ebay-Eddy nach. Der kann das bestätigen.«

»Wir waren schon bei ihm! Einen interessanten Laden hat er da. Wir haben das überprüft, aber er tut nichts Illegales. Er führt ein Vermittlerbüro für Kunden von *Ebay*, die ihre Waren versteigern wollen, ohne selbst als Verkäufer geführt zu werden. Dafür kassiert er saftige Provisionen. Eigentlich ganz schön raffiniert, denn so hat er sich als Ich-AG eine Existenz aufgebaut.«

»Ja und?«

»Das lässt noch mehr Fragen offen. Wenn Sie sich schon auf diese erniedrigende Art und Weise verkaufen, warum schalten Sie da noch einen Vermittler ein, der Ihren Gewinn schmälert?«

»Ich sagte doch, dass ich nichts damit zu tun habe. Ich wollte das Bild nur selbst ersteigern, damit es nicht in die falschen Hände kommt.«

»Da äußerte sich der Vermittler aber anders: Er sagte uns, dass eine große, blonde Frau das Bild gebracht hat. Wer es abgeholt hat, wusste er nicht mehr.«

»Natürlich«, stöhnte Trixi. »Als ich das Foto abgeholt habe, war er sturzbesoffen!«

»Nette Geschichte! Soll ich Ihnen noch mehr solcher Märchen aufzählen, die Sie uns bereits aufgetischt haben?«

Trixi schüttelte verneinend den Kopf, aber Forseti war nicht mehr zu bremsen.

»Mehrere Male haben Polizeibeamte Ihr Haus durchsucht und sich vergewissert, dass Ihnen dort niemand auflauert. Was sie fanden, war eine Schaufensterpuppe mit erotischer Bemalung! Das erleichtert uns natürlich die Arbeit.«

Trixi erkannte selbst, wie das auf die Polizei gewirkt haben musste.

»Nachdem wir Roland Berkes auf Ihr Drängen hin unter die Lupe genommen haben, ihn aber wegen nicht vorhandener Beweise wieder gehen lassen mussten, haben Sie bei Kriminalkommissar Diez Anzeige wegen einer immer wiederkehrenden toten Ratte erstattet, angeblich ein Streich von Roland Berkes.«

Trixi wurde immer kleiner auf dem Stuhl.

»Sie wohnen am Waldrand. Da kommen schon mal Ratten ins Haus. Oder?«

Trixi erwiderte nichts.

»Und jetzt wollen Sie uns sagen, dass Sie den einzigen Beweis, wie er beweiskräftiger nicht sein kann, nämlich Ihr Nacktfoto bei *Ebay*, selbst vernichtet haben. Und das, wo sie genau wissen, dass wir Ihnen ohne Beweise nicht helfen können.

Sie wollen einfach nicht zugeben, dass Sie mit dieser Idee einen schwerwiegenden Fehler gemacht haben.«

Bei all diesen Vorwürfen fiel Trixi der Computerausdruck, der im Lese-Café der Stadtbibliothek plötzlich aufgetaucht war, wieder ein. Die Worte: *»Glaub bloß nicht, dass du ein Opfer bist! Du bist an allem selbst schuld!«*, klangen wie eine Prophezeiung in ihren Ohren. Nachdem sie selbst ins Fadenkreuz der Ermittlungen der Polizei geraten war, erkannte sie, dass es richtig war, ihrem Instinkt zu folgen, und diese Nachricht nicht zu erwähnen.

»Roland Berkes ist tot – vergiftet! Auch ein Fall, den wir bearbeiten müssen.«

Nervös rutschte Trixi auf ihrem Stuhl hin und her.

»Wir haben Ihren Verfolger! Aber nicht durch Ihre Mitarbeit, sondern weil in meiner Abteilung gute Leute arbeiten.«

»Woher wussten Sie, dass ich in Gefahr bin?«, stellte Trixi die Frage, die sie seit ihrer Rettung beschäftigte.

»Eine Mitarbeiterin wohnt ganz in der Nähe Ihres Hauses. Sie hat etwas Verdächtiges bemerkt und uns informiert.«

Trixi stand auf und wollte das Zimmer verlassen, als ihr noch eine Frage einfiel: »Wird Bruno Dold hinter Gitter kommen?«

»Das entscheidet das Gericht. Ihm wird im Fall der Belästigung, des Einbruchs und Überfalls der Prozess gemacht.«

»Und im Fall meiner Freundin Käthe?«

»Daran arbeiten wir noch. Wir müssen zuerst alle Beweise zusammenstellen.«

Endlich stand ihren Plänen nichts mehr im Wege – nämlich das große Haus für zwei einzurichten. Sie bestellte sich neue Möbel. Alles sollte anders werden. Zwar ging ihr das ersehnte Geschäft bei *Ebay* durch die Lappen, aber nichtsdestotrotz konnte sie in dem Akt der Zerstörung einen Vorteil sehen. Zwangsläufig waren die Spuren der Vergangenheit ausgelöscht.

Sie wollte sofort mit ihrem neuen Leben beginnen.

Es war ihr gelungen, von ihrem Chef einige Tage Urlaub zu bekommen. Tatenfreudig begann sie mit der Ausstattung des Erdgeschosses. Schon am Nachmittag wurden die ersten Möbel geliefert. Zwei Mitarbeiter der Spedition transportierten die vielen Einzelteile und bauten sie mit geschickten Handgriffen auf. Trixi war entzückt, denn schon gleich sah ihr Schlafzimmer viel gemütlicher aus. Sie arrangierte alles neu – nichts erinnerte mehr daran, wie es einmal war. Vor ihren Augen erstreckte sich ein wunderschönes, großes Bett, das ihre Fantasie beflügelte. Sie sah sich schon mit Fritz lustvoll darin wälzen, sich ineinander verschlingen, sich lieben. Bei der Erinnerung an seine ungestüme Leidenschaft überfiel sie die Sehnsucht. Sie beendete den Tag mit einem heißen Bad, damit ihr Körper sich schnell wieder von den Strapazen erholen konnte. Da Fritz ihr versprochen hatte, sie zu besuchen, war ein Bad die richtige Vorbereitung. Wenn sie Glück hatte, kam er heute schon.

Als sie nur in ein Handtuch gehüllt ihr neues Schlafzimmer betrat, traute sie ihren Augen nicht. Vor dem Fenster sah sie die Glut einer Zigarette aufleuchten, deutlich zeichnete sich dahinter eine Männergestalt ab.

Mit einem Satz sprang sie hinaus in den Flur.

Das konnte nicht sein. Bruno Dold war verhaftet. Sie halluzinierte.

Fieberhaft überlegte sie. Hatte sie sich schon wieder getäuscht?

Wer blieb da noch?

Die Polizei!

Natürlich! Diese Wichtigtuer hatten Trixi die ganze Zeit nicht ernst genommen, hatten ihr grausames Spiel mit ihr gespielt, hatten sie ausgelacht.

Wer käme da in Frage? Hollmann wollte sie nicht verdächtigen. Er hätte es nicht nötig, an ihrem Fenster zu spannen, weil sie ihm deutlich zu verstehen gegeben hatte, dass sie zu allem bereit war. Aber er war nicht der einzige Polizist, der in ihrem Haus ein- und ausging.

Sie kehrte ins Schlafzimmer zurück. Am Fenster war nichts war mehr zu erkennen. Sie blinzelte und schaute noch einmal hinaus, aber dort war nichts.

Sollte sie sich so getäuscht haben?

Sie hatte Sehnsucht nach Fritz. Nur er konnte ihr über ihre Einsamkeit und ihre Angst hinweghelfen.

Kaum hatte sie diesen Gedanken zu Ende gedacht, klingelte es an der Tür.

25

Anke war enttäuscht, dass der Schnee bereits wieder schmolz. Dahin war der romantische Anblick von weißen Dächern, verschneiten Bäumen und weißen Gehwegen. Es nieselte, ein Wetter, bei dem sie nur ungern das Haus verließ.

Als sie sich um die Mittagszeit auf den Weg machen wollte, rief Martha an und schlug ihr vor, mit dem Essen vorbeizukommen.

»Und was ist mit Norbert?«, fragte Anke. »Will er drüben alleine essen?«

»Nein! Er kommt natürlich mit!«

Anke stimmte begeistert zu und beobachtete Lisa, die selig in ihrem Bettchen schlief. So ein Kinderleben war schon seltsam. Wie viele Stunden die Kleine verschlief! Sie wachte hauptsächlich dann auf, wenn sie Hunger hatte. Nur wenn Anke Besuch hatte, blieb sie wach. Mit ihren großen Augen schien sie alles genau zu beobachten, aber was sie von alledem wirklich mitbekam, wusste Anke nicht.

Es dauerte nicht lange, da betraten Kullmann und Martha ihre Wohnung. Um nicht jedes Mal das Kind zu wecken, hatte ihnen die junge Frau einen Zweitschlüssel zu ihrer Wohnung anvertraut.

Gemeinsam setzten sie sich an den Tisch. Martha hatte Bohneneintopf gekocht, das richtige Essen in dieser kalten Jahreszeit.

Als die Unterhaltung dienstlich wurde, verließ Martha

die Wohnung und ließ Kullmann und Anke allein zurück.

Diese Gelegenheit nutzten die beiden, um über die Situation von Beatrix Reuber zu sprechen. Kullmann erzählte vom Einsatz. Anke hatte sich dazu entschlossen, ihre Beobachtungen zu melden, obwohl sie Gefahr lief, nicht ernst genommen zu werden. Aber es hatte sich herausgestellt, dass die junge Frau tatsächlich in großer Gefahr schwebte und nur mit knapper Not gerettet werden konnte. Das Gespräch versprach interessant zu werden. Anke blühte richtig auf. Ihre Mutterschaft schränkte sie ein.

Kullmann erzählte ihr, was er von Trixis Notlage wusste und vom Konflikt der Polizeibeamten.

»Trixis Anzeigen deuteten daraufhin, dass sie ein *Stalking*-Opfer war.«

»Darüber weiß ich nur sehr wenig.«

»In den letzten Jahren sind solche Fälle häufiger hier in Deutschland aufgetreten. *Stalking* kommt aus dem Englischen und heißt übersetzt *anpirschen* oder *anschleichen*. Die Täter sind meist Männer, die Opfer in der Regel Frauen. Nach neuesten Erkenntnissen schreiten so genannte Stalker überall zur Tat: vor der eigenen Wohnung oder auf dem Weg zur Arbeit. Anders als in den USA gibt es in Deutschland kein Gesetz. Und auch bei der Polizei stoßen Opfer immer noch auf Unverständnis, wie wir im Fall von Beatrix Reuber sehen konnten.«

»Wie passt der Tod von Roland Berkes in dieses Bild?«

»Ich kann nur vermuten«, zuckte Kullmann mit den Schultern. »Sie hat ihn irrtümlich für den Verfolger gehalten und beseitigt. Aber diese Vermutung ist gefährlich: für alle Beteiligten – für Trixi genauso wie für mich. Auf keinen Fall würde ich sie bei meinen ehemaligen Kollegen aussprechen!«

Anke lachte, als sie daran dachte, wie blamiert Kullmann sich gefühlt hatte, als sein Verdacht, die junge Frau sei in Gefahr, sich als haltlos erwiesen hatte. Deshalb verstand sie auch seinen Entschluss, sich mit weiteren Vermutungen zurückzuhalten.

»Das ist bestimmt richtig so. Du stellst die Frau hin wie die beiden Schwestern aus dem Film *Arsen und Spitzenhäubchen.* So etwas würde ich auch lieber für mich behalten.«

»An den Film habe ich dabei gar nicht gedacht«, gab Kullmann zu.

Er warf einen Blick aus dem Fenster.

»Ich muss gehen. Es ist schon dunkel. Martha wird sich wundern, wo ich bleibe.«

Kaum hatte er ausgesprochen, stieß Lisa einen lauten Schrei aus. Das war das unmissverständliche Zeichen dafür, dass sie Hunger hatte.

»Dein Timing könnte nicht besser sein«, grinste Anke.

26

Trixi öffnete die Haustür. Vor ihr stand Fritz.

Sie freute sich, umarmte ihn und zog ihn ins Haus. Sie küsste ihn, schmiegte sich fest an ihn, während sie ihn in Richtung Schlafzimmer zog.

»Du hast es aber eilig«, hörte sie Fritz keuchen.

»Ich habe ein neues Bett! Das müssen wir schleunigst einweihen.«

Fritz lachte, befreite sich aus ihrer Umarmung und steuerte das letzte Zimmer am Ende des Flurs an.

»Außerdem habe ich wieder eine Gestalt am Schlafzimmerfenster gesehen«, erklärte sie, während sie ihm einen lasziven Blick zuwarf, der ihre Absichten verriet. Dabei wies sie auf die Stelle, wo sie noch vor kurzem jemanden zu sehen geglaubt hatte.

»Vielleicht die Polizei selbst – sie will von uns noch was lernen!«, flötete sie in sein Ohr. »Dann ist unser Sex doppelt knisternd – findest du nicht auch? Wir machen es einfach vor ihren Augen. Das wird geil!«

»Dein Exhibitionismus kommt hier voll auf seine Kosten«, raunte er ihr leise zu. »Ich werde dafür sorgen, dass du dich nicht nur nackt sondern auch bloßgestellt fühlst! Das wird ein Déja-vu-Erlebnis für dich, wie du es dir demütigender nicht vorstellen kannst!«

Erst jetzt bemerkte Trixi, dass sein Atem nach Rauch roch. Bisher war ihr das nicht an ihm aufgefallen. Aber was störte sie das? Sie wollte seinen ganzen Körper, wollte ihn verschlingen.

Seine Worte spannten sie auf die Folter, erregten sie umso mehr. Wann würde er endlich sein Versprechen wahr machen? Sie drängte sich an ihn, schob ihre Hüfte an seine, machte kreisende Bewegungen, leckte sich mit der Zunge über die Lippen, begann, spielerisch mit ihren Fingern erotische Phantasien zu zeichnen. Dabei fuhr sie sich mit der Hand über ihr Dekolletee und öffnete langsam ihre Bluse.

Es dauerte eine Weile, bis sie bemerkte, dass Fritz ihre Liebkosungen nicht erwiderte. Das Gegenteil geschah: Er wich zurück.

»Warum weichst du mir aus?«, fragte Trixi brüskiert.

»Pst!«

Sie hielt inne.

»Hörst du das nicht auch?«, fragte er wachsam.

»Was?«, erschauderte Trixi.

27

Die Luft war feucht. Die Kälte kroch durch seine Kleider. Fröstelnd schlug Kullmann den Kragen seiner Jacke hoch.

Als er an der Einfahrt zu Beatrix Haus vorbeikam, bemerkte er, dass dort das Licht immer wieder an und aus ging. Mal im Erdgeschoss, mal im Obergeschoss.

Dann sah er, wie die Haustür geöffnet wurde. Aber niemand kam heraus. Die Tür blieb offen. Dasselbe Spiel im hinteren Zimmer.

Merkwürdig, dachte er.

Er wollte schon weitergehen, weil er sich selbst nicht mehr sicher war, ob er sich geirrt hatte. Er hatte sich genug blamiert. Das Licht blieb nun eingeschaltet, nichts bewegte sich mehr. Fehlalarm. Also nichts wie weg hier, dachte er bei sich.

Aber seine Beine gehorchten ihm nicht. Wieder starrte er auf das Haus.

Wie sollte er damit fertig werden, wenn dort wirklich gesetzwidrige Dinge geschahen?

Würde er mit seinem Gewissen klarkommen, wenn er hinterher erfahren würde, dass Trixi etwas zugestoßen war, was er hätte verhindern können?

Da hörte er, wie ein Fenster zerbarst.

Das genügte ihm.

Er konnte das nicht einfach ignorieren.

Hastig eilte er über die alte Brücke. Er fühlte sich nicht

gerade wohl in seiner Haut, weil er weder Dienstwaffe noch Dienstausweis hatte. Was sollte er tun, wenn es gefährlich wurde?

Als Antwort auf diese Frage fand er neben dem Haus jede Menge Trümmer. Er bewaffnete sich mit einem Stück Holz. Das musste reichen.

Da hörte er einen Aufschrei.

Nun war er sich ganz sicher!

Trixi befand sich tatsächlich in Gefahr.

Sie brauchte seine Hilfe.

28

»Es spukt!«, flüsterte Fritz, wobei er immer noch verängstigt in alle Richtungen schaute.

»Was soll das?«

»Der Spuk ist noch nicht zu Ende!«

Trixi traute ihren Ohren nicht.

»Du machst mir Angst«, lachte sie unsicher.

»Oh nicht nur das, noch viel mehr«, antwortete Fritz und sein Tonfall war seltsam.

Trixi wurde stutzig. »Was meinst du damit?«

»Dass mein Psychospiel hier und jetzt endlich zu seinem Finale kommt!«

Hatte sie richtig gehört?

Erschrocken schaute sie ihn an.

Fritz verzog sein Gesicht zu einem hasserfüllten Lachen. Er zog eine Grimasse. Nichts war mehr von der sanftmütigen Miene und den verständnisvollen bernsteinbraunen Augen zu sehen.

»Wovon redest du?«

»Wie sagtest du selbst so schön: Die Zeit ist reif«, gab er zurück. »Wie recht du hast. Die Zeit ist wirklich reif. Nun kommt dir kein Polizist mehr zu Hilfe, niemand schaut nach dir, weil ja alles geklärt ist. Du bist hier mit mir ganz allein! Niemanden interessiert es, was hinter diesen Mauern passiert! Genauso wie damals!«

»Fritz! Was ist los mit dir?«

»Ich habe den Spieß umgedreht«, antwortete er.

»Was für einen Spieß?«

»Damals hast du mir das Leben hier zur Hölle gemacht. Heute mache ich dir das Leben zur Hölle!«

Trixi stand reglos vor ihm. Zu spät erkannte sie, dass sie in der Falle saß. Mit einem Satz warf er sie zu Boden und fesselte sie an Armen und Beinen. Wie ein verschnürtes Bündel warf er sie auf das Bett.

Die Einweihung hatte Trixi sich anders vorgestellt.

»Welcher Teufel hat dich denn geritten?«, fragte sie immer noch ahnungslos.

»Du weißt wirklich nicht mehr, wer ich bin«, wurde seine Stimme immer lauter. »Du hast einen Menschen zerstört und vergessen! Weggeworfen, als wäre er Müll. Einfach aus deinem Leben gestrichen.«

Drohend stand er über ihr.

»Aus zuverlässiger Quelle weiß ich, dass ich nicht dein einziges Opfer war. Wer weiß, wie viele du zerstört hast. Da kann man schon mal den einen oder anderen vergessen.«

Wovon sprach Fritz da? Trixi verstand gar nichts mehr.

»Wie ich erfahren habe, gehört Bruno Dold auch zu deiner Liste von Geschädigten. Deshalb war es ein Leichtes für mich, ihn für meine Pläne einzuspannen.« Fritz genoss sichtlich Trixis Ahnungslosigkeit. »Zuerst einmal fand ich das erotische Foto von dir in seiner Wohnung. Er hatte zwar die Geistesgegenwart besessen, dich nackt zu fotografieren. Damit waren seine Einfälle aber schon am Ende. Ich nahm mir das geile Teil, scannte es ein und speicherte es auf meiner Festplatte. Dann druckte ich es in vergrößerter Form aus und bot es bei *Ebay* an. Es hat sich wirklich gelohnt. Die Käufer haben sich darum gerissen!«

Trixi blieb die Luft weg vor Schreck.

»Aber du hast mich ganz schön verblüfft! Wieder einmal – dabei sollte der Vorteil der Überraschungen von nun an bei mir liegen.«

Er hielt inne. Trixi sagte nichts. Sie hoffte nur, der Kelch würde an ihr vorüberziehen. Aber dem war nicht so.

»Du hast dein eigenes Bild ersteigert. Ganz schön raffiniert! Aber im Grunde genommen habe ich damit mein Ziel erreicht, denn du hast dich in Grund und Boden geschämt!«

Trixi traute ihren Ohren nicht. Sogar diese Aktivität hatte er genau beobachtet. Dieser Schuft.

»Dann überredete ich Bruno zu dem Auftritt mit der Clownsmaske vor deiner Tür. Das war perfekt. Damit hatte ich dich am Haken. Du warst von dem Moment an von Brunos Schuld überzeugt. Aber den Triumph, dich zu besiegen, wollte ich ihm nicht gönnen. Den behalte ich mir selbst vor.«

Mit einem süffisanten Grinsen zog er Trixis Digitalkamera aus seiner Jackentasche. »Hiermit werde ich mir Erinnerungsfotos schießen. Dann habe ich etwas, woran ich mich den Rest meines Lebens ergötzen kann.«

Bei dem Anblick ihres teuren Geräts, von dem Trixi sich soviel Hilfe versprochen hatte, begann sich Wut aufzustauen. Also konnte nur Fritz hinter der Verwüstung stecken. Aber warum?

»Mit mir hast du kein leichtes Spiel. Diese Zeiten sind vorbei, als du noch stärker warst als ich!«

Trixi glaubte nicht, was sie da hörte. Außer Bruno Dold, den sie mit ihren fiesen Spielchen traktiert hatte, gab es in ihrem Leben nur noch *Lord Helmchen* und *Bugs Bunny*. Aber was hatte Fritz Lörsch mit diesen beiden zu tun?

Lord Helmchen hieß Friedhelm Lord. Er hatte Haare, die sich eng um seinen Kopf schmiegten, womit er potthässlich aussah. *Bugs Bunny* hieß richtig Frank Lüderitz. Seine Vorderzähne hatten damals seine Unterlippe überragt, wodurch sein Gesichtsausdruck dämlich wirkte. Allerdings konnte man Fehlstellungen der Zähne durch eine Zahnspange beheben, womit *Bugs Bunny* sich sicherlich zu seinem Vorteil verändert hätte. Trotzdem konnte Trixi keine Ähnlichkeiten zu den beiden feststellen. Wer blieb da noch?

»Du kommst wirklich nicht mehr drauf«, sagte er ziemlich resigniert. »Wem hast du damals eine tote Ratte ins Bett gelegt? Wem hast du die kleine Katze, das geliebte Haustier geklaut? An wessen Fenster hast du damals mitten in der Nacht geklopft, dass sich der kleine Junge vor Angst in die Hosen machte?«

Langsam dämmerte es Trixi.

»Du hast es einfach vergessen, nachdem du deine fiesen Spielchen mit mir gespielt hast!«

Trixi konnte in diesem gutaussehenden Mann beim besten Willen nicht Friedhelm Lord erkennen.

»Als ich das erste Mal nach all den Jahren bei dir zu Besuch war, habe ich dich ganz gezielt nach dem Garten gefragt. Aber kein einziges Wort vom Gärtner und seinem Sohn kam über deine Lippen! Du hast mich aus deinem Leben gelöscht – mich zerstört und entsorgt!«

»Nein, du kannst nicht *Lord Helmchen* sein«, sprudelte es aus Trixi heraus. »Was ist mit deinen Haaren passiert?«

»Die sind mir ausgefallen, als ich in die Pubertät kam. Aber das konntest du nicht mehr sehen, weil du mich zu dem Zeitpunkt schon längst vergessen hattest!«

»Aber dein Name war Friedhelm Lord und nicht Fritz Lörsch!«

»Wie einfach es doch war, dich hereinzulegen«, lachte Fritz gehässig. »Fritz ist die Abkürzung für Friedhelm. Als ich mich dir mit diesem Namen vorgestellt habe, sagtest du sogar: ›*Fritz ist ein interessanter Name. Da kann sich alles Mögliche dahinter verbergen!*‹ Da rutschte mir das Herz in die Hose. Ich dachte, du hättest mich durchschaut und mein Plan wäre vereitelt. Aber nein, so pfiffig bist du gar nicht, auch wenn du es glaubst. Du hast nur dahergeredet. Du hattest recht mit dieser Behauptung, ohne es zu ahnen.«

»Aber dein Nachname ist Lord – nicht Lörsch!«

»Den habe ich geändert. So etwas ist heutzutage kein Problem.«

Trixi wurde schwindelig. Niemals hätte sie es für möglich gehalten, dass aus dem hässlichen kleinen Jungen so ein stattlicher junger Mann werden konnte. Sie war ihm glatt auf den Leim gegangen, hatte sein Spiel nicht durchschaut.

»Dein Vorschlag zur Kopfmassage war für mich das Zeichen, dass ich dich in der Tasche hatte«, erzählte Fritz weiter. »Genau genommen hast du es mir leicht gemacht, denn deine Gedanken konnte ich dir genau ansehen. Du warst für mich von Anfang an wie ein offenes Buch.«

»Dann steckst nur du hinter all diesen Gemeinheiten?« Endlich erkannte sie, in welcher Situation sie steckte.

»Richtig. Ich habe hinter deinem Schlafzimmerfenster gesessen und gelauscht. War aber äußerst langweilig. Nach unseren Begegnungen im Friseursalon hätte ich einen frivoleren Lebenswandel erwartet.« Sein Grinsen wurde dämonisch. »Ich habe dir auch mit der Silhouette am Wohnzimmerfenster einen gehörigen Schrecken eingejagt. Dabei dachte ich, wie du mir so ich dir. Das ist mir gelungen, denn du hast dir vor Angst fast in die Hosen gemacht. Wenn du ein bisschen clever wärst, hättest du nachgeschaut und gesehen, dass sich dahinter nur eine Pappfigur verbergen konnte. Aber zum Glück entsprichst du dem Klischee *blond und blöd*. Du warst so leicht in Boxhorn zu jagen, dabei hättest du dutzendweise Beweise sammeln können, um mich zu stoppen.«

»Ich habe alles versucht«, wehrte Trixi sich.

»Dass ich nicht lache. Wer lässt sich schon einen Tannenbaum von einem Unbekannten schmücken, und das in einer bedrängten Situation, in der du dich angeblich wähntest?«

»Das warst du?«

»Kapierst du es immer noch nicht. Roland Berkes hatte mit diesen Dingen nichts zu tun!«

»Hast du dir einen meiner neuen Schlüssel genommen, während ich schlief?«

Fritz Lörsch nickte.

»Die Ratte in mein Haus gesetzt?«

»Komisch«, meinte Fritz mit einem Gesichtsausdruck, als denke er ernsthaft nach. »Spätestens, als ich die Ratte in dein Haus setzte, hätte dir doch ein Licht aufgehen müssen.«

»Und die tote Katze…«

»Ich frage mich heute noch, was du damals mit meinem kleinen Kätzchen gemacht hast!«

»Und meine Kamera gestohlen, mit der ich Beweisfotos schießen wollte?« Trixi ging nicht auf seine letzte Bemerkung ein.

Fritz lachte: »Dein Geistesblitz, dir diese Kamera anzuschaffen, hat mich tatsächlich überrascht. Aber es sollte nur bei der Idee bleiben – die Umsetzung wusste ich zu verhindern!«

»Dann hast du meine gesamte Einrichtung demoliert.«

»Nicht alles«, korrigierte er mit einem süffisanten Grinsen. »Das Sofa konnte ich nicht zerstückeln. Darauf waren wir doch so innig vereint!«

Vor Schreck blieb ihr die Luft weg.

»Du willst damit sagen, dass du die ganzen Jahre immer nur an mich gedacht hast?«

»Auf keinen Fall! Es gibt Schöneres, woran man denken kann«, konterte er. »Aber vergessen habe ich dich nicht. Was du getan hast, hinterlässt Narben auf der Seele. Ich habe unter deinen Beleidigungen gelitten. Hinzu kam, dass ich in meinem Vater keinen verständnisvollen Zuhörer fand. Im Gegenteil, er bestrafte mich noch zusätzlich, weil ich durch deine elenden Streiche wieder anfing, ins Bett zu machen. Was ich davon zurückbehalten habe, sind Minderwertigkeitskomplexe. Du hast mein Selbstwertgefühl zerstört. Damit zu leben ist nicht leicht. Als ich alt genug war, stand mein Plan fest! Ich kann erst dann wieder frei atmen, wenn ich mit dir abgerechnet habe!«

»Und Chantal? Sie hat auch mitgemacht!«

»Chantal war harmlos«, winkte Friedhelm ab. »Sie war dir treu ergeben. Die Gefährliche warst immer nur du! Erinnerst du dich noch an den netten Brief, den ich dir untergeschoben habe, als du glaubtest, dich über *Stalking*-Opfer informieren zu müssen?«

Trixi fiel es wie Schuppen von den Augen.

»Glaub bloß nicht, dass du ein Opfer bist! Du bist an

allem selbst schuld!«, wiederholte sie die Worte, die in der Stadtbibliothek auf ihrer Lektüre gelandet waren.

»Richtig. Du hast es auf Anhieb verstanden. Auch wenn du mich vergessen hast – ich war ja nicht dein einziges Opfer. Aber du hast sofort geahnt, dass deine Sünden von damals dich wieder einholen!«

Trixis Angst wuchs. Fieberhaft überlegte sie, wie sie ihn hinhalten konnte. Also sprach sie weiter: »Kann es sein, dass du diesen Plan mit meiner neuen Kollegin ausgeheckt hast?«

»Mit Daniela?«

Trixi nickte.

»Ach was! Sie hat mich immer über dich informiert, aber mehr auch nicht. Sie wusste nicht einmal, wofür ich die Informationen brauchte«, lachte Friedhelm. »Um meinen Plan in die Tat umzusetzen, brauche ich keine Hilfe. Das bringe ich ganz allein bis zum bitteren Ende.«

Verzweifelt arbeitete Trixi an den Fesseln, die er ihr angelegt hatte. Sie waren nicht so raffiniert, wie es zunächst aussah, denn sie spürte, dass sie sie lockern konnte.

»Es hat mir Spaß gemacht, dich zittern zu sehen. Allerdings hast du meinen Plan durchkreuzt! Käthe sollte nicht sterben. Zu ihrem Pech sah sie dir plötzlich so ähnlich«, zuckte er mit den Schultern.

»Du Mörder! Du hast sie auf dem Gewissen«, brach es aus ihr heraus.

»Nicht zu hastig mit Beschuldigungen. Was hast du denn mit Roland Berkes gemacht?«

Trixi antwortete nicht.

»In dieser Hinsicht warst du erfolgreicher!«

»Erfolgreicher?«

»Ja! Du wolltest Roland töten und hast es auch geschafft!«

»Woher willst du das wissen?«

»Ich habe Roland aus deinem Haus schwanken sehen und kenne die giftige Pflanze in deinem Zimmer. Ich kann durchaus kombinieren, wenn auch nicht ganz so gut wie Sherlock Holmes. Bei ihm wäre der Plan nämlich aufgegangen, dich bei der Polizei auffliegen zu lassen. Ich frage mich immer noch, wie du wissen konntest, dass die Bullen bei dir aufkreuzen und eine Hausdurchsuchung machen wollen?«

Trixi fiel der Anruf von Rolands Mutter ein. Das war der Zufall, der ihr in die Hände gespielt hatte.

»Wo hast du das Maiglöckchen versteckt?«, fragte er weiter.

»Glaubst du nicht, du bist mit deinem Racheakt ein bisschen zu weit gegangen?«

»Wo ist diese Pflanze?« Friedhelm reagierte nicht auf Trixis Einwand. »Sie kann sich doch nicht in Luft aufgelöst haben!«

Niemals würde sie ihm antworten. Ihre Angst war schon groß genug. Wie weit würde der Schuft noch gehen?

»Was hast du vor?«, wich sie ihm trotzig aus.

Friedhelm grinste Trixi auf eine Art und Weise an, dass sich sein Gesicht zu einer Fratze verzog. Da endlich glaubte sie, den hässlichen Jungen von damals zu erkennen.

»Zurzeit steht es zwischen uns 1:1! Ich habe Käthe auf dem Gewissen – du Roland! Aber das Spiel ist noch nicht aus. Und ich werde gewinnen!«

Diese Antwort genügte Trixi: »Wie konntest du unter

diesen Bedingungen mit mir schlafen, wo du angeblich nur Hass empfindest?«

»Verdrehe bitte nicht die Wahrheit!« Friedhelm stand auf, hob die Kamera und schoss ein Foto von Trixi, wie sie wehrlos auf ihrem neuen Bett lag. »Du hast mich verführt. Ich war wieder einmal dein Opfer!«

»Du Ärmster!«

»In diesem Fall habe ich die Opferrolle genossen«, grinste er hämisch. »Als Verführerin hast du alle Register deines Könnens gezogen. Meine Güte, so gut, wie du dich vor meinen Augen gewunden hast, dich an mich geschmiegt, dich regelrecht angeboten hast wie ein reifes Stück Obst, das gepflückt werden will – da konnte ich nicht widerstehen. Dabei dachte ich, dich zu kennen, als ich das Nacktfoto sah. Aber lebendig warst du unübertrefflich.«

»Wenn ich daran denke, sehe ich dich an mich herankriechen wie ein liebeskrankes Tier«, gab Trixi beleidigend zurück.

»Tja, da muss ich dir recht geben! Du warst die Sirene – mit dem Unterschied, dass du mich nicht durch Gesang, sondern durch deinen erotischen Tanz in deinen Bann gezogen hast. Ich bedauere es wirklich, dass wir uns unter solch ungünstigen Bedingungen kennengelernt haben. Allein die Erinnerung an deine Verführungskünste erregt mich. Da könnte ich mir glatt vorstellen, dass eine Beziehung mit dir mit ausschweifenden Sexorgien verbunden wäre. Gerne hätte ich das noch ein wenig ausgekostet!«

»Dann tu es doch. Carpe diem – genieße den Tag! Zeit, Rache zu nehmen, hast du immer noch«, schlug Trixi vor – in der Hoffnung, etwas damit zu erreichen. »Immerhin hast du dir fünfzehn Jahre Zeit gelassen, bis du hier aufgetaucht bist!«

»Rechnen kannst du auch?«

»Wenn du so eiskalt sein konntest, meine Schlüssel zu stehlen, während ich nach unseren Liebesspielen selig schlummerte, trau ich dir auch zu, jetzt noch ein wenig Vergnügen zu erhaschen!« Mit dieser Bemerkung überging sie seinen Seitenhieb.

»Wie recht du hast! Nur glaube ich nicht, dass das Vergnügen beiderseits ist. Ich habe nämlich eigene Pläne mit dir.«

Es war Trixi gelungen, sich zu befreien.

Friedhelm stand mit dem Rücken zu ihr. Er war in seine Fantasievorstellungen versunken, während er weiter sprach: »Wie lange habe ich auf den Moment gewartet? Das wird ein Akt der Befreiung!«

Trixi nutzte diesen Augenblick. Sie ergriff ihre neu erworbene Nachttischlampe, sprang vom Bett hoch und schlug sie auf Friedhelms Kopf. Leider traf sie ihn nicht fest genug, denn er war auf ihre Bewegungen aufmerksam geworden, hatte sich blitzschnell geduckt, sodass sie seinen Kopf mit der Lampe nur streifte. Aber das genügte, ihn zu Fall zu bringen. So schnell sie konnte, rannte sie auf die Haustür zu. Plötzlich wurde es dunkel. Trixi konnte sich nur vorantasten. Zum Glück erwischte sie einen Lichtschalter am anderen Ende des Flurs. Den schaltete sie ein und steuerte die Haustür an. Es gelang ihr, sie zu öffnen, doch da wurden ihr die Füße weggezogen. Mit einem heftigen Aufprall landete sie auf dem Boden und wurde wieder zurückgezogen. Mit aller Kraft strampelte sie sich frei, und rannte auf das Treppenhaus zu. Schnell schaltete sie das Licht ein, um die Stufen zu erkennen. Doch Friedhelm war schon hinter ihr und schaltete das

Licht wieder aus. Trixi stürzte. In der Dunkelheit hörte sie, dass sein Keuchen immer näher kam. Sie wollte sich aufrappeln, aber alles an ihr schmerzte. Ihre Kraft ließ nach. Da packte er sie, schaltete das Licht an und schleppte sie wieder hinunter.

»Jetzt ist Schluss mit lustig«, schnaubte er. »Fast wäre ich dir wieder auf den Leim gegangen! Aber ab sofort mache ich Nägel mit Köpfen!«

Trixi suchte verzweifelt nach einem Ausweg. Ihre Augen huschten über die Wand, an der sie vorbeigezogen wurde, über den kleinen Tisch, auf dem das Telefon stand, bis sie einen Briefbeschwerer entdeckte. Er hatte die Form eines steigenden Pferdes und wog schwer. Das war es, dachte sie. Hastig griff sie danach, da spürte sie auch schon, wie sie von Friedhelm ins Wohnzimmer gezogen wurde. Ihr war alles egal. Jetzt musste sie es riskieren, wenn sie mit dem Leben davonkommen wollte.

Sie warf den Briefbeschwerer in seine Richtung. Friedhelm drehte sich genau im gleichen Moment um und duckte sich.

Anstatt einen Schmerzenschrei zu hören, vernahm Trixi das Klirren der Fensterscheibe.

Den Augenblick, als Friedhelm auf die zersplitterte Fensterscheibe starrte, nutzte Trixi kurzerhand, rannte so schnell sie konnte hinaus in der Flur und steuerte die Haustür an, die nur angelehnt war. Hinter sich hörte sie, dass Friedhelm ihre Flucht bemerkt hatte, was ihre Panik verstärkte. Sie legte noch einen Zahn zu, riss die Tür auf, jagte hinaus wie ein gehetztes Tier, landete in den Armen ihres Nachbarn und purzelte mit ihm Arm in Arm die Vordertreppe hinunter, bis sie unten in der dornigen Schwarzdornhecke landeten.

Sie starrte voller Panik zur Tür zurück und schrie: »Er will mich umbringen!«

Da hörte sie die Stimme des Nachbarn: »Aber nicht doch! Ich bin hier, um Ihnen zu helfen!«

Nun erst schaute Trixi den Mann an und meinte: »Sie habe ich auch nicht gemeint!«

»Wen denn?«

»Den Mann in meinem Haus.«

Kullmann lag auf dem Rücken inmitten der dornigen Hecke. Sich aufzurappeln fiel ihm nicht leicht, weil die Dornen sich hartnäckig in seine Jacke bohrten. Mühsam rappelte er sich hoch, spürte dabei, dass er sich einige Prellungen zugezogen hatte, ergriff den Knüppel und eilte auf das Haus zu. Da sah er einen jungen Mann in der Tür stehen. Ihre Blicke trafen sich.

»Polizei! Bleiben Sie stehen!«

Der junge Mann drehte sich um und rannte durch den langen Flur auf die Treppe zu. Trixi sah, dass sie beide in den ersten Stock liefen. Plötzlich hörte sie wieder Kullmanns Stimme: »Geben Sie auf! Was wollen Sie damit erreichen?«

Dann hörte Trixi berstendes Glas und einen Schrei.

Sie erschrak. War es Friedhelm gelungen, den alten Mann zu überwältigen? War sie wieder allein mit ihm. Was sollte sie dann tun?

Doch bevor sie ins Grübeln kam, sah sie Kullmann.

»Er liegt verletzt im Hof«, erklärte er sofort. »Meine ehemaligen Kollegen habe ich bereits informiert. Sie sind auf dem Weg hierher.«

Erleichtert atmete Trixi auf. Sie sah, wie sich der Nachbar an die Hüfte fasste, als er auf sie zutrat.

»Unser Zusammentreffen werde ich noch lange spüren«, knurrte er. »So stürmisch begrüßt zu werden, halte ich nicht mehr so gut aus.«

Trixi grinste, bei der Erinnerung an ihren gemeinsamen Sturz die Treppe hinunter. Sie fühlte sich erleichtert, bis auf eine Frage, die in ihr rumorte: »Warum sagten Sie Polizei?«

Der nette Nachbar lachte. »Ich bin pensionierter Kriminalhauptkommissar. Sieht man mir nicht unbedingt an, aber es ist so.«

Trixi lachte, obwohl ihr eigentlich nicht danach zumute war. Da hatte sie einen Polizisten in direkter Nachbarschaft und wusste es nicht. Sicherlich hätte sie sich einiges an Unannehmlichkeiten sparen können.

29

Wieder einmal musste Trixi ins Büro des Kriminalhauptkommissars Dieter Forseti. Sie fühlte sich müde, entmutigt, leer. Wie gründlich hatte sie sich in den Menschen getäuscht. Den Mann, der es ehrlich mit ihr meinte, hatte sie verdächtigt. Den Mann, der wirklich hinter dem grausamen Psychoterror steckte, hatte sie geliebt. Was blieb nun zurück? Ein Leben allein – mit den schrecklichen Erinnerungen an die letzten Monate. Würde sie das alles jemals vergessen können?

Forseti saß ihr gegenüber und wartete. Sie schaute ihn an, signalisierte ihm, dass sie bereit war, ihre Aussage zu machen.

»Sie haben uns wirklich auf Trab gehalten!«

Trixi zuckte nur mit den Schultern.

»Aber jetzt können wir den Fall lückenlos abschließen.«

Nach und nach klärten sich alle Einzelheiten bis zu dem überraschenden Finale.

Trixi durchlebte alles noch einmal. Gelegentlich begann sie zu zittern, dann hatte sie große Mühe, ihre Tränen zurückzuhalten, geriet in Trauer, wenn sie von Käthe sprach, ins Schwärmen, wenn sie von Fritz berichtete. Ihre Gefühle erlebten eine Berg-und-Tal-Fahrt. Sie war heilfroh, als die Befragung zu Ende war.

»Wie geht es Fritz Lörsch?«

»Er hat schwere Kopfverletzungen erlitten und liegt im Koma.«

»Wird er es überleben?«

»Das können die Ärzte noch nicht sagen. Aber wenn er wieder aufwacht, wird er noch eine Weile im Krankenhaus bleiben müssen, bevor er seine Haft antreten kann.«

»Hoffentlich haben seine Mitbewohner einen Wohnungsschlüssel. Sonst müssen sie im Regen stehen und warten.«

»Fritz Lörsch wohnt in keiner Wohngemeinschaft. Er hat eine Wohnung in einem Hochhaus auf dem Eschberg. Von seinem Fenster aus hatte er freie Sicht auf Ihr Haus. Wir haben uns dort umgesehen und ein Fernglas mit Stativ gefunden. Er konnte jeden ihrer Schritte genau beobachten.«

Trixi erschrak.

»Er kannte auch Bruno Dold, den Hausmeister des Hochhauses. Die beiden haben sich ausführlich über Sie unterhalten«, sprach Forseti weiter. »Fritz Lörsch hat Brunos Wut dazu benutzt, dass er sich selbst in die Schusslinie bringt. Bruno hat sich anstiften lassen und muss dafür hinter Gitter.

»Inzwischen weiß ich auch, dass Fritz Lörsch dahinter steckte.«, nickte Trixi.

»Außerdem haben wir überprüft, wer das Foto wirklich ersteigert hat – nämlich Sie. Durch das Vermittlerbüro war das natürlich nicht ganz so einfach, weil er mit dieser Einrichtung auch die Identität der Käufer schützt.«

»Und wer war die blonde Frau, die das Foto zu Ebay-Eddi brachte?«

»Das war Ihre Kollegin Daniela. Sie hat Fritz Lösch jeden Gefallen getan, der damit zu tun hatte, Ihnen das Leben schwer zu machen!«

»Aber warum?«

»Sie wollte Ihren Platz einnehmen.«

»Und mit dieser Frau soll ich weiterhin zusammenarbeiten?«

»Nein. Sie hat gekündigt.«

»Das ist ja mal eine gute Nachricht.«

»Es gibt noch etwas, was ich Ihnen als Ausgleich mit nach Hause geben kann und Sie beruhigen wird.«

»Was denn?«

»Wir haben den Fall Roland Berkes abschließen können. Sie sind von jedem Verdacht befreit!«

»Zu welchem Ergebnis sind Sie gekommen?«

»In seinem Blut befand sich eine Überdosis *Digitalisglykoside*, ein Bestandteil, der in den Pflanzen *Roter Fingerhut* und *Maiglöckchen* vorkommt und nur dann tödlich wirkt, wenn es in zu hoher Dosis eingenommen wird.«

Trixi musste sich bemühen, gleichmütig zu wirken. Bei der Erwähnung der Pflanzen fiel ihr das nicht leicht.

»Dieses Präparat wird allerdings auch als Herzmedikament verwendet, das Rolands Mutter einnehmen musste. Er starb zu Hause in seinem Bett, was darauf schließen lässt, dass er das Mittel dort eingenommen haben kann. Wir fragten seine Mutter nach dem Bestand ihres Medikamentenschranks. Sie bestätigte, dass vier Packungen dieses Medikaments fehlten. Es war Selbstmord!«

Trixi fiel sofort wieder ein, wie Roland Berkes ihr von der Entsorgung der Medikamentenpackungen erzählt hatte, deren Haltbarkeit abgelaufen war, ohne dass seine Mutter es bemerkt hatte.

»Selbstmord?«, fragte sie pflichtschuldig.

Forseti drückte ihr die Hand und meinte zum Abschied: »Der Fall ist abgeschlossen!«

Diese Worte klangen gut, fast zu schön, um wahr zu sein.

Mit unsicheren Schritten verließ sie das Büro. Dabei hoffte sie inständig, es nie wieder betreten zu müssen.

Ob dieser Wunsch in Erfüllung ging?

Hatte Roland Berkes sich selbst getötet? Es gab nur einen, außer ihr, der es besser wusste: Friedhelm Lord.

Die kalte Luft tat gut. Mit jedem kräftigen Tritt in die Pedale wurden ihre Gedanken klarer und gleichzeitig erschreckender:

Für Trixi war der Fall keineswegs abgeschlossen – solange Friedhelm Lord noch lebte.

ENDE

Weitere Krimis finden Sie auf den folgenden Seiten und im Internet: www.gmeiner-verlag.de

Elke Schwab
Großeinsatz

273 Seiten, 11 x 18 cm, Paperback.
ISBN 3-89977-652-6. € 9,90.

Kaum hat Hauptkommissar Dieter Forseti die Nachfolge von Norbert Kullmann im Landeskriminalamt Saarbrücken angetreten, muss er einen rätselhaften Fall bearbeiten.
Am Stadtrand von Saarbrücken wird eine verkohlte Frauenleiche in einem ausgebrannten Autowrack gefunden. Forseti geht von Unfall mit Fahrerflucht aus. Nur Anke Deister, früher engste Mitarbeiterin von Kullmann, glaubt nicht an diese einfache Lösung des Falls; zu viele Anzeichen sprechen dagegen. So beginnt sie auf eigene Faust zu ermitteln und stößt dabei auf immer neue Ungereimtheiten. Und ohne es zu ahnen bringt sich die Polizistin selbst in tödliche Gefahr …

Ingrid G. Schmitz
Sündenfälle

271 Seiten, 11 x 18 cm, Paperback.
ISBN 3-89977-698-4 . € 9,90.

Mia Magaloff, Künstlerin und Trödelmarkthändlerin aus Krefeld, freut sich mit ihrem Cousin, dem Pfarrer Waldemar Gelob, über dessen »Berufung« nach Moers. Doch sein Amtsantritt wird vom Tod einer Sopranistin des Kirchenchors überschattet. Zudem übergibt der Altpfarrer sein Amt nicht gern und die Gemeinde akzeptiert Waldemar nicht als neuen Pfarrer. Mia reist nach Moers und tritt in den Kirchenchor ein, um zu erfahren, was in der Gemeinde vorgeht. Bald gibt es einen weiteren Todesfall und Mia, die der Lösung des Rätsels immer näher kommt, gerät selbst in Lebensgefahr …

Gabriele Keiser
Apollofalter

276 Seiten, 11 x 18 cm, Paperback.
ISBN 3-89977-687-9. € 9,90.

Kriminalkommissarin Franca Mazzari findet beim Walken in den Weinbergen zwischen Rhein und Mosel die Leiche der vierzehnjährigen Hannah. Ihr Schädel ist zertrümmert und alles deutet auf einen Unfalltod hin. Das Obduktionsergebnis spricht jedoch eine andere Sprache: Hannah wurde ermordet. In den Mittelpunkt der Ermittlungen rückt Andreas Kilian. Er ist seit einigen Wochen zu Gast auf dem Weingut von Hannahs Familie und hat eine Vorliebe für junge Mädchen …

Angelika Schröder
Mordsgier

278 Seiten, 11 x 18 cm, Paperback.
ISBN 3-89977-678-X. € 9,90.

Endlich wird die Grundschule renoviert und Helga Renner findet mit ihrer vierten Klasse Unterschlupf im Keller eines Gymnasiums. Doch der friedliche Schein trügt: Während der großen Pause bricht Studienrat Wohlfang im Lehrerzimmer tot zusammen – vergiftet mit einem Pflanzenschutzmittel, das in Deutschland seit Jahren verboten ist. Hat ein Schüler oder gar ein Kollege den Studienrat umgebracht? Gespräche, die Helga im Lehrerzimmer belauscht, scheinen diese Vermutung zu bestätigen …

KRIMI IM GMEINER-VERLAG

Hans Lebek
Schattensieger

327 Seiten, 11 x 18 cm, Paperback.
ISBN 3-89977-685-2. € 9,90.

Ein Behinderter in einem Rollstuhl zieht eine Spur des Todes durch Europa. Hauptkommissar Adam kann zwar feststellen, dass es sich immer um denselben Täter handeln muss, aber er kann keine Verbindung zwischen den Opfern erkennen. Erst als sich der Fall in eine ganz andere, unerwartete Richtung entwickelt, beginnt er die Zusammenhänge zu erfassen …

Sandra Dünschede
Deichgrab

373 Seiten, 11 x 18 cm, Paperback.
ISBN 3-89977-688-7. € 9,90.

Nach dem Tod seines Onkels kehrt Tom Meissner in das kleine Dorf in Nordfriesland zurück, in dem er selbst einige Jahre seiner Kindheit verbracht hatte. Als er erfährt, dass sein Onkel ein Mörder gewesen sein soll, will er herausfinden, was wirklich geschehen ist. Dabei stößt er nicht nur auf den Widerstand sondern auch auf die dunkle Vergangenheit einiger Dorfbewohner …

Sinje Beck
Duftspur

278 Seiten, 11 x 18 cm, Paperback.
ISBN 3-89977-689-5. € 9,90.

Heiner Himmel, immer noch arbeitslos und mitt-lerweile ohne festes Dach über dem Kopf, verdingt sich als Tagelöhner auf einer Burg im Siegerland. Dort soll er bei den Vorbereitungen zum jährlichen Mittelalterspektakel mithelfen und gleichzeitig ein wenig auf die »Blaue Luca« aufpassen, die eine Bewährungsstrafe zu verbüßen hat. Doch schon bald kommen Heiner Zweifel: In welche kriminellen Machenschaften ist das Mädchen verstrickt? Und was hat es an sich, dass ein Sozialarbeiter seine professionelle Distanz verliert?
Auf der Suche nach Antworten gerät er urplötzlich in Teufels Küche und in der riecht es manchmal extrem, jedoch nicht nach Schwefel …

Erwin Kohl
Grabtanz

277 Seiten, 11 x 18 cm, Paperback.
ISBN 3-89977-691-7. € 9,90.

Ein Spaziergänger macht kurz nach Mitternacht eine seltsame Entdeckung: Er beobachtet eine Frau, die in einem roten Kleid auf einem Grab tanzt. Einige Tage später werden ähnliche Ereignisse vermeldet. Es stellt sich heraus, dass alle Toten Opfer eines perfiden Verbrechens waren. Obwohl es sehr genaue Beschreibungen der ›Tänzerin im roten Kleid‹ gibt, scheinen Kommissar Joshua Trempe und sein Team von der Mordkommission Krefeld ein Phantom zu jagen. Hilflos müssen die Ermittler sich fragen, wann und wo sie wieder zuschlägt …

KRIMI IM GMEINER-VERLAG

Alle Gmeiner-Autoren und ihre Krimis auf einen Blick

Anthologien: Grenzfälle (2005) • Spekulatius • Streifschüsse (2003)
Artmeier, H.: Feuerross (2006) • Katzenhöhle (2005) Schlangentanz • Drachenfrau (2004)
Baecker, H.-P.: Rachegelüste (2005)
Beck, S.: Einzelkämpfer (2005) • Duftspur (2006)
Bekker, A.: Münster-Wölfe (2005)
Bomm, M.: Schusslinie (2006) • Mordloch • Trugschluss (2005) • Irrflug • Himmelsfelsen (2004)
Bosch van den, J.: Wassertod • Wintertod (2005)
Buttler, M.: Dunkelzeit (2006) • Abendfrieden (2005) •Herzraub (2004)
Danz, E.: Osterfeuer (2006)
Dünschede, S.: Deichgrab (2006)
Emme, P.: Würstelmassaker • Heurigenpassion (2006) Schnitzelfarce • Pastetenlust (2005)
Enderle, M.: Nachtwanderer (2006)
Erfmeyer, K.: Karrieresprung (2006)
Franzinger, B.: Bombenstimmung (2006) • Wolfsfalle • Dinotod (2005) • Ohnmacht (2004) • Goldrausch (2004) • Pilzsaison (2003)
Gardener, E.: Lebenshunger (2005)
Gokeler, S.: Supergau (2003)
Graf, E.: Elefantengold (2006) • Löwenriss • Nashornfieber (2005)
Haug, G.: Gössenjagd (2004) • Hüttenzauber (2003) • Finale (2002) • Tauberschwarz (2002) • Höllenfahrt (2001) • Todesstoß (2001) • Sturmwarnung (2000) Riffhaie (1999) • Tiefenrausch (1998)
Heim, Uta-Maria: Dreckskind (2006)
Heinzlmeier, A.: Bankrott (2006) • Todessturz (2005)
Karnani, F.: Takeover (2006)
Keiser, G.: Apollofalter (2006)
Keiser G./Polifka W.: Puppenjäger (2006)
Klewe, S.: Kinderspiel (2005) • Schattenriss (2004)
Klingler, E.: Königsdrama (2006)
Klugmann, N.: Kabinettstück (2006) • Schlüsselgewalt (2004) • Rebenblut (2003)
Kohl, E.: Grabtanz • Zugzwang (2006)
Köhler, M.: Nellis Tagebuch (2006)
Koppitz, R. C.: Machtrausch (2005)
Kramer, V.: Todesgeheimnis (2006) • Rachesommer (2005)
Kronenberg, S.: Kultopfer (2006) • Flammenpferd • Pferdemörder (2005)
Lebek, H.: Schattensieger • Karteileichen (2006) • Todesschläger (2005)
Leix, B.: Hackschnitzel (2006) • Zuckerblut • Bucheckern (2005)
Mainka, M.: Satanszeichen (2005)
Matt, G. / Nimmerrichter, K.: Schmerzgrenze (2004) • Maiblut (2003)
Misko, M.: Winzertochter • Kindsblut (2005)
Nonnenmacher, H.: Scherlock (2003)
Puhlfürst, C.: Dunkelhaft (2006) • Eiseskälte • Leichenstarre (2005)
Schmitz, I. G.: Sündenfälle (2006)
Schmöe, F.: Käfersterben • Fratzenmond (2006) Kirchweihmord • Maskenspiel (2005)
Schröder, A.: Mordsgier (2006) • Mordswut (2005) • Mordsliebe (2004)
Schuker, K.: Wasserpilz (2006)
Schwab, E.: Angstfalle (2006) • Großeinsatz (2005)
Schwarz, M.: Maienfrost • Dämonenspiel (2005) • Grabeskälte (2004)
Stapf, C.: Wasserfälle (2002)
Steinhauer, F.: Seelenqual • Racheakt (2006)
Thadewaldt A./Bauer C.: Kreuzkönig (2006)
Valdorf, L.: Großstadtsumpf (2006)
Wark, P.: Epizentrum (2006) • Ballonglühen (2003) • Absturz (2003) • Versandet (2002) • Machenschaften (2002) • Albtraum (2001)
Wilkenloh, W.: Feuermal (2006) • Hätschelkind (2005)